Für
Irmgard & Heinrich
und
Änne & Sebastian

„Es soll mir niemand sagen, wir haben keine Chance mehr. Ich bin der Überzeugung, wenn wir den Krieg führen, wenn jedes Haus eine Festung, jede Stadt ein Bollwerk, jedes Herz ein uneinnehmbarer Schützengraben wird ... Ich bin der Überzeugung nicht nur, dass wir den Feind zum Stehen bringen, sondern das wir den Feind wieder in die Steppe zurückjagen, wo er hergekommen ist und wo er hingehört ... Darum stellen wir das Reich unter das Gesetz der Front."

– Joseph Goebbels, Görlitz, März 1945

KAPITEL 1

Er hört sie, als er ungefähr die Hälfte der Strecke hinter sich gebracht hat. Das dunkle Brummen der schweren Motoren erfüllt die Frühlingsluft und verdrängt das Gezwitscher der Vögel.

Er bleibt nicht stehen, behält den Laufschritt bei und dreht den Kopf. Sieht sie über die Straßenkuppe kommen. Ein VW Kübelwagen 82, ein BMW Kraftrad R 75 und ein Opel Lastwagen.

Deutsche.

Wehrmacht.

Kein Laufschritt mehr – er rennt.

Ein Typ in Uniform, der vor seinen eigenen Leuten davon läuft, da braucht man kein Nobelpreisträger sein, um zu wissen, dass man einen Deserteur vor sich hat. Aber was soll er sonst tun? Einfach lässig weitertraben, so als sei nichts geschehen? Hoffen, dass sie ihm im Vorbeifahren einfach nur kameradschaftlich zuwinken? Ihm eine gute Reise wünschen und liebe Grüße an die Familie? Hoffen, dass sie Wichtigeres zu tun haben, als sich mit ihm zu befassen? Zum Beispiel ihre Ärsche ins letzte, sinnlose Gefecht werfen?

Nein. Er hat keine Wahl. Er muss rennen.

Um sein Leben.

Dabei hat er bisher so viel Glück gehabt. Mehrere Wochen unterwegs. Keine Chance, die verdammte Uniform loszuwerden. Und trotzdem ist es ihm immer gelungen, den eigenen Leuten auszuweichen. Er hat im Dreck geschlafen, bei Wind und Wetter, hat sich von jeder Stadt, jedem Dorf, jedem Gehöft ferngehalten.

Außer um hier und da mal Nahrungsmittel zu klauen. Es hätte sicher Menschen gegeben, die bereit gewesen wären, zu helfen. Aber das weiß man nicht, wenn man vor ihnen steht. Und sich einfach darauf verlassen?

Nein.

In diesen Tagen kann man niemandem trauen.

Niemandem, außer sich selbst.

Selbst dann kann man einfach Pech haben. So wie er jetzt. Vor fünf Minuten noch hat er im Wald auf der anderen Straßenseite gehockt. Hatte das letzte Stück Schokolade aus der Silberfolie gepult und sich in den Mund geschoben. Energie. Die Sonne hatte ihm wohlig ins Gesicht geschienen und er hatte diesen Moment genossen, hatte ein paar Minuten so verharrt, die Schokolade im Mund schmelzen lassen, die Sonne warm auf seiner Haut. Vielleicht sind ihm diese paar Minuten jetzt zum Verhängnis geworden.

Nein, denkt er, es ist einfach Pech.

Er hat in den letzten Jahren eine Menge Männer gesehen, die Pech hatten. Dutzende. Hunderte. Männer, die nie wieder nach Hause zurückkehren werden.

Nach Hause.

Diese zwei Worte geben ihm die nötige Kraft, noch schneller zu laufen. Der schützende Waldrand kommt näher. Nicht mehr weit, fast geschafft.

Auf der Straße brummen noch immer die Motoren, aber irgendetwas an ihrem Geräusch ist anders, und er weiß auch sofort was – sie schalten. Die Angst ist wie eine eiskalte Faust in seiner Magengrube.

Ein Blick über die Schulter bestätigt, was er geahnt hat. Kübelwagen, Motorrad und Lastwagen sind von der Straße auf den Rasen gebogen. Dreck spritzt hinter ihren Reifen in die Höhe.

Sie haben ihn gesehen und sie wollen nicht an ihm vorbeifahren und ihm zuwinken.

Nein, sie heften sich an seine Fersen. Sie wollen ihn schnappen. Sie wissen, was er ist und sie wollen ihn dafür bestrafen. Das muss sein, werden sie sagen, zur Abschreckung für alle anderen.

Er hat einige gesehen, die, so wie er, alles hingeschmissen haben und nach Hause wollten. Er hat ihre Körper gesehen, wie sie an Bäumen und Straßenmasten baumelten, an Brückenpfeilern und Telefonmasten. Wie Vögel auf ihren Schultern saßen und mit spitzen Schnäbeln nach ihren Augen hackten.

Es hat ihn nicht abgeschreckt. Es hat ihn bestätigt.

So will er nicht enden. Nicht nachdem er sechs Jahre Krieg überstanden hat. Er darf so nicht enden. Er kann nicht zulassen, dass die kleine Karin ohne Vater aufwächst.

Er muss überleben.

Also rennt er noch schneller. Seine Beine fliegen über den Rasen. Einmal im Wald, kann er sie bestimmt abhängen. Vielleicht verlieren sie die Lust auf dieses Spielchen, sobald es anstrengend wird. Sie werden müde sein, kaputt, erschöpft, so wie alle Soldaten.

Das hofft er jedenfalls.

Und dann tritt er in das Erdloch.

Der Schmerz explodiert in seinem Knöchel wie eine Panzergranate und schießt nach oben, durch sein gesamtes Bein. Er schreit und er stürzt, schlägt der Länge nach hin und der Aufprall haut ihm die Luft aus den Lungen.

Der Schmerz ist grell und bunt und laut, aber er kämpft sich trotzdem wieder auf die Beine.

Seine Verfolger haben aufgeholt.

Er kann jetzt sogar Gesichter erkennen, die der Männer

auf dem Motorrad und im Beiwagen, die der Männer im Kübelwagen, einer von ihnen bestimmt ein Offizier, und die der Soldaten, die von der Ladefläche des Lastwagens über das Führerhaus blicken.

Weiter, treibt er sich an, weiter.

Aus dem Rennen wird ein klägliches Humpeln, der Schmerz pocht und pumpt und pulsiert.

Und dann ist er da, der Waldrand. Er taumelt zwischen die ersten Bäume, verliert das Gleichgewicht, kann sich vor einem weiteren Sturz bewahren, in dem er sich an einen dünnen Baumstamm klammert.

Ein Blick zurück. Sie haben angehalten und er sieht die Soldaten von der Ladefläche des Lastwagens springen, Maschinenpistolen und Karabiner in den Händen. Der Fahrer des Motorrads, ein hünenhafter Kerl, gestikuliert wild mit den Armen und brüllt etwas.

Heinrich sieht noch etwas anderes.

Ihre Uniformen.

Nicht Wehrmacht.

SS.

Sie rennen auf den Waldrand zu und plötzlich glaubt er nicht mehr daran, dass sie die Lust verlieren, sobald es anstrengend wird. Nein, diese Typen sind Schäferhunde, abgerichtet und bissig, die geben nicht eher auf, bis sie ihre spitzen Zähne in sein Fleisch versenken können.

Er stolpert weiter. Weiß, dass seine Chancen auf Null gesunken sind, aber er wird trotzdem nicht aufgeben.

Er hört sie hinter sich durchs Unterholz brechen wie ein Rudel Wildschweine. Sie werden ausschwärmen und versuchen, ihn in die Zange zu nehmen.

Dann fangen sie an zu schießen.

Eine Maschinenpistolen-Salve frisst sich durch Bäume

und Blätter, geht aber noch weit an ihm vorbei. Der Wald ist dicht und wäre noch undurchsichtiger, wenn schon mehr Blätter an den Bäumen wachsen würden. Aber dafür ist es zu früh, es ist April, der Baumbewuchs noch spärlich und deswegen können sie immer sehen, wo er ist.

Der nächste Schuss kommt aus einem Karabiner und der Schütze scheint sich die Zeit genommen zu haben, stehenzubleiben und zu zielen. Das Geschoss zerfetzt dicht neben ihm die Baumrinde und spritzt sie schmerzlich in sein Gesicht.

Jetzt, direkt vor ihm, ein mächtiger, umgestürzter Baumstamm. Er wirft sich hinüber und fast im gleichen Moment fegt die nächste MP-Salve über seinen Kopf. Die Landung ist erträglich, der Waldboden weich und feucht. Er hebt den Kopf und sieht den hünenhaften Mann vom Motorrad. Ein Oberscharführer, wie die Dienstgradabzeichen verraten. Die MP in seinen Händen rattert und Heinrich zieht schnell den Kopf ein, während die Salve dumpf in den Baumstamm schlägt.

Weiterlaufen – humpeln – ist nicht drin. Zu brutal ist der Schmerz.

Sie kriegen ihn. Gar keine Frage.

Er zieht die Walther P.38 aus der Uniformjacke. Die Typen sind SS. Die wollen ihn umbringen, die kennen keine Gnade. Was spricht dagegen, seine Haut so teuer wie möglich zu verkaufen?

Nichts.

Er schwingt den ausgestreckten Arm mit der Walther über den Baumstamm und da sieht er ihn wieder, den Oberscharführer, an der Spitze der Verfolger.

Er drückt ab, einmal, zweimal, dreimal, die Schüsse ohrenbetäubend laut, und dann sieht er, wie der Oberscharführer seine Hand hochreißt und einen Schmerzensschrei ausstößt. Er sieht ihn in die Deckung eines Baumes taumeln. Die anderen halten inne, suchen selbst nach Schutz. Damit haben sie nicht gerechnet. Das einer wegläuft, ja, aber nicht, dass er zurückschießt.

Das ist seine letzte Chance. Er kämpft sich wieder auf die Beine und humpelt weiter. Das Adrenalin pumpt durch seine Adern und schiebt den Schmerz auf die Ersatzbank. Weiter, einfach weiter, vielleicht geben sie ja doch noch auf, vielleicht hat ihnen seine unerwartete Gegenwehr die Lust an der Jagd verdorben.

Der Boden vor ihm fällt ganz plötzlich ab.

So plötzlich, dass er es nicht mehr schafft, stehenzubleiben.

Er verliert das Gleichgewicht und stürzt. Der Abhang ist steil und er überschlägt sich, einmal, zweimal, dreimal, und dann landet er im Wasser.

Es ist ein kleiner Bach. Ein eiskalter, kleiner Bach, und einen Moment lang weiß er nicht, was intensiver ist, der schmerzende Knöchel oder die Kälte des eisigen Wassers, dass sich durch seine abgewetzte Uniform frisst und in jede Pore seines Körper dringt.

Er hockt auf allen Vieren und kann seine Verfolger hören. Auf der anderen Seite des Baches ist der Abhang genauso steil, wie der, den er hinab gestürzt ist. Da kommt er niemals hoch, und wenn, dann nur, um genau in die Schusslinie seiner Verfolger zu geraten.

Es ist vorbei.

Und so bleibt er einfach auf allen Vieren im Bach hocken, richtet nur seinen Oberkörper auf, um wenigstens ein letztes bisschen Würde zu behalten.

Er sieht den Oberscharführer nicht, der hinter ihm als

erstes oben auf dem Abhang erscheint, er sieht nicht, wie der breitschultrige Mann eine Hand auf sein blutendes Ohr gepresst hat und er sieht nicht, dass er statt der Maschinenpistole jetzt eine Pistole in der Hand hält und sie mit wutverzerrtem Gesicht auf seinen Hinterkopf richtet.

Aber er muss nicht sehen, um zu wissen, was passieren wird und er denkt an die kleine Karin, die nun doch als Waisenkind aufwachsen wird. Er denkt an Elisabeth und an Edith und fragt sich, ob er sie gleich wiedersehen wird, sobald der Schuss gefallen ist.

„Ich will ihn lebend, Oberscharführer." Die Stimme ist scharf, schneidend, besitzt eine Autorität, die nicht anerzogen, sondern angeboren ist. Die Stimme eines Mannes, der immer andere angeführt hat, schon als kleiner Junge.

Kein Schuss fällt, aber er hört sie, wie sie den Abhang hinunterrutschen. Er hört das Wasser spritzen, als sie in den Bach waten, dann trifft ihn der erste Gewehrkolben in die Seite und er krümmt sich nach Luft schnappend zusammen.

Der zweite Schlag lässt nicht lange auf sich warten.

KAPITEL 2

Er trägt einen SS-Totenkopfring am Finger.

Heinrich hat mal gehört, dass diese von Himmler persönlich verliehen werden. Der Obersturmbannführer muss irgendetwas Besonderes geleistet haben und Heinrich kann sich schon vorstellen, was für eine Art von Leistung das gewesen ist.

Er hat gesehen, was in Russland passiert ist.

Männer wie der Obersturmbannführer standen dabei an vorderster Stelle. Männer wie der Obersturmbannführer und seinesgleichen hatten das Land *gesäubert*. Oh ja. Und wie sie es gesäubert hatten.

Und auch Heinrich, egal, wie sehr er es verdrängen will, hat seinen Teil dazu beigetragen.

Es war ein strahlend schöner Sommertag, als ihr Kommandant ein Dutzend Zivilisten zusammentreiben ließ. Am Tag zuvor war seine Kompanie aus dem Hinterhalt beschossen worden. Zwei Kameraden starben. Einer direkt neben Heinrich. Sein Blut und Teile seines Gehirns waren in Heinrichs Gesicht gespritzt.

Das seien die hinterhältigen Mörder, behauptete der Kommandant, als er auf die weinenden Zivilisten zeigte: Partisanen und Saboteure. Heinrich glaubte ihm. Heinrich wollte ihm glauben. Er konnte noch immer das Blut des toten Kameraden auf seiner Haut spüren.

Als Heinrich und die anderen Männer des Erschießungskommandos sich nebeneinander aufstellten, knieten die Partisanen bereits mit hinter dem Kopf verschränkten Armen vor der von ihnen selbst ausgehobenen Grube. Die

Extraration Schnaps, die der Kommandant hatte austeilen lassen, brannte warm in Heinrichs Adern, seinem Bauch und in seinem Kopf.

Er blickte auf die vor Todesangst zitternden alten Männer und Frauen.

Alte Männer und Frauen.

Mit einem Schlag wurde ihm klar, dass diese Leute keine Partisanen waren.

Der Kommandant ließ ein Exempel statuieren.

Jemand musste sterben.

Egal wer.

Heinrich brach der Schweiß aus. Er wollte das nicht tun. Er wollte nicht abdrücken. Er wollte keine Unschuldigen ermorden.

Als der Kommandant den Befehl zum Anlegen gab, hätte Heinrich einfach sein Gewehr fallen lassen können. Er hätte Übelkeit vortäuschen können. Er hätte den Mund aufmachen können.

Aber er tat es nicht.

Und als der Kommandant den Befehl zum Feuern gab, schloss er beim Abdrücken einfach die Augen.

So, wie er und seine Landsleute es all die Jahre vor dem Krieg getan hatten, während die Nationalsozialisten die alte Republik Stück für Stück in eine Diktatur verwandelten.

Danach musste er nie wieder an einem Erschießungskommando teilnehmen. Aber er sah andere. Dutzende. Er wird sie nie vergessen.

Heinrich weiß, was Deserteuren blüht und so schließt sich der Kreis wieder.

Der Obersturmbannführer holt ein Zigarettenetui aus der Tasche seines langen Ledermantels und entnimmt ihm eine Zigarette. Steckt sie sich zwischen die Lippen und zündet sie mit einem Streichholz an. Heinrich schätzt ihn auf Mitte Vierzig. Er trägt eine runde Brille und hat einen dünnen Oberlippenbart, seine Bewegungen sind exakt und selbstsicher, das blaue Blut in seinen Adern kann und will er nicht verbergen. „Desertion ist Verrat, Landser. Verrat am Führer. Und Verrat am Vaterland."

Er sieht zu Heinrich, der ein paar Meter entfernt neben dem Lastwagen steht, die Hände auf den Rücken gefesselt, seine Uniform dreckverschmiert und nass. Ein Windstoß lässt Heinrich frösteln. Seine Rippen schmerzen von den Schlägen der Gewehrkolben, sein Knöchel pocht und fühlt sich an, als wäre er dick wie ein Ballon.

Einer der SS-Soldaten geht zum Obersturmbannführer und reicht ihm Heinrichs Soldbuch, das sie ihm abgenommen haben.

Der Obersturmbannführer schiebt die Zigarette in einen Mundwinkel, verzieht das Gesicht, als ihm der Rauch in die Augen steigt und lässt seine Finger durch die Seiten des Soldbuchs gleiten. „Polen. Frankreich. Russland. Sie sind weit rumgekommen."

„Ah, Köhler, Scheiße. Pass doch auf, du Arsch." Die Stimme kann ihre Berliner Herkunft nicht verleugnen.

Der Obersturmbannführer dreht den Kopf. Sein tadelnder Blick trifft den Oberscharführer, der auf seinem Motorrad sitzt. Ein junger, dünner Soldat steht neben ihm und verarztet sein Ohr, dessen obere Hälfte von Heinrichs Kugel aus der Walther weggerissen wurde.

Der Obersturmbannführer sieht wieder zu Heinrich. Geht auf ihn zu und bleibt vor ihm stehen. Sein Blick gleitet über Heinrichs abgewetzte Feldjacke. Er hebt eine Hand und befühlt damit zwei Orden, die an die rechte Uniformtasche geheftet sind.

„Eisernes Kreuz. Nahkampfspange in Bronze." Sein Blick legt sich auf zwei Streifen an Heinrichs Jackenärmel. „Panzervernichtungsstreifen." Er nimmt einen Zug von seiner Zigarette und bläst den Rauch aus, über Heinrichs Kopf hinweg. „Ein guter Soldat sind Sie also. Was ist dann die Begründung für Ihren Vaterlandsverrat?"

Heinrich zögert einen Moment. Hat es Sinn, irgendeine Frage dieses Kerls zu beantworten? Wahrscheinlich nicht, aber er tut es trotzdem: „Ich weiß, wann ein Kampf verloren ist. Ich muss nach Hause. Ich hab eine Tochter, die ihren Vater braucht."

Der Obersturmbannführer nimmt wieder einen Zug von seiner Zigarette und diesmal bläst er den Rauch direkt in Heinrichs Gesicht. Seine Miene hat sich verhärtet und hinter den Gläsern der Brille funkelt etwas in seinem Blick, nur ganz kurz, aber Heinrich hat es in den vergangenen Jahren zu oft in den Augen von Soldaten gesehen, als dass es ihm entgehen würde: Wahnsinn.

Die Stimme des Offiziers erhebt sich nicht, aber sie vibriert vor unterdrückter Wut und einer mit jedem Wort aufsteigenden Leidenschaft: „Wir haben eine Menge Prügel einstecken müssen. Ja. Und wir sind auf den Knien. Ja. Aber wir sind nicht am Boden. Nein. Wir werden wieder aufstehen. Und wir werden zurückschlagen. Das steckt in unserem Blut. Wir sind ein Volk von Siegern. Wir kämpfen, wir sterben, wir bluten und wir leiden. Aber am Ende steht immer ein Sieg.

Und so lange wir uns dessen bewusst sind, wird sich daran nichts ändern."

Sein Blick gleitet beim Reden von Heinrich über seine Soldaten und wieder zurück zu Heinrich. Seine Worte gelten seinen eigenen Leuten so sehr wie sie Heinrich gelten.

„Männer wie Sie, Landser, sind schlimmer als der ärgste Feind. Sie stellen Ihre eigene, bedeutungslose Existenz über das Wohl der Allgemeinheit. Über das Wohl des deutschen Volkes.“ Er zieht an seiner Zigarette, bevor er sie zur Seite schnippt und sein Blick wieder Heinrichs Augen sucht. „Für Männer wie Sie kann es nur eine Strafe geben–“

Das Brummen kommt plötzlich und schwillt stetig an. Der Obersturmbannführer sieht zu seinem Oberscharführer, dessen Ohr jetzt vom jungen Sanitäter bandagiert worden ist.

Alle wissen, was das Geräusch zu bedeuten hat.

Auch Heinrich.

Dann sind die Flieger auch schon da.

Mustangs vom Typ P-51.

Amerikaner.

Im Tiefflug schießen die Jagdflugzeuge über die Baumwipfel und die Männer hinweg. Unruhe macht sich unter den SS-Soldaten breit, einige wollen hektisch im Wald Deckung suchen, aber der Obersturmbannführer und der Oberscharführer bleiben gelassen. Der Oberscharführer schiebt den jungen Sanitäter beiseite und steigt vom Motorrad. „Nur die Ruhe. Die haben uns nicht gesehen.“

Heinrich hofft auf das Gegenteil. Sein Herz schlägt schneller. Wenn die Amis sie entdeckt haben und eine Kehrtwende fliegen, um sie mit ihren Bordkanonen zu beharken, gibt ihm das vielleicht eine Chance zur Flucht. Aber der Oberscharführer behält Recht.

Die Motoren der amerikanischen Flieger werden leiser und verschwinden in der Ferne, bis sie gar nicht mehr zu hören sind.

Einer der Soldaten lächelt erleichtert, boxt einem Kameraden auf den Arm. „Die fliegen zurück zu ihren Linien.

Wahrscheinlich geht ihnen der Sprit aus.“

Der Obersturmbannführer wendet sich wieder Heinrich zu. Er lächelt. „Wo waren wir stehen geblieben? Ach ja. Ihre Strafe.“

KAPITEL 3

Das Gesicht des Oberscharführers ist dicht vor dem von Heinrich.

Er sieht eine Nase, die mindestens zweimal gebrochen wurde, er sieht kleine Narben auf Wangen und über den Brauen. Das Gesicht eines Boxers. Eines Schlägers. Eines Straßenköters. Da passt die weggeschossene linke Ohrhälfte eigentlich ganz gut ins Gesamtbild. Viel mehr versauen kann man die brutale Visage des Kerls nicht.

Der Oberscharführer legt die Schlinge des Seils über Heinrichs Kopf und zieht sie fest. Das Seil drückt gegen Heinrichs Kehlkopf und er muss würgen. Der Oberscharführer lächelt. Unter der Kante seines Stahlhelms funkeln blaue Augen. Wahrscheinlich hat er auch blonde Haare. Ein echter Arier eben, so wie sie sich der Führer wünscht. Da macht es nichts, wenn der Rest des Gesichts eher einer Hackfresse gleicht.

Die Hände noch immer auf den Rücken gefesselt, steht Heinrich auf der Ladefläche des Lastwagens, direkt am Rand. Das Seil führt von seinem Hals über den dicken Ast eines Baums, und ist dann unten um den massiven Stamm gebunden.

Der Obersturmbannführer steht neben dem Lastwagen und putzt mit einem Tuch seine Brille. Setzt sie wieder auf und sieht hoch zu Heinrich. „Irgendwelche letzten Worte, Landser?"

Heinrichs Blick sucht die stahlgrauen Pupillen hinter den Brillengläsern des Obersturmbannführers. „Ich hoffe, ihr schmort alle in der Hölle."

Der Oberscharführer vor ihm stößt ein heiseres Lachen aus. „Die Hölle ist unser Zuhause, Arschloch."

Heinrich starrt über die massigen Schultern des Oberscharführers zu den SS-Soldaten, die auf der Ladefläche hocken. Gleichgültige Gesichter. Abgestumpfte Blicke. Mitgefühl sucht er dort vergeblich. Nur der junge Soldat, der das Ohr des Oberscharführers verarztet hat, weicht Heinrichs Blick aus und senkt den Kopf.

Heinrich sieht hinab zum Obersturmbannführer, der die Arme auf dem Rücken seines Ledermantels verschränkt hat und dessen Miene keine Regung zeigt. Er wendet sich ab und geht zum Kübelwagen, der vor dem Lastwagen steht, der Fahrer bereits hinterm Steuer.

Der Oberscharführer sieht seinem Vorgesetzten nach, dann blickt er wieder Heinrich ins Gesicht. Er berührt die blutverkrustete Bandage über seinem Ohr, lächelt ein sadistisches kleines Lächeln, dann dreht er den Strick um Heinrichs Hals, so das sich der Knoten jetzt vor seinem Kehlkopf befindet und nicht mehr im Nacken.

Der Oberscharführer beugt sich vor, seine Stimme an Heinrichs Ohr: „So dauert's ein bisschen länger. Wenn du dir erst mal die Hosen vollgepisst und vollgeschissen hast und dir die geschwollene Zunge über die Lippen hängt wie'n alter Lappen, bist du froh, wenn die Götter dich endlich verrecken lassen." Er springt von der Ladefläche und geht zum Motorrad, schwingt sich für einen so massigen Mann erstaunlich geschmeidig auf den Sitz.

Der Obersturmbannführer, der bereits auf der Rückbank des Kübelwagens sitzt, dreht den Kopf, als er hört, wie der Oberscharführer das Motorrad startet. Er beugt sich vor und tippt seinem Fahrer auf die Schulter. Der dreht den Schlüssel im Zündschloss und fährt an.

Heinrich hört den Kübelwagen losfahren und sieht, wie der Oberscharführer auf dem Motorrad an ihm vorbeirollt.

Dann vibriert der Lastwagen unter seinen Füßen, als dessen Motor hustend zum Leben erwacht.

Heinrich kann es immer noch nicht glauben.

Das soll es also sein.

Sein Ende.

Nach all den Jahren im Krieg, überall in Europa. Nach tausenden Kugeln, die ihm um die Ohren geflogen sind, nach all den Granaten und Raketen und Mörsergeschossen, die in seiner Nähe explodiert sind und mit ihrem ohrenbetäubendem Lärm seine Trommelfelle an den Rand des Platzens gebracht haben, nach all dem Blut und den Eingeweiden, durch die er mit seinen Knobelbechern gewatet ist, nach all dieser menschenunwürdigen Scheiße, dieser Hölle auf Erden, diesem grausamen Wahnsinn direkt aus dem Gemälde eines Hieronymus Bosch, soll es das jetzt gewesen sein?

Absurd.

Und was wird aus Karin? Aus diesem kleinen Mädchen, das seine ganze Familie verloren hat. Wo wird sie aufwachsen? Wie wird sie leben? Was für ein Mensch wird aus ihr?

Fragen, deren Antworten ihm für immer verwehrt bleiben werden.

Es riecht nach Regen, denkt Heinrich, dann fährt der Lastwagen an und das Seil reißt ihn mit einem Ruck von der Ladefläche.

KAPITEL 4

Es fängt an zu regnen.

Erst nur ein Nieseln, das seine Haut mit Feuchtigkeit bestäubt. Dann wird der Regen stärker, die Tropfen größer. Es ist eine gleichmäßige, graue Wand, die da vom dunklen Aprilhimmel fällt.

Ein Regentropfen trifft sein rechtes Auge und er kommt zu sich, von einem Moment zum anderen. Er weiß sofort, wo er sich befindet, er weiß sofort, was mit ihm geschehen ist.

Und er weiß noch etwas:

Ich lebe.

Ja, aber wie lange noch?

Der Knoten des Seils drückt gegen seinen Kehlkopf, er hat Probleme zu atmen. Er spürt seine Beine in der Luft schweben, spürt, wie eine Windböe seinen Körper ganz leicht zum Schwingen bringt, und der Schmerz in seinem Nacken, seinem Hals und seinem Kehlkopf wird stärker. Er hört, wie ein seltsames Röcheln seine Kehle verlässt, einfach so, ohne sein Zutun. Er spürt, dass seine Hosen im Schritt feucht sind und er weiß, dass das nicht vom Regen kommt.

Ich lebe.

Ja, aber wie lange noch?

Er versucht die Hände zu bewegen und spürt, wie die Fesseln in sein Fleisch schneiden.

Hoffnungslos.

Der Oberscharführer hatte Recht. Es wird länger dauern, aber das Ergebnis bleibt dasselbe. Er wird sterben. Er wird sich wieder in die Hosen pissen, so wie er es bereits getan hat, er wird sich in die Hosen scheißen und er wird *wissen*, dass er es tut. Seine Zunge wird anschwellen und sich über seine Lippen pressen und irgendwann wird er den Himmel, Gott, die Götter, wen auch immer, anflehen, es endlich vorbei sein zu lassen.

Doch noch behält sein Überlebensinstinkt die Oberhand. Er öffnet den Mund, schiebt die Zunge heraus und empfängt die Regentropfen, schluckt das kühle Nass. Ja, er kann noch schlucken, schwerlich, aber es funktioniert.

Wieder eine Windböe. Wieder wird der Schmerz in Hals und Nacken stärker. Es ist, als wolle eine unsichtbare Hand ihm den Kopf von den Schultern reißen. Wieder versucht er die Hände zu bewegen, wieder schneiden die Fesseln in sein Fleisch.

Keine Chance.

Der Strick sitzt fest.

Er stellt sich vor, wie es ihm gelingt, die Fesseln zu lösen. Wie er seine Hände befreien kann. Er stellt sich vor, wie er die Arme anhebt und seine Finger sich um das Seil schließen. Er stellt sich vor, wie er mit aller ihm verbliebenen Kraft beginnt, sich am Seil in die Höhe zu ziehen. Einmal, zweimal, vielleicht dreimal, die eine Hand über die andere bringen, das sollte reichen, um einen Arm über den massiven Ast werfen zu können, an dem das Seil befestigt ist. Er stellt sich vor, wie er sich auf diesen Ast zieht, wie er eine Weile auf ihm liegen bleibt und sich ausruht, wie er dann mit zitternden, kraftlosen Fingern die Schlinge von seinem Hals löst, wie der Druck von seinem Kehlkopf weicht, wie er wieder besser atmen kann.

Er stellt sich vor, wie er die Schlinge über den Kopf zieht. Er stellt sich vor, wie er sich wieder vom Ast gleiten lässt, wie seine Finger kurz sein Gewicht halten, dann loslassen und wie er nach unten fällt. Er stellt sich vor, wie sein geschwollener Knöchel beim Aufschlag auf dem Boden weh tun wird, höllisch weh wird er tun, aber auf den Schmerz ist geschissen, denn dann liegt er am Boden, mit dem Rücken im nassen Gras, schwer atmend, aber eben atmend, und er stellt sich vor, wie er nach oben sieht, wo der Regen vom Himmel fällt und wo die leere Schlinge über ihm baumelt.

Die leere Schlinge.

Sie ist nicht leer. Sein Kopf steckt drin. Und seine Hände sind nicht frei. Seine Hände sind gefesselt und der Strick sitzt fest.

Ich lebe.

Ja, aber wie lange noch?

Er fängt an zu weinen. Seine Tränen vermischen sich mit dem Regen.

Karin, denkt er. Karin.

„Wir brauchen dich."

Er reißt die Augen auf. Diese Stimme.

„Komm zu uns, Schatz."

Er versucht, den Kopf nach rechts zu drehen. Sieht sie aus den Augenwinkeln.

Zwei Gestalten. Eine große, eine kleine.

Den Kopf noch ein Stück nach rechts. Er verdreht die Augen so sehr, dass es sich anfühlt, als würden sie ihm gleich aus den Höhlen springen.

Dann sieht er sie unter sich vor dem Baum stehen.

Elisabeth lächelt ihn aus ihrem verbrannten Gesicht an. Der linke Augapfel ist verschwunden, das rechte Auge noch da, aber milchig weiß, ohne Pupille. Dort, wo das Feuer ihr Kleid nicht völlig verbrannt hat, ist der Stoff mit ihrer Haut verschmolzen. Ihr linker Unterarm ist auf Höhe des Ellenbogens weggerissen, blutig verbrannte Hautfetzen hängen hinab und ein Stück des Knochens ist zu sehen. Ihr von blutigen Schürfwunden und Brandblasen übersäter rechter Arm hält die Hand der kleinen Edith.

Edith.

Die Schädeldecke von Karins älterer Schwester ist zertrümmert und durch das Gestrüpp aus blutig verkrustetem blonden Haar schimmert Gehirnmasse.

Ihr hübsches Gesicht ist unversehrt, genauso wie der Rest ihres Körpers, abgesehen vom Schmutz auf ihrer Haut und dem Kleidchen. Sie hält einen braunen Teddybären an sich gepresst. Heinrich hat diesen Teddybären für sie gewonnen, kurz vor Kriegsausbruch, auf dem Rummel oben am Höing.

Ihre Stimme, hell und jung. So jung. „*Wir brauchen dich, Papa.*"

Die Sehnsucht nach ihnen zerreißt ihm fast das Herz. Er will zu ihnen. Zu seiner Frau und seiner Tochter. Will sie in die Arme schließen und sie an sich drücken. Gib auf, sagt eine Stimme in seinem Kopf, gib den Widerstand auf und du kannst mit ihnen zusammen sein. Für immer. Schließ die Augen und lass dich über die Grenze tragen. Dort werden sie auf dich warten.

Doch was wird dann aus Karin?

Heinrich schließt die Augen. Aber nicht, um sich über die Grenze tragen zu lassen. Nicht, um Elisabeth und Edith in die Arme zu schließen, so sehr er sich das auch wünscht. Sie sind tot. Sie brauchen ihn nicht mehr, so sehr ihn das auch schmerzt.

Aber Karin lebt. Und sie braucht ihren Vater. Er ist der einzige Mensch, den sie noch hat.

Er wird sie nicht allein lassen.

Heinrich öffnet die Augen wieder. Elisabeth und Edith sind verschwunden. Er ist allein. Allein mit dem Regen, der seine Uniform durchdringt. Allein mit der Kälte, die sich überall in seinem Körper ausbreitet.

Die Kälte betäubt.

Den Schmerz. Die Sinne.

Ich lebe.

Ja, aber wie lange noch?

KAPITEL 5

Sie hat den alten, mottenzerfressenen Schal ihrer Mutter zum Schutz gegen den Regen über den Kopf gezogen und hält ihn mit einer Hand vor ihrem Gesicht zusammen.

Mit der anderen Hand führt sie das Pferd, der zweirädrige Holzwagen dahinter rumpelt knarrend über den unebenen Waldweg.

Sie denkt an Paule. Wahrscheinlich steht der jetzt im strömenden Regen, die Arme ausgebreitet, das lächelnde Gesicht nach oben gereckt, den Mund geöffnet, um die Tropfen darin zu fangen.

Paule liebt den Regen. Hat er schon als Kind getan. Hoffentlich geht er ins Haus, wenn er zu nass wird, denkt sie, in Sorge, er könnte sich eine Erkältung oder gar eine Grippe einfangen. Aber erstens weiß sie, dass Paule nicht ins Haus gehen wird, ganz egal, wie nass er ist und zweitens hat Paule die Konstitution eines Ochsen. Paule wird nicht krank. Als er geboren wurde, sagte der Arzt ihren Eltern, Paule würde es nicht lange machen. Zwei, drei Jahre, älter werden diese Kinder nicht, sagte der Arzt. Besser, Sie finden sich damit ab.

Diese Kinder.

Jetzt ist Paule zwanzig Jahre alt.

Sie wünschte, ihre Eltern könnten ihn sehen.

Elsa hat gehört, was sie in manchen Städten mit Menschen wie Paule machen. Alma Suckau, die Frau des Metzgers im Nachbarort, hat ihr von diesem Zug erzählt, den sie auf einem Bahnhof gesehen hat, als sie nach Bayern fuhr, um ihre Schwestern zu besuchen.

Güterwaggons – drinnen Menschen zusammen gepfercht wie Vieh, stumpfe Blicke aus schmalen vergitterten Fenstern. Alma wartete am gegenüberliegenden Bahnsteig auf ihren Anschluss und sie musste ihr Gesicht wegdrehen, weil der Gestank von Exkrementen aus den Waggons herüberwehte. Alma und die anderen Reisenden auf dem Bahnsteig vermieden es, einander anzusehen, niemand redete, und das leise Weinen und Betteln der Menschen in den Güterwaggons waren die einzigen Geräusche auf dem kleinen Bahnhof. Niemand wusste, wohin dieser Zug fuhr, aber alle hatten eine Ahnung, ein Gefühl, dass es für die Insassen eine Endstation sein würde.

Die Menschen im Dorf mögen Paule, selbst stramme Parteimitglieder wie der Bürgermeister haben noch nie ein schlechtes Wort über ihn verloren, zumindest nicht in Elsas Gegenwart, und niemand behandelt ihn schlecht. Trotzdem nimmt Elsa ihn nur noch selten mit ins Dorf und schon gar nicht in die größeren Orte der Umgebung.

Sie will nicht auch noch ihren Bruder verlieren.

Der Regen wird stärker, ein Windstoß peitscht ihr die kalten Tropfen ins Gesicht. Sie zerrt an den Zügeln des Pferdes, das gelassen dahintrottet und ebenso wenig Probleme mit dem Regen zu haben scheint wie Paule. Auf dem Holzkarren dahinter stapelt sich das Brennholz, das sie im Wald gesammelt hat.

Im ersten Moment glaubt sie, dass ihre Sinne ihr im strömenden Regen etwas vorgaukeln. Aber dann kommt sie näher und erkennt, dass dort wirklich ein Mensch vom Ast des Baumes hängt. Sie bleibt kurz stehen und starrt auf den regungslosen Körper in der zerschlissenen, grauen Wehrmachtsuniform.

Deserteur, schießt es ihr durch den Kopf.

Im Nachbarort haben die Leute erzählt, dass mit Deserteuren kurzer Prozess gemacht wird. Wer jetzt, in der schwersten aller Stunden, das Vaterland verrät, der hat nicht mit Gnade zu rechnen, hat einer der alten Männer auf dem Markt gesagt. Damals, im ersten Weltkrieg, haben wir das auch nicht anders gemacht, hatte der Einarmige erklärt, die Brust stolz geschwellt, er sei damals Offizier gewesen, jawohl, er habe selbst ein Erschießungskommando befehligt und er würde es jetzt ohne Zögern wieder tun.

Dumm, hatte sie gedacht, Menschen sind so dumm.

Wieder ein heftiger Windstoß, die kalten Regentropfen wie Nadelstiche in ihrem Gesicht, und der Körper des Gehenkten gerät leicht ins Schwanken, so als wäre er noch lebendig. Ein Schauer läuft ihren Rücken hinab, nicht nur wegen der Kälte.

Sie zieht wieder an den Zügeln des Pferdes, sie will schnell weiter, den Toten hinter sich lassen, nach Hause gehen, zu Paule, der hoffentlich das Feuer im Kamin entfacht hat.

Der Weg, eigentlich nicht mehr als ein Trampelpfad, führt quer am Hang entlang, direkt unterhalb des Gehenkten. Sie kann nicht anders, sie muss immer wieder hinsehen.

Und dann, als sie auf seiner Höhe ist, bricht im Westen die Sonne durch die Regenwolken, durchschneidet sie wie ein Schwert. Gleißend hell schieben sich ihre Strahlen durch die Lücke und streichen über den Hügel, tauchen den Erhängten in ihr goldenes, warmes Licht. Gleichzeitig bildet sich zwischen den dunklen Wolken, aus denen der Regen noch immer fällt, und dem Stück Blau, das die Sonne freigekämpft hat, ein farbenprächtiger Regenbogen.

Sie bleibt stehen.

Ihr ist nicht mal bewusst, dass sie es tut.

Sie starrt auf den Regenbogen – wunderschön – dann auf die groteske Form des Erhängten. Die Sonnenstrahlen erwärmen das vom Regen durchnässte Tuch auf ihrem Kopf, Wassertropfen rinnen ihr Gesicht hinab und sie steht einfach da und betrachtet den Toten.

Die Schlinge um seinen Hals ist seltsam gebunden, der Knoten vorne. Der Kopf des Mannes ist schräg zur Seite gefallen, sein Mund steht offen, die Zungenspitze lugt zwischen den Lippen hervor.

So sieht also ein Erhängter aus, denkt sie und im selben Moment wird ihr bewusst, was sie hier tut, dass sie einen toten Menschen, einen Ermordeten, anstarrt, als sei er ein Ausstellungsstück in einem Schaufenster.

Dann öffnet der Erhängte seine Augen und sie fängt an zu schreien, so laut, wie nie zuvor in ihrem Leben.

KAPITEL 6

Der Anzug sitzt und sieht trotz seines Alters noch sehr gut aus.

Ein Einzelstück, maßgefertigt, lange vor dem Krieg, von einem Schneider in München – ein Jude, aber ein erstklassiger Schneider, wirklich erstklassig.

Er trägt den Anzug eigentlich nur zu festlichen Anlässen – Hochzeiten, Geburtstagsfeiern oder Beerdigungen, wie zuletzt zu der von Margret Schmallenberg, die mit zweiunddreißig an einer Lungenentzündung gestorben ist.

Bevor es mit ihm und Brigitte bergab ging, hatte seine Frau den Anzug jede Woche säuberlich ausgebürstet, aber seit ein paar Monaten macht der Bürgermeister es selbst wie so vieles andere.

Er zupft den Kragen zurecht und lächelt sein Spiegelbild an. Glättet mit Daumen und Zeigefinger seinen sauber gestutzten Schnauzbart. Er ist nicht nur zufrieden mit seinem Anzug, auch mit dem Rest seiner Erscheinung. Hab mich prächtig gehalten für einen Kerl Mitte Fünfzig, denkt er und lächelt selbstgefällig. Seine Frau, Brigitte, weiß das nicht zu würdigen, sie macht ihm seit Jahren das Leben mit ihrem nagenden Gemecker schwer.

Was will sie denn? Sie hat einen Mann, der es zu was gebracht hat, ein Mann, der Ansehen genießt. Bürgermeister, Wirtshausbesitzer, Ortsgruppenleiter. Er bietet ihr ein gutes Leben. Und was kommt von ihr? Genörgel. Nichts ist ihr gut genug.

Aber Sonja, ja, die Sonja, dieses Luder, die weiß einen Mann wie ihn zu schätzen. Beim Gedanken an Sonja regt sich im Schritt des Bürgermeisters etwas und er zerrt an seiner Hose, verdrängt das Bild von Sonjas großen Brüsten schnell wieder aus seinem Kopf.

Er trägt den guten Anzug jetzt entgegen seiner üblichen Gewohnheiten seit einer Woche, weil er jeden Tag damit rechnet, dass die Amerikaner kommen. Die Front befindet sich in Auflösung und die deutschen Truppen oder das, was davon übrig ist, sind auf dem Rückzug. Es kann nicht mehr lange dauern, bis der Krieg vorbei ist und der Bürgermeister möchte einen guten Eindruck machen, wenn er den Amerikanern gegenübertritt. Vernünftige Leute sollen das sein, keine Barbaren wie die gottverdammten Russen. Was man da aus dem Osten hört, klingt grauenhaft, bestialisch. Aber mit den Amerikanern wird er klarkommen, da ist er sich sicher.

Der Bürgermeister lächelt noch einmal sein Spiegelbild an, fährt sich mit einer Hand durchs schüttere, immer mehr ergrauende Haar, dann verlässt er das Schlafzimmer und geht die knarrende Treppe hinab ins Erdgeschoss, an der Küche vorbei und in den Schankraum.

Brigitte spült Gläser hinter dem Tresen und schenkt ihm einen mürrischen Blick. Der Bürgermeister kann sich nicht daran erinnern, wann seine Frau ihn das letzte Mal angelächelt hat. Ja, weiß Gott, nicht einmal den Anflug eines Lächelns hat er in den letzten Jahren gesehen. Verbittertes, altes Miststück. Und die wundert sich, dass er sich mit Sonja eingelassen hat.

Die helle Stelle an der Wand, dort, wo bis vor wenigen Tagen noch das Portrait des Führers gehangen hat, fällt ihm ins Auge. Ein neues Bild muss her, irgendeins. Vielleicht der alte Ölschinken seiner Großmutter, ein Alpenpanorama, das, in Zeitungspapier verpackt, unten im Keller steht.

„Hat Schwelmer das Bier geliefert?"

Seine Frau schüttelt den Kopf, ohne ihn anzusehen. „Nein. Ich hab ihn angerufen. Er sagt, er hat Angst. Wegen der Tiefflieger. Er meint, die schießen auf alles, was sich auf den Straßen bewegt."

Der Bürgermeister schnauft verächtlich. Dieser verdammte Schwelmer. Nie um eine Ausrede verlegen. Der Bürgermeister glaubt nicht, dass die amerikanischen Flieger auf Zivilisten schießen. Nein, die tun so was nicht. Die Russen, ja, die Russen, diese wilden Tiere, die machen da keinen Unterschied, für die ist nur ein toter Deutscher ein guter Deutscher. Aber nicht die Amerikaner, die sind ein zivilisiertes Volk. Schwelmer ist nichts weiter als ein jämmerlicher Feigling.

Die Wirtshaustür fliegt auf und knallt lautstark gegen die Wand.

Der Bürgermeister zuckt erschrocken zusammen, zieht den Kopf ein und geht beinahe hinter dem nächsten Tisch in Deckung. Dann sieht er, dass sein zwölfjähriger Sohn Micha im Türrahmen steht, außer Atem, schnaufend wie ein alter Trecker.

„Verdammt, Micha, wie oft hab ich dir gesagt—" Das Herz schlägt dem Bürgermeister bis zum Hals und ihm ist danach, den pausbäckigen Bengel zu ohrfeigen.

„Soldaten, Papa", sagt Micha aufgeregt. „Soldaten sind in der Stadt."

Die Wut des Bürgermeisters verfliegt augenblicklich. Er lächelt. Zupft ganz unbewusst wieder am Kragen seines Anzugs. „Die Amerikaner."

Micha schüttelt den Kopf. „Ne. Welche von uns. Ich glaub SS."

Der Schreck fährt ihm in die Glieder. SS. Gottverdammt, was wollen die denn noch hier?

Er sieht zu seiner Frau, deren verhärmte Mundwinkel sich zu einem spöttischen Lächeln verzogen haben. „Hol meine Uniform, Brigitte."

Sie greift zum nächsten Glas in der Spüle, um es abzutrocknen. „Hol sie dir doch selbst, Robert."

Er macht zwei schnelle Schritte auf den Tresen zu, seine Hand mit dem Versprechen der Ohrfeige erhoben, der Micha entgangen ist. Brigitte weicht unwillkürlich einen Schritt zurück. Sie stellt das Glas ab und wirft das Spültuch zur Seite. „Ich geh schon."

Mit klopfendem Herz sieht der Bürgermeister seine Frau aus dem Schankraum eilen. Dann dreht er sich zu seinem Sohn um, der noch immer in der Tür steht. „Und du hängst das Bild vom Führer wieder auf. Aber zackig!"

KAPITEL 7

Von Starnfeld steht neben dem Kübelwagen und raucht.

Ein paar Kinder haben sich auf dem Platz vor der Kirche versammelt und starren die Soldaten mit neugierigen Augen an. Ein zotteliger Hund umkreist die Fahrzeuge mit misstrauischem Blick.

Von Starnfeld hält sein Gesicht in die Sonne, die sich durch einen Riss in den Regenwolken gekämpft hat, und genießt ihre Wärme auf seiner Haut. Er atmet tief durch. Schon erstaunlich, was so ein bisschen Sonne ausrichten kann.

Sie gibt ihm Zuversicht.

Sie sind hier und sie werden es finden.

Und wenn sie es haben, werden sie sich nach Süden durchschlagen. Das wird nicht einfach, das ist ihm klar. Im Gegenteil, es wird schwierig, eine fast unüberwindbare Aufgabe. Der Feind ist jetzt überall. Sie werden die Uniformen ablegen müssen, und selbst das wird es nicht viel einfacher machen. Aber sie haben keine andere Wahl. Es ist, wie er es dem Landser gesagt hat: egal, wie sehr gestorben, geblutet und gelitten wird. Solange man an den Sieg glaubt, solange wird es keine Niederlage geben. Und von Starnfeld glaubt an den Sieg. Genau wie der Führer.

Denn woran sollte er sonst glauben?

Er sieht Oberscharführer Dörfler die Straße hinabkommen, neben ihm ein Mann Mitte fünfzig in brauner Ortsgruppenleiteruniform. Das muss der Bürgermeister sein, Robert Schlick. Von Starnfeld erkennt einen Stiefellecker, wenn er einen sieht.

Er hat weiß Gott genug davon kennengelernt. Die Wehrmacht und die SS sind voll davon. Von Starnfeld weiß auch, dass diese Stiefellecker gefährlich sind. Hinterhältige Bastarde, die sich selbst am Nächsten sind und die dir einen Dolch in den Rücken stoßen, sobald du einen Moment unachtsam bist.

Der Bürgermeister schlägt zackig die Hacken zusammen, den rechten Arm kerzengerade zum Hitler-Gruß ausgestreckt. „Sieg Heil, Herr Obersturmbannführer. Herzlich willkommen. Wenn ich mich vorstellen darf: Robert Schlick, Bürgermeister und Ortsgruppenleiter, zu Ihren Diensten."

Von Starnfeld sieht Dörfler spöttisch lächeln, er selbst verzieht keine Miene, mustert den Mann mit kaltem Blick. Verzichtet darauf, sich vorzustellen. Er tippt etwas Asche von der Spitze seiner Zigarette und nimmt wieder einen Zug. Bläst den Rauch aus und fragt: „Johannes Löwenstein. Sagt Ihnen der Name etwas?"

Der Bürgermeister blinzelt einen Moment irritiert, bevor er antwortet: „Ja. Das war ein Jude. Hat hier im Dorf gewohnt. Das heißt seine Eltern und seine Geschwister haben hier gewohnt. Der Löwenstein ist nach Essen gezogen. Kam seine Familie aber manchmal besuchen."

„Bringen Sie uns zum Haus der Löwensteins."

„Die wohnen nicht mehr hier." Der Bürgermeister reckt seine Brust, klopft auf das Parteiabzeichen an seiner Uniform. „Ich kann mit Stolz vermelden, dass unser Ort seit November 38 judenfrei ist, Herr Obersturmbannführer."

Von Starnfeld unterdrückt den Impuls, diesen aufgeblasenen kleinen Wichtigtuer anzuschreien. Schreien ist ein Zeichen von Schwäche.

Und Schwäche kann er sich nicht erlauben. Er nimmt

einen Zug von seiner Zigarette und bläst den Rauch durch die Nasenlöcher aus. „Bringen Sie uns zu dem Haus“, sagt er, ohne die Stimme auch nur ein bisschen zu erheben.

Der Bürgermeister kapiert trotzdem, dass er der Aufforderung jetzt besser unverzüglich nachkommt. Er nickt eifrig. „Sicher. Natürlich. Wie Sie wünschen. Ist aber nicht mehr viel von übrig, von dem Haus, das sag ich Ihnen gleich.“

Dörfler, der in die Knie gegangen ist, um den zotteligen Köter zu streicheln, der sich an ihn herangewagt hat, hebt den Kopf. Sein alarmierter Blick trifft sich mit dem des Obersturmbannführers.

Von Starnfeld schnippt seine Zigarette davon. „Gehen wir. Na los.“

Die Außenwände stehen noch, aber das Dach ist eingestürzt und hat das erste Stockwerk mit sich gerissen. Das Haus hat gebrannt, die Trümmer sind rußgeschwärzt, die Holzbalken verkohlt.

„Es gab ein Feuer. Ein paar Tage, nachdem wir das Judenpack davongejagt haben“, sagt der Bürgermeister. „Wahrscheinlich Kinder.“

Von Starnfeld atmet tief ein und aus, um seinen Herzschlag zu beruhigen. „Was ist aus dem Besitz der Juden geworden?“

„Ein paar Kleidungsstücke haben wir ihnen zugestanden, mehr nicht.“

„Wurde das Haus geplündert?“

Der Bürgermeister windet sich. „Na ja, der Möller hat ein paar Möbel mitgenommen. Und ein paar der Frauen haben sich Geschirr und Bettzeug und so was geholt. Aber sonst, die hatten ja nicht wirklich was."

Von Starnfeld sieht zu Dörfler. Der zottelige Hund ist dem Oberscharführer gefolgt und sitzt ein Stück neben ihm auf seinen Hinterläufen.

In der Ferne erklingt eine Sirene. Fliegeralarm.

Der Bürgermeister deutet mit einer Hand nach Westen. „Das kommt aus Graubach. Tiefflieger vom Ami. Die machen seit Tagen die Gegend unsicher. Aber hier bei uns waren die noch nicht."

Von Starnfeld holt sich wieder eine Zigarette aus seinem Etui und klopft sie auf dem Deckel aus. „Sie können gehen. Ich lasse Sie rufen, wenn ich Sie brauche."

Der Bürgermeister nickt unterwürfig. „Gerne, Herr Obersturmbannführer." Er hüstelt. „Übrigens, ich betreibe das Wirtshaus hier im Ort. Und. Na ja. Wir haben nicht viel, aber was wir haben, würden wir selbstverständlich gern mit Ihnen und Ihren Männern teilen, Herr Obersturmbannführer."

Von Starnfeld hat ein Streichholz angerissen und hält die Flamme an die Zigarettenspitze. Inhaliert und bläst den Rauch Richtung Bürgermeister. „Davon gehe ich aus."

Der Bürgermeister schlägt die Hacken zusammen und sein rechter Arm schießt nach oben wie eine V2. „Heil Hitler."

Von Starnfeld nickt bloß. Der Bürgermeister macht zackig auf dem Absatz kehrt und marschiert davon. Dörfler schnauft spöttisch. Von Starnfeld sieht dem Bürgermeister nach, dann gleitet sein Blick wieder über die ausgebrannte Hausruine.

Ihnen wird wirklich nichts geschenkt.

„Glauben Sie, es ist noch hier, Herr Obersturmbannführer?“

Von Starnfeld dreht sein Gesicht zu Dörfler und nickt. „Der Jude war ein schlauer Bastard. Der hat es gut genug versteckt, dass es niemand findet. Vielleicht im Keller.“

Dörfler sieht auf die Trümmerberge und schnauft. „Wird ’ne Menge Arbeit.“

Von Starnfeld kneift die Augen zusammen. Er mustert seinen Oberscharführer, diesen groben Klotz von Mann, diesen menschlichen Ausbund von stumpfer, gefühlloser Gewalt. „Wenn Sie die Sache etwas sanfter angegangen wären, hätte er uns vielleicht noch das genaue Versteck verraten.“

Dörfler hält den Blick des Obersturmbannführers. Reibt mit einer schwieligen Klaue sein stoppelbärtiges Kinn. „Die Dinge sanft anzugehen, wurde nie von mir verlangt.“

Von Starnfeld nickt. Damit hat er leider recht.

KAPITEL 8

Er sieht sie nur schemenhaft, verschwommen.

Seine Frau.

Sein Herz schlägt schneller.

Sie ist über ihn gebeugt, er spürt ihre Haarspitzen, die sein Gesicht streicheln. Er will eine Hand heben, um ihre Wange zu berühren, hat sie so lange nicht berührt, aber ihm fehlt die Kraft. Es ist, als halten schwere Gewichte seine Arme neben seinem Oberkörper fest.

„Elisabeth." Seine Stimme ist rau, kratzig, kaum zu hören, nicht mehr als ein schwaches Flüstern.

Die Frau, seine Frau, da ist er sicher, hört ihn trotzdem und erwidert: „Mein Name ist Elsa, Landser."

Elsa? Wer ist Elsa? Der Name schwirrt in seinem Kopf hin und her, wie ein außer Rand und Band geratener Querschläger. Elsa, er kennt keine Elsa, seine Frau heißt Elisabeth, ja, Elisabeth. Wo ist Elisabeth?

Und dann kommt die Erinnerung.

Daran, wie die Feldpost ausgeteilt wird. Ein Wunder, dass sie überhaupt noch ankommt. Sie hocken in ihrem Unterstand, nur wenige hundert Meter entfernt die Russen. Keiner weiß, wie lange die Feuerpause noch anhält. Der Leutnant sagt, die Russen warten auf Panzer. Heinrich sieht auf den Brief in seiner Hand. Er ist von den Glotzbachs, seinen Nachbarn in Hagen. Wieso schreiben ihm die Glotzbachs?

Er reißt den Umschlag mit seinen schwieligen, schmutzigen Händen auf, obwohl er den Brief nicht lesen will, weil er plötzlich ganz genau weiß, was drin steht.

Trotzdem falten seine Finger das Papier auseinander.

Da ist sie, die krakelige Handschrift von Grete Glotzbach:

Bombenangriff... aber dann wurde das Haus schwer getroffen... wir sind alle noch rechtzeitig in den Keller gekommen... ein Teil des Kellers ist eingestürzt... Elisabeth und die Kinder wurden verschüttet... wir konnten Karin ausgraben, mit bloßen Händen... es war wie ein Wunder, nur ein paar Schürfwunden, Schrammen, sonst war sie unversehrt... aber Lisbeth und Edith... oh, Heinrich, es tut so weh, Dir diese Worte schreiben zu müssen... Lisbeth und Edith, sie haben es nicht überlebt...

Mehr kann er nicht mehr lesen, weil ihm die Tränen die Sicht nehmen. Er hört ein Schluchzen, das klingt wie das Heulen eines wilden Tiers und begreift erst, als Wittenberg und Henke ihn ansehen, dass das Schluchzen aus seiner Kehle kommt. Er faltet den Brief mit zitternden Händen wieder zusammen und schiebt ihn in die Brusttasche seiner Feldjacke. Wittenberg richtet sich auf, kommt auf ihn zu und sagt etwas, aber seine Worte gehen im Heulen der russischen Artillerie unter. Eine Granate explodiert direkt vor ihrem Unterstand und Wittenberg wird von einer unsichtbaren Faust nach vorn geworfen, knallt direkt neben Heinrich gegen die Holzbalken, bleibt als blutiges, grotesk verrenktes Bündel liegen, während Heinrich sich auf den Bauch wirft und die Erde unter ihm nicht mehr aufhören will zu beben.

Er sieht Henke, ebenfalls flach auf dem Boden, mit in Todesangst aufgerissenen Augen, aus einer Kopfwunde blutend. Der Lärm der Explosionen ist ohrenbetäubend, eine Kakophonie des dutzendfachen Todes, als entlang der gesamten Verteidigungslinie die Landser von Artillerie- und Panzergranaten in Stücke gerissen werden.

Heinrich weiß, es gibt nur eins, ausharren, bis es aufhört und die russische Infanterie ihren Sturmangriff auf die deutschen Stellungen beginnt. Sie haben das schon mehrfach mitgemacht, auch Henke, aber der hält es jetzt nicht mehr aus, dieser Angriff ist der eine Angriff zu viel. Er springt auf, schwankt, stolpert und schreit dabei wie am Spieß, in seinen Augen nicht mehr Todesangst, sondern nur noch der blanke Wahnsinn. Heinrich streckt instinktiv einen Arm aus, um ihn festzuhalten, aber Henkes Knöchel entgleitet seinen Fingern und er sieht den Malermeister aus Bochum aus dem Unterstand taumeln und danach nie wieder.

Dem Artilleriebeschuss folgt der Sturmangriff der sowjetischen Infanteristen, eine gigantische Masse aus schmutzigen, braunen Uniformen, die sich, angetrieben von gnadenlosen Offizieren und Politkommissaren, selbstmörderisch, Sturmwelle auf Sturmwelle, ins Abwehrfeuer der Deutschen wirft. Bald bedecken die Toten fast Körper an Körper das Niemandsland zwischen den Stellungen, aber der Angriff lässt nicht nach, immer neue Soldaten rücken nach und schließlich bricht die Verteidigung der Landser erst an einer Stelle, dann an einer zweiten, einer dritten und schließlich sind die Russen durchgebrochen und das deutsche Bataillon sucht sein Heil in der unorganisierten Flucht nach hinten.

Auch Heinrich rennt, hört hinter sich das Röhren der russischen T-34 Panzer, das Hämmern der Maschinengewehre, das Schreien der Sterbenden.

Und er hört nicht mehr auf zu rennen.

„Du bist in Sicherheit." Die Stimme der Frau.

Nicht seine Frau.

Nein.

Seine Frau ist tot.

Er blinzelt ein paar Mal und jetzt sieht er besser.

Die Frau, die sich über ihn beugt, ist jünger als Elisabeth, Anfang zwanzig, nicht älter. Langes dunkles Haar fällt weit über ihre Schultern und es sind die Spitzen dieses dunklen Haares, die sanft seine Haut streicheln.

Sie wischt mit einem feuchten Tuch über sein Gesicht, dann wendet sie sich ab und Heinrich dreht den Kopf, verfolgt mit seinem Blick, wie sie zu einer Küchenzeile geht und das Tuch über einer Spüle auswringt.

Stück für Stück nimmt Heinrich seine Umgebung wahr. Er liegt auf einem langen Holztisch, in einer großen, schlichten Küche. Über ihm massive Holzbalken, an denen diverse getrocknete Sträucher und Pflanzen von kleinen Haken baumeln. Das warme Licht der untergehenden Sonne fällt schräg durch schmutzige Fensterscheiben und auf der Fensterbank, vor einem der großen Fenster, sitzt eine hünenhafte Gestalt. Für einen kurzen Moment denkt Heinrich an den Oberscharführer und die Angst fährt mit eisigen Klauen durch seine geschundenen Glieder, aber dann sieht er, dass es sich um einen jungen Mann in schmutzigen Latzhosen handelt.

Er hat struppiges Haar, das wie ein Vogelnest auf seinem ovalen Schädel thront und irgendetwas an seinem Gesicht ist seltsam – anders. Er starrt Heinrich mit dumpfem Blick an.

Der beißende Geruch von Urin steigt Heinrich in die Nase. Er weiß, dass das seine eigene vollgepisste Hose ist und sein Gesicht erhitzt sich vor Scham.

Die junge Frau, Elsa, hat zu einer kleinen Holzschüssel gegriffen und rührt mit einem alten Holzlöffel darin herum, dann kehrt sie zum Tisch zurück. Sie lächelt auf Heinrich hinab und zeigt ihm die Schüssel. „Nicht erschrecken. Ich werde jetzt etwas Salbe auf deinen Hals streichen."

Sie tunkt zwei Finger ihrer rechten Hand in die Holzschüssel und Heinrich sieht eine grüne, dickflüssige Pampe auf ihren Fingerspitzen. Als sie die Pampe auf seinen Hals streicht, zuckt Heinrich mit einem kehligen Laut zusammen und seine rechte Hand schießt nach oben, seine Finger schließen sich hart um ihr Handgelenk. Sie zuckt erschrocken zusammen und lässt beinahe die Schüssel zu Boden fallen. Heinrichs Hals brennt wie Feuer und fühlt sich an, als sei er auf das doppelte seiner normalen Größe angeschwollen.

Jetzt kehrt auch die Erinnerung an die SS-Soldaten zurück, an den Strick um seinen Hals, an den Ruck, als ihn das Seil vom Lastwagen reißt und daran, wie er hilflos am Ast baumelt, daran, wie ihm Elisabeth und Edith erschienen sind, und daran, wie langsam aber sicher das Leben aus seinem Körper entwichen ist. Das Mädchen hier muss ihn gerettet haben. Aber daran kann er sich nicht erinnern.

Der Hüne am Fenster ist aufgesprungen, als Heinrich Elsa gepackt hat und er macht jetzt zwei schnelle Schritte auf den Tisch zu, die Augen in seinem Babygesicht funkeln feindselig und angriffslustig.

Elsa hebt eine Hand. „Schon gut, Paule."

Sie blickt wieder auf Heinrich hinab. „Ich weiß, es brennt, aber es hilft. Glaub mir, Soldat."

Heinrich schielt hinüber zu dem Hünen, der in der Mitte der Küche Halt gemacht hat, den Kopf zwischen die massigen Schultern gezogen, wie ein Stier kurz vor dem Angriff.

Elsa lächelt. „Mein Bruder tut keiner Fliege was zuleide, Soldat. Es sei denn, die Fliege will seiner Schwester wehtun."

Heinrich starrt in ihre großen, braunen Augen, dann lösen sich seine Finger von ihrem Handgelenk und sein Arm fällt schlaff zurück auf den Tisch.

Paule entspannt sich und er kehrt an seinen Platz auf der Fensterbank zurück, lässt Heinrich dabei aber keine Sekunde aus den Augen.

Elsa hebt wieder die Finger mit der grünen Pampe, von der Heinrich jetzt sicher ist, dass sie aus den Kräutern und Pflanzen zusammengerührt ist, die von der Decke baumeln. „Ich mache jetzt weiter, Soldat. Einverstanden?"

Er nickt.

Und obwohl seine Stimme nicht viel mehr als ein kaum zu vernehmendes Kratzen ist, versteht Elsa ihn und lächelt, als er sagt: „Danke."

KAPITEL 9

Der Führer blickt wieder grimmig von seinem Platz an der Wand und niemand wird je erfahren, dass er bereits in Zeitungspapier gewickelt und abgeschrieben in der hintersten Kellerecke gestanden hat. Eigentlich hatte der Bürgermeister das Bild sogar verbrennen wollen, zusammen mit seinen Parteipapieren, aber jetzt ist er heilfroh, dass er das noch nicht getan hat.

Er steht hinter dem Tresen und zapft die Biere, so schnell er kann. Es gilt, den Obersturmbannführer und seine Männer bei Laune zu halten. Er spürt die ungeduldigen Blicke der Soldaten und raunzt seine Frau an, die gerade die ersten Gläser auf ihr Tablett packt: „Nun mach mal hin, Brigitte. Die Männer haben Durst.“ Er sagt es laut, damit sie es hören und verstehen, dass es nicht seine Schuld ist, dass es so lange dauert.

Seine Frau zieht ihre Augenbrauen zusammen. „Noch ein Wort, Robert Schlick, und du kriegst ein Bierglas über den Schädel gezogen, hier vor allen Leuten, das versprech ich dir.“ Sagt es laut, damit die Soldaten wissen, was für ein Scheißkerl ihr Mann ist.

Brigitte bemerkt mit Genugtuung ein paar grinsende Gesichter bei den SS-Männern und zieht ihr volles Tablett vom Tresen, um es an die Tische zu bringen. Micha und sein jüngerer Bruder Georg haben inzwischen den Soldaten das Essen serviert, aber die Begeisterung hält sich in Grenzen.

Dörfler, der mit von Starnfeld in der Nähe des Tresens sitzt, starrt mürrisch auf den Suppenteller, dann zum Bürgermeister. „Was Besseres als diesen Fraß habt ihr nicht zu servieren?"

Der Bürgermeister weicht den eisig blauen Augen des Oberscharführers aus. „Tut mir wirklich leid, Herr Oberscharführer. Uns kommen die Steckrüben auch schon wieder aus den Ohren raus."

Dörfler schnauft verächtlich, und als der Sohn des Bürgermeisters sich am Tisch vorbeidrücken will, packt er ihn mit einer Hand beim speckigen Arm. „Für jemanden, der nichts zu beißen kriegt, steht der Bengel aber gut im Saft."

Micha erstarrt verängstigt in Dörflers Griff und schickt einen hilfesuchenden Blick zu seinem Vater.

Der Bürgermeister wedelt hilflos mit einem Lappen. „Ich werd sehen, ob ich zum Frühstück nicht ein paar Eier auftreiben kann, Herr Oberscharführer." Dann schnauzt er seinen Sohn an: „Micha, steh da nicht rum wie ein Ölgötze, die Herren warten auf ihr Bier."

Dörfler lässt den Jungen mit einem verächtlichen Lachen los und Micha eilt zu seinem Vater hinter den Tresen.

Von Starnfeld hat die ganze Zeit über schweigend und ohne eine Miene zu verziehen seine Suppe gelöffelt, fast geistesabwesend. Jetzt hebt er den Kopf und sieht Dörfler an. Der Oberscharführer hat Recht, die Suppe schmeckt beschissen. „Morgen früh durchkämmen Sie die umliegenden Höfe. Wir brauchen Verpflegung. Wer weiß, wann wir wieder Gelegenheit kriegen."

Dörfler nickt, nichts lieber als das. Ihm ist klar, dass die Menschen selbst nicht viel zu fressen haben, aber was sie haben, das werden sie rausrücken, das wird er ihnen schon unmissverständlich klar machen.

Er dreht den Kopf, als sich die Wirtshaustür öffnet und eine Frau im Türrahmen erscheint.

Dörfler lächelt bei ihrem Anblick.

Und der Bürgermeister erstarrt.

Sonja Kruse bleibt einen Moment im Türrahmen stehen und genießt ihren Auftritt. Ihr gefallen die lüsternen Blicke der sexuell ausgehungerten Soldaten, die über ihren drallen Körper gleiten. Der Bürgermeister macht ein Gesicht, als hätte ihn jemand gezwungen, einen Teller Scherben zu essen. Sonja bewegt sich mit schwingenden Hüften zwischen den Tischen hindurch und lehnt sich lächelnd an den Tresen. „Brummt ja, das Geschäft. Und das in diesen miesen Zeiten."

Der Bürgermeister blickt sich hektisch um, aber zum Glück ist Brigitte gerade in der Küche verschwunden. „Verdammt, Sonja, was willst du?"

„Das fragst du nicht, wenn ich mich für dich ausziehe." Sie wirft einen kurzen Blick über die Schulter zu den SS-Männern, dann sieht sie ihm wieder ins Gesicht, ihr Lächeln ist verschwunden, ihre Stimme ernst. „Wir müssen reden."

„Nicht jetzt. Bitte geh, bevor Brigitte—"

Zu spät. Seine Frau kehrt aus der Küche zurück und erstarrt bei Sonjas Anblick. Der Bürgermeister seufzt, das hat ihm gerade noch gefehlt.

Brigitte ist mit drei schnellen Schritten neben ihrem Mann und sieht Sonja in die Augen, presst jedes Wort zwischen den Zähnen hervor: „Sonja Kruse, du Schlampe. Ich hab dir gesagt, du sollst dich in meinem Wirtshaus nicht mehr blicken lassen."

Sonja lächelt gelassen und beugt sich nach vorn, die Unterarme auf dem Tresen gekreuzt, präsentiert sie provozierend ihre mächtige Oberweite, die sich im Ausschnitt ihres Kleides nach oben wölbt. „Da hat der Robert ja wohl noch ein Wörtchen mitzureden."

„Bitte. Das muss jetzt wirklich nicht sein. Reißt euch zusammen. Alle beide."

Sonja ignoriert den Bürgermeister, stattdessen mustert sie Brigitte mit spöttischem Blick. „Glaubst du wirklich, der Robert und ich treffen uns nicht mehr?"

Ehe der Bürgermeister es verhindern kann, ist Brigitte mit erstaunlicher Geschwindigkeit um den Tresen herum und steht dicht vor Sonja – ihre langen Finger krallen sich schmerzhaft in deren Arm. „Raus hier, du Schlampe. Raus!"

Sonja reißt sich los. „Fass mich nicht an, du frigide Mistkuh."

Brigittes Ohrfeige kommt schnell und hart und laut und ist der Funken, der das lange schwelende Pulverfass zwischen den beiden Frauen endgültig zur Explosion bringt. Von einem Moment zum anderen gehen Sonja und die Frau des Bürgermeisters wie tollwütige Füchse aufeinander los, schubsen, stoßen und schlagen sich, reißen sich an den Haaren und zerren an ihren Kleidern.

Der Schankraum ist erfüllt vom Lachen, Johlen, Klatschen und Pfeifen der Soldaten, denen lange nicht mehr ein solches Unterhaltungsprogramm geboten wurde wie heute Abend. Der Bürgermeister steht wie gelähmt hinter dem Tresen, während seine beiden Söhne mit großen Augen auf ihre Mutter starren, die sie so noch nie erlebt haben.

Auch Dörfler amüsiert sich prächtig, er schlägt lachend seine narbige Pranke auf den Tisch und das Bier in seinem Glas schwappt hin und her. „Na, die Weiber haben aber Pfeffer im Arsch. Da hast du dir was eingebrockt, Bürgermeister."

Der einzige, der keine Miene verzieht ist von Starnfeld.

Er starrt die beiden Frauen an, deren Kampf sich jetzt in

die Mitte des Schankraums verlagert hat, dann steht er ruckartig auf. An seiner Stirn pocht eine Ader.

Dörfler dreht den Kopf und sieht, wie der Obersturmbannführer mit langen Schritten auf die Frauen zugeht und sie grob auseinanderreißt. Seine rechte Hand klatscht erst laut in Sonjas Gesicht und wirft ihren Kopf zur Seite, dann ohrfeigt er die Frau des Bürgermeisters, hart genug, dass sie nach hinten taumelt und gestürzt wäre, würde sie nicht einer der SS-Soldaten festhalten.

Das Gelächter der Männer verstummt.

Von Starnfelds Linke krallt sich in Sonjas blondes Haar und seine Rechte packt Brigittes geflochtenen Zopf. Er zerrt die beiden Frauen grob zur Tür und einer seiner Männer, Scharführer Braun, springt auf, um die Wirtshaustür zu öffnen.

Der Obersturmbannführer stößt die Frauen grob ins Freie. Sonja strauchelt und stürzt, landet mit ihrem drallen Hintern auf dem Pflaster.

Von Starnfeld blickt auf sie hinab und sagt mit ruhiger Stimme: „Sollte ich Sie noch mal im Wirtshaus sehen, lasse ich Sie erschießen."

Sonja kämpft sich schwer atmend wieder auf die Beine. Sie reibt sich die Wange, wo von Starnfelds Hand einen roten Abdruck hinterlassen hat, wirft Brigitte noch einen letzten, finsteren Blick zu, dann wendet sie sich ab und verschwindet die nachtdunkle Straße hinab.

Brigitte weint lautlos und versucht ihr aus der Form geratenes Haar in Ordnung zu bringen.

Der Obersturmbannführer mustert sie ohne Mitleid. „Und Sie sehen gefälligst zu, dass meine Männer etwas Anständiges zu essen bekommen, bevor ich Ihren Bälgern ein Gewehr in die Hand drücke und sie an die Front befördere." Er macht auf dem Absatz kehrt und sieht den Bürgermeister mit großen Augen und offenem Mund in der Tür des Wirtshauses stehen. „Zivilisten haben ab jetzt Hausverbot."

Der Bürgermeister nickt hektisch. „Selbstverständlich, Herr Obersturmbannführer. Es tut mir leid—"

Von Starnfeld schiebt ihn grob beiseite und geht zurück in den Schankraum.

Der Bürgermeister sieht zu seiner Frau. Die wischt sich Tränen aus dem Gesicht. Für einen kurzen Moment tut sie ihm leid, immerhin ist sie die Mutter seiner Kinder. „Brigitte ..."

Er weiß nicht wirklich, was er ihr sagen will, aber zum Glück braucht er das auch nicht, denn sie schneidet ihm das Wort ab: „Geh zum Teufel, Robert."

KAPITEL 10

Die ersten Strahlen der Aprilsonne klettern über die Baumwipfel, zerfasern den über den Hängen wabernden Frühnebel und brechen sich in den Tautropfen, die sich auf Blättern und Grashalmen abgesetzt haben. Sie fallen durch die schmutzigen Fenster des alten Bauernhauses und in ihrem Licht tanzt der Staub über dem Küchentisch, an dem Heinrich sitzt und zusieht, wie Elsa am Herd dampfend heißen Eichelkaffee in drei Tassen gießt.

Paule steht neben seiner Schwester und sobald die erste Tasse voll ist, streckt er seine groben Finger nach ihr aus und setzt sie an den Mund. Er trinkt den heißen Kaffee in großen, gierigen Schlucken, so als wäre es eiskaltes Wasser an einem warmen Sommertag.

Elsa bemerkt Heinrichs verblüfften Blick und bringt eine Tasse Kaffee zu ihm an den Tisch. „Das konnte er schon als Kind. Er wollte seine Milch nicht lauwarm, sondern immer heiß. Hat unsere arme Mutter vollkommen irritiert."

Heinrich lächelt. Er fühlt sich gut. So gut man sich fühlen kann, wenn man an einem Baum aufgehängt wurde und mit dem Leben davongekommen ist.

Elsa hat ihn gestern Abend mit Paules Hilfe eine knarrende Treppe hinauf in den ersten Stock geschleppt, ins Schlafzimmer ihrer verstorbenen Eltern. Eigentlich schlafen Elsa und Paule dort, im alten Doppelbett ihrer Eltern, aber Elsa bestand darauf, dass Heinrich im Bett übernachtete, da nützte seine schwache Gegenwehr wenig.

Eine Weile lag er hellwach, der Schmerz in seinem Knöchel pochte, sein Hals fühlte sich noch immer an, als sei er auf das Doppelte geschwollen und das Schlucken bereitete ihm große Schmerzen. Seine Haut juckte wegen der Läuse, die er seit Russland nicht mehr losgeworden ist. Er hatte seit über einem Jahr nicht mehr in einem echten Bett gelegen, einem Bett, das Elsa kurz zuvor sogar noch mit frisch gewaschenen Laken bezogen hatte.

Der Schlaf kam nur schwer und dann waren da gleich die Träume. Träume, die ihn seit Monaten verfolgen, Träume, in denen ihm all das Grauen, das er in den letzten Jahren gesehen hat, immer und immer wieder erscheint, in den verschiedensten, in den surrealsten Formen. Diesmal endete sein Traum auf der Ladefläche des Lasters, das verächtliche Gesicht des Oberscharführers, als er ihm die Schlinge um den Hals legt, der Ruck, der durch den Lastwagen geht, als er anfährt – und dann erwachte Heinrich, sein Körper schweißgebadet. Eine Weile lag er frierend im Bett. Er zog die Decke eng an seinen Körper und starrte durch das kleine Fenster in die Nacht hinaus, wo sich die Wolken vom Himmel zurückgezogen hatten und an ihrer Stelle hell die Sterne funkelten. Kalte Nachtluft zog durch die Fensterritzen und strich über sein Gesicht.

Er dachte an Elisabeth, Karin und Edith und fragte sich, warum er nicht von ihnen träumte, warum sie ihm stattdessen wie Geister erschienen waren, als er wie ein lebender Toter von dem Ast baumelte.

Beim Gedanken an die kleine Karin zog sich ihm das Herz zusammen und Tränen schossen ihm in die Augen.

Wenn erwachsene Männer im Lärm eines Feuergefechts den Verstand verlieren, was passiert dann mit einem kleinen Mädchen, das mit anderen Menschen zusammengepfercht in einem schmutzigen Keller hockt, während oben Bomben vom Himmel fallen und die Stadt in eine Schlachtbank verwandeln? Was hatte Karin gefühlt, als das Haus getroffen wurde und der Keller über ihnen zusammenbrach, als ihre Mutter und ihre Schwester neben ihr starben? Die Unruhe in ihm wurde so groß, die Sehnsucht danach, sein Kind in die Arme zu schließen, dass er am Liebsten aus dem Bett gesprungen wäre, um seinen Heimweg fortzusetzen, aber er wusste, ihm fehlte die Kraft und sein geschundener Körper hatte die Ruhe dringend nötig.

Irgendwann schlief er dann tatsächlich ein. Fiel in ein tiefes, traumloses, schwarzes Loch, aus dem er erst vor einer Stunde wieder erwacht ist, mit dumpf hämmernden Kopfschmerzen, einem pelzigen Geschmack im Mund und einem steifen Körper, dessen kleinste Bewegung ein Trommelfeuer von größeren und kleineren Schmerzen an viel zu vielen Stellen auslöst.

Auch der Kaffee, den er jetzt trinkt, brennt wie Feuer in seiner Kehle, gibt aber dennoch einen willkommenen und dringend nötigen Schub Energie.

Gleichzeitig löst er Erinnerungen aus.

An das Kaffeehaus Tigges am Volme-Ufer, in das er Elisabeth geführt hatte, um ihr einen Heiratsantrag zu machen. Wie er hölzern vor ihr auf die Knie rutschte, während ihr vor Schreck ein Stück Sahnetorte aus dem Mund fiel, weil sie natürlich sofort wusste, was er sagen würde. Wie die alten Tanten am Nebentisch sie breit lächelnd angafften.

Wie Elisabeth „Ja!“ rief, bevor er seine Frage überhaupt über die Lippen bringen konnte. Wie sie ihre Arme um seinen Hals warf und dabei ihre volle Kaffeetasse vom Tisch fegte.

„Schmeckt lecker, dein Kaffee, Elsa.“

Paules Stimme reißt Heinrich aus seinen Gedanken und er sieht, wie Elsas Bruder von der Fensterbank rutscht und seine Tasse in die Spüle stellt. „Geh raus, Tiere füttern."

Elsa lächelt. „Mach das, Paule."

Sie sieht ihrem Bruder nach, wie er durch die Tür verschwindet, dann blickt sie zu Heinrich. „Wie fühlst du dich, Soldat?"

„Als hätte jemand vergessen, mir zu sagen, dass ich tot bin."

Sie lächelt. „Du siehst besser aus als gestern, aber du brauchst Ruhe. Fühl dich hier wie zu Hause."

Er schüttelt den Kopf. „Ich muss gehen."

Sie kommt mit ihrer Kaffeetasse an den Tisch und setzt sich auf einen der wackeligen Stühle mit der abgeblätterten Farbe. Streicht sich eine dunkle Haarsträhne aus dem Gesicht. „Kommt es wirklich noch auf einen Tag mehr oder weniger an?"

„Es kommt auf jeden Tag an." Er greift in die rechte Brusttasche seiner Feldjacke, die über einem Stuhl hängt und holt ein kleines, vollkommen abgewetztes Lederetui heraus. Klappt es auf. Drinnen unter einer Plastikfolie ein Foto. Er fummelt es heraus. Helle Risse ziehen sich durch das knittrige Schwarzweißfoto, der gewellte, weiße Rand ist vergilbt. „Meine Frau Elisabeth und Edith, meine ältere Tochter, sind bei einem Bombenangriff gestorben."

Heinrich und seine Frauen.

Er erinnert sich noch genau an den Tag, an dem das Foto gemacht wurde. Bei einem fahrenden Fotografen, auf der Oster-Kirmes am Höing, wenige Monate vor Kriegsbeginn. Die Menschen wussten, dass Unheil in der Luft lag, und alle hatten versucht, die Gedanken daran unter einer strahlenden Frühlingssonne bei Karussellfahrten, kandierten Äpfeln und Zuckerwatte zu verdrängen. Es war ein wunderschöner Tag gewesen und Heinrichs Familie hatte ihn mit diesem Foto für immer festgehalten.

Er starrt auf die lächelnden Gesichter von Elisabeth und Edith und der Gedanke daran, dass sie einfach nicht mehr da sein sollen, ist wie eine rostige Klinge, die tief in sein Fleisch schneidet. Er unterdrückt den Impuls, einfach laut loszuschreien und atmet tief durch. Sein Finger tippt auf das lächelnde, runde Gesicht der kleinen Karin. „Karin hat überlebt. Ich bin der einzige Mensch, den sie jetzt noch hat."

Elsa nickt. Ein Argument, das sie nur zu gut versteht. „Unsere Eltern sind kurz vor Ausbruch des Krieges gestorben. Erst mein Vater an einer Blutvergiftung und dann meine Mutter an einer verschleppten Lungenentzündung. Ich bin der einzige Mensch, den Paule noch hat."

Heinrich sieht sie an, erkennt die Liebe zu ihrem Bruder im wehmütigen Blick ihrer dunklen Augen. Er verspürt plötzlich den Wunsch, sie in die Arme zu nehmen und an sich zu drücken, die Wärme ihres schmalen Körpers an dem seinen zu spüren. Und zuckt zusammen, als sie ihre Hand auf seinen Unterarm legt.

„Alles in Ordnung, Soldat?"

Er fühlt sich ertappt wie damals in der Schule, als der Sportlehrer ihn und Sandhaus dabei erwischt hatte, wie sie durch ein Fenster in den Duschraum der Mädchen spannten. „Alles in Ordnung", sagt er.

Sie lächelt und steht auf.

Er wünschte, sie würde sitzenbleiben und die Hand auf seinem Arm liegenlassen. Es war ein gutes Gefühl. Ein Gefühl der Nähe, der menschlichen Wärme, eins, wie er es seit seinem letzten und einzigem Heimatbesuch nicht mehr verspürt hat.

„Wenn ich dich schon nicht überzeugen kann, noch zu bleiben, dann lass mich dir wenigstens etwas zu Essen einpacken“, sagt sie.

„Das ist nicht nötig.“

„Doch, Soldat. Ist es. Trink deinen Kaffee.“ Ohne eine Erwiderung abzuwarten, macht sie sich an den Schränken zu schaffen und Heinrich ist froh, dass ihm ihre Beharrlichkeit noch ein wenig Ruhe verschafft.

Er greift zur Kaffeetasse und trinkt.

KAPITEL 11

Die meisten der SS-Soldaten arbeiten mit Schaufeln und Hacken in der Hausruine, zusammen mit einem Dutzend alter Männer und Jungen aus dem Dorf. Schutt und Gestein werden mit Schubkarren abtransportiert.

Dörfler steht am Rand der Ruine und überwacht die Arbeiten. Ein paar der Soldaten schenken ihm grimmige Blicke, er könnte ruhig selbst mit anpacken, finden sie, aber trauen sich nicht, ihm das zu sagen. Immerhin ist er ihr Oberscharführer. Immerhin ist er Dörfler. Die meisten wissen von seiner Vergangenheit in Berlin. Von dem, was er getan hat, bevor er zur SA und dann zur SS ging. Sie haben Angst vor ihm und diese Angst, die haben sie zu recht.

Alle haben Angst vor Dörfler – das war schon immer so – , außer von Starnfeld. Aber damit kann er leben. Dörfler genügt, dass der Obersturmbannführer ihn respektiert und seine Fähigkeiten zu schätzen weiß.

Tatsächlich verhält es sich anders herum. Er würde das selbstverständlich vor den anderen nicht zugeben, aber Dörfler hat Angst vor von Starnfeld. Nicht weil der Obersturmbannführer von beeindruckender körperlicher Präsenz wäre, kaum einer ist körperlich beeindruckender als Dörfler selbst, nein, es ist etwas anderes.

Es ist Dörflers Wissen, dass von Starnfeld wahnsinnig ist.

Dörfler könnte es nicht in Worte fassen und jemandem erklären, aber er sieht den Wahnsinn in von Starnfelds grauen Augen, und er hat das Gefühl, als würde dieser Wahnsinn mit jedem Tag größer. Wahnsinn ist gefährlich.

Vor Wahnsinn muss man auf der Hut sein. Denn Wahnsinn ist unberechenbar.

Er hört Schritte und dann von Starnfelds Stimme: „Wie sieht's aus?“

Der Oberscharführer dreht den Kopf und sieht von Starnfeld an, der neben ihm stehen geblieben ist. „Noch nichts.“

Von Starnfeld holt eine Zigarette aus seinem Etui und zündet sie an.

Warum bietet der Scheißkerl mir eigentlich nie eine an?, fragt sich Dörfler. Weil er sein arrogantes blaues Blut, die mit in die Wiege gelegte Überzeugung, etwas Besseres zu sein, nicht einfach verdrängen kann. So sind sie fast alle, die Offiziere, ob in der Wehrmacht oder der SS. Elitäre Arschlöcher, die Dörfler schon in seinem alten Leben auf die Palme gebracht haben. Er hat sie mit Mädchen und Drogen, Kaviar und Champagner beliefert, hat dafür gesorgt, dass sie ihre Perversionen im Verborgenen ausleben durften wie römische Kaiser, aber selbst zugedröhnt und mit einer billigen Schlampe auf dem Schwanz haben die Dreckskerle nie die Arroganz in ihrem Blick verloren.

„Kümmern Sie sich jetzt um die Verpflegung, Oberscharführer“, sagt von Starnfeld.

Der verdammte Proviant. Ja, sie brauchen ihn, und niemand ist besser darin, die Fressalien bei widerwilligen Zivilisten einzutreiben als Dörfler, aber er will jetzt nicht hier weg, er will da sein, wenn sie *es* finden. „Ich schicke Braun gleich los.“

„Sie übernehmen das selbst.“

„Herr Obersturmbannführer, wär's nicht besser—“

Von Starnfelds Kopf ruckt herum. Seine Augen hinter der Brille funkeln. Und Dörfler sieht ihn wieder, den

Wahnsinn. „Ich habe Ihnen einen Befehl erteilt, Oberscharführer."

Dörfler hält von Starnfelds Blick einen Moment. Will ihm zeigen, dass er ein gehorsamer Soldat ist, ja, aber kein räudiger Köter, der den Schwanz einzieht, sobald ihn Herrchen anblafft. Lässt ein paar Sekunden zwischen ihnen verstreichen, bevor er sagt: „Jawohl, Herr Obersturmbannführer." Er macht auf dem Absatz kehrt und marschiert los.

Geduld, Dörfler, sagt er sich. Geduld. Von Starnfeld und die ganzen Idioten in Berlin können ihre Augen gerne vor der Wahrheit verschließen, aber Dörfler weiß, dass der Krieg so gut wie vorbei ist. Die Karten werden neu gemischt. Und Oberscharführer Dörfler aus Berlin-Charlottenburg wird dafür sorgen, dass er das beste Blatt in der Hand hält.

So, wie er es immer tut.

KAPITEL 12

Paule liebt Rita, die Kuh. Sie sorgt dafür, dass er und Elsa immer frische Milch haben, auch wenn sie schon ziemlich alt ist. Paule liebt die Hühner, weil sie ihnen frische Eier beim Frühstück bescheren und weil ihn ihr Gegacker zum Lachen bringt. Er liebt die Hasen, weil sie weich und flauschig sind, und es macht ihn traurig, wenn sie hin und wieder einen schlachten müssen, damit sie etwas zu Essen haben.

Paule liebt die Tiere sehr, nicht so sehr wie seine Schwester, aber doch mehr als seine Eltern, an die er sich irgendwie gar nicht mehr richtig erinnern kann, obwohl sie doch noch gar nicht so lange fort sind – im Himmel, wie der Pfarrer und Elsa ihm erklärt haben. Paule fragt sich, ob die Hasen auch in den Himmel kommen, wenn er und Elsa sie schlachten. Er nimmt sich vor, Elsa das zu fragen, wenn er wieder ins Haus geht, aber wahrscheinlich wird er es vergessen, so wie er vieles andere auch einfach vergisst.

Paule steht zwischen den Hühnern und sie flitzen wild gackernd um seine großen Füße in den ausgelatschten Schuhen herum, während er das Futter aus dem Korb in ihrem Gehege verstreut. Der Hahn plustert sich auf und hackt mit seinem Schnabel nach den Hühnern, sobald sie versuchen, Futter in seiner Nähe aufzupicken. Paule schimpft mit ihm: „Bist ein böser Hahn."

Der Hahn ignoriert ihn und rammt seinen Schnabel in den Kopf einer Henne, die sich zu nah herangewagt hat. Paule tritt nach ihm. „Lass das. Du hast genug."

Der Hahn plustert sich auf und kräht verärgert.

Paule muss lachen. Er liebt die Tiere. Sogar den bösen Hahn.

Dann hört er das Brummen.

Er kneift die Augen zusammen und dreht den Kopf zu der schmalen, unbefestigten Straße, die sich aus dem Waldstück heraus zu ihrem kleinen Hof schlängelt.

Das Brummen wird lauter und dann erscheint ein Lastwagen zwischen den Bäumen.

Der Hahn nutzt die Ablenkung und hackt rachsüchtig nach Paules Schuh, aber der Hüne ignoriert ihn. Paule versteht die Gefühle der meisten Menschen nicht richtig, und sehr oft versteht er auch seine eigenen Gefühle nicht. Aber er weiß, was Angst ist, und genau diese Angst kitzelt jetzt in seinem Bauch. Warum hat er Angst vor einem Lastwagen, fragt er sich. Ist doch nur ein Lastwagen, oder? Besser Elsa Bescheid sagen, denkt er und stellt den Korb mit dem Futter einfach mitten im Gehege ab. Während er mit langen Schritten zum Haus eilt, klettert der Hahn in den Futterkorb und verteidigt ihn entschlossen gegen jede Henne, die es wagt, ihren Kopf über den Rand zu strecken.

KAPITEL 13

Elsa hat etwas Brot, ein Stück Käse und ein Glas eingemachte Birnen in einen alten Stoffbeutel gepackt. Sie schließt ihn mit einer Schnur und bindet sie so, dass Heinrich sich den Beutel um die Schultern schlingen kann. Sie hat die Kleidung ihres Vaters nach dem Tod ihrer Eltern verkauft, weil die Sachen für Paule zu klein waren, aber in einer Truhe unter dem Dach hat sie noch einen alten Sonntagsmantel gefunden, voller Mottenlöcher, der Heinrich passt und den er sich jetzt über die Feldjacke zieht.

Er kann selbst nicht glauben, dass er Hunderte von Kilometern zurückgelegt hat, ohne dass es ihm möglich war, die Uniform gegen Zivilkleidung einzutauschen. Aber jetzt lässt bis auf die Knobelbecher auf den ersten Blick nichts mehr darauf schließen, dass er eine Uniform trägt.

Elsa reicht ihm den Beutel mit dem Essen und er wirft ihn sich über die Schulter.

Die Blicke der beiden treffen sich.

Heinrich weiß, dass das Mädchen recht hat. Sein Körper braucht Ruhe, ein paar Tage hier im Haus der Geschwister würden Wunder wirken, aber jeder Tag, jede Stunde, jede Minute, die Karin länger allein sein muss, ist für Heinrich schmerzhafter als alle körperlichen Qualen. Nichts zählt außer dem Gedanken, sein Kind so bald wie möglich in die Arme schließen zu können.

Er streckt etwas unbeholfen seine Hand aus. „Danke. Was du getan hast ... Ich werd das nie wieder gutmachen können.“

„Es gibt nichts wieder gutzumachen, Soldat.“ Elsa ergreift seine Hand, schüttelt sie. „Viel Glück.“

Er nickt. Behält ihre schmale Hand in seinen schwieligen, geschundenen Fingern und möchte sie nicht wieder loslassen, aber er weiß nicht, was er noch sagen soll, um diesen Moment noch hinauszuzögern.

Dann fliegt die Tür auf und Paule stolpert herein, das runde Gesicht ganz rot vor Aufregung. „Elsa. Da kommen Leute. Lastwagen.“

Heinrich humpelt zur Tür.

Und sieht den Militärlastwagen auf der Straße in ihre Richtung kommen.

Er erkennt ihn sofort wieder. Wie könnte er ihn jemals vergessen. Sein Herz beginnt zu rasen. Die Angst explodiert wie eine Granate in seiner Brust.

Er fühlt ihn wieder, den Ruck, als der Lastwagen anfährt, die Schlinge, die sich wie eine Klaue um seinen Hals schließt, die Sekunden, die er noch bei vollem Bewusstsein unter dem Baum hin- und herschwingt, während sich seine Blase in die Hose entleert.

Mit der Angst und der Erinnerung kommt der Hass. Abgrundtiefer Hass, so wie er ihn in all den Kriegsjahren nie für den Feind verspürt hat. Hass auf diesen Obersturmbannführer, wie war sein Name? Von Starnfeld? Hass auf den grobschlächtigen Klotz von Oberscharführer mit der Berliner Schnauze, Hass auf all die anderen Arschlöcher, die stillschweigend auf der Ladefläche hockten und ihn emotionslos anstarrten, als er da am Rand der Ladefläche stand, mit der Schlinge um seinen Hals.

Heinrich dreht sich um, sein Blick trifft sich mit dem von Elsa. „SS“, sagt er.

Elsa kommt zur Tür. Sieht den Lastwagen. Und weiß genau wie Heinrich, dass er nicht einfach an ihrem Gehöft vorbeifahren wird. „Dieselben?", fragt sie.

Heinrich berührt automatisch seinen Hals und verzieht das Gesicht unter Schmerzen. „Ja. Ich muss weg."

Er will aus der Küche in den Flur und nach hinten, wo eine zweite Tür in Freie führt.

Elsa eilt ihm hinterher und greift nach seinem Arm. „Du schaffst es nicht bis zum Wald. Die sehen dich."

„Ich hab keine andere Wahl. Wenn die mich hier finden, seid ihr genauso tot wie ich."

„Ich kann dich verstecken."

Er sieht sie an. Diese tapfere junge Frau. Er zögert. Sie hat ihm das Leben gerettet und er will nicht, dass sie und ihr Bruder dafür mit ihrem bezahlen. Aber sie hat recht, die Entfernung bis zum schützenden Waldrand ist zu groß, die SS-Männer werden ihn auf jeden Fall sehen, selbst wenn er sich so lange wie möglich in der Deckung des Hauses bewegt. Und jede Sekunde, die er länger hier steht, lässt seine Chance immer weiter schrumpfen. „Hast du eine Waffe?", fragt er. „Eine Pistole? Ein Gewehr?"

Sie schüttelt den Kopf. „Nein."

Heinrich sieht über ihre Schulter zur Spüle, wo das große Messer liegt, mit dem Elsa das Brot und den Käse geschnitten hat. Eine lange, scharfe und massive Klinge. Draußen wird der Lärm des Lastwagens immer lauter.

Haben sie gesehen, dass seine Leiche verschwunden ist? Suchen sie ihn? Oder ist ihr Kommen reiner Zufall? Spielt keine Rolle, dass Einzige, was zählt ist, *dass* sie kommen und dass er sich kein zweites Mal aufknüpfen lassen wird. Und ebenso wenig wird er zulassen, dass Elsa und ihrem Bruder etwas passiert, das haben sie nicht verdient.

Heinrich geht zur Spüle und greift nach dem Messer.

Sieht Elsa an. „Wo soll ich hin?"

KAPITEL 14

Der Lastwagen rollt von der Straße auf den kleinen Bauernhof. Die Hühner flattern, vom Lärm aufgescheucht, hektisch um den Futterkorb, nur der Hahn bleibt sitzen. Rogge, der Fahrer, würgt den Motor ab und fängt sich einen grimmigen Seitenblick von Dörfler. „Führerschein auf'm Rummel gewonnen oder was?"

„Das ist die Kupplung, mit der stimmt was nicht."

Dörfler lacht spöttisch. „Sicher, Rogge, sicher."

Er stößt die Tür auf und klettert ins Freie. Hinter ihm springen die drei anderen – Krause, Niemann und Schreck – von der Ladefläche, auf der die Ausbeute ihrer Proviantsuche liegt. Eher erbärmlich. Zwei kleine Bauernhöfe haben ihnen ein Dutzend tote Hühner, ein paar Kisten eingemachtes Obst und Gemüse gebracht. Sie hätten einen Esel haben können, aber gottverdammt, Pferdefleisch haben sie in Russland genug gefressen, davon hat Dörfler die Schnauze voll.

Sein Blick fällt auf das Hühnergehege und die Kaninchenställe. Der Hahn, der auf einem Futterkorb sitzt, hat sich wichtigtuerisch aufgeplustert und irgendwie erinnert er Dörfler an von Starnfeld. Der Gedanke lässt ihn grinsen. Er wedelt mit der Hand. „Krause, Niemann. Das Viehzeug."

Während Krause und Niemann zu den Tieren gehen, öffnet sich die Tür des Hauses und eine junge Frau erscheint im Türrahmen. Sie lächelt freundlich. „Guten Tag."

Ihr Blick fällt auf die beiden Soldaten, die ins Hühnergehege steigen, was der Hahn mit protestierendem Gackern kommentiert. „Darf ich fragen, was Sie hier tun?"

Dörfler mustert sie, ein hübsches, dünnes Ding mit großen Augen. Erinnert ihn an eins der Mädchen, die er mal am Laufen hatte. Die Kleine war ein Renner bei den alten Säcken gewesen und hatte Dörfler eine Menge gutes Geld gebracht, bevor sie sich die Syphilis einfing und nicht mehr zu gebrauchen war.

Neben ihm erscheint ein lüsternes Lächeln auf Rogges Gesicht. „Na guck mal an, ein Leckerchen."

Dörfler ignoriert ihn und macht einen Schritt auf die junge Frau zu. „Ich organisiere Verpflegung für meine Truppe. Damit haben Sie doch wohl kein Problem, oder?"

Das Mädchen sieht, dass Krause den wild krakeelenden Hahn gepackt und hochgehoben hat – und dem Tier dann mit einer ruckartigen Bewegung den Hals umdreht. Krause lässt den Gockel fallen und schnappt sich das nächste Huhn. Keiner kann so schnell und effizient den Viechern den Hals umdrehen wie Krause, das muss man ihm lassen, denkt Dörfler. Hat er nach eigenen Worten auf dem Hof seiner Eltern in Franken gemacht, seit er fünf Jahre alt ist.

Etwas zuckt im Gesicht des Mädchens und Dörfler erwartet ihren Protest, aber sie reißt sich zusammen, ihre Stimme bleibt ganz ruhig, als sie sagt: „Bitte nehmen Sie uns nicht alles weg. Wir müssen schließlich auch von etwas leben."

Im selben Moment erscheint ein hünenhafter, junger Kerl hinter ihr im Türrahmen, so breitschultrig und kräftig wie Dörfler, aber der Oberscharführer erkennt einen echten Schwachkopf, wenn er einen sieht, und dieser Koloss da ist so ein Schwachkopf, von Geburt an bescheuert.

Die Augen im stupiden Gesicht des Hünen werden groß und sein Mund klappt auf, als Niemann ein Kaninchen an den Ohren aus seinem Käfig zieht. „Was machen die, Elsa?“ Seine Stimme hell und kreischend wie von einem Eunuch.

Niemann hält das zappelnde Kaninchen an den Ohren, zieht mit der anderen Hand sein Bajonett aus der Scheide – und schneidet ihm mit einer schnellen Bewegung die Kehle durch. Niemann hält das Tier mit gestrecktem Arm von sich fern, aber das Blut spritzt trotzdem bis auf seine Uniform.

Der große Schwachkopf schreit: „Nein!“

Setzt sich in Bewegung.

Das Mädchen greift nach seinem Arm. „Paule, bleib hier.“

Aber er reißt sich los und stampft mit langen Schritten auf die Kaninchenkäfige zu. „Nicht unsere Kaninchen totmachen.“

Dörfler nickt Rogge zu. Der ist ein Wiesel, klein, dürr und nur halb so groß wie der Schwachkopf, aber er tritt ihm breitbeinig in den Weg und rammt ihm den Kolben seines Karabiners in die Magengrube. Der Schwachkopf schnappt nach Luft und bricht röchelnd in die Knie. Hockt auf allen Vieren und würgt.

Das Mädchen schreit. „Paule!“

Sie eilt zu dem wimmernden Hünen, dem der Rotz aus der Nase läuft. Sie drückt ihn an sich und streichelt über seinen Kopf, während sie die Soldaten wütend anfunkelt. „Mein Bruder hat doch nichts getan.“

Rogge blickt verächtlich auf den Schwachkopf hinab, dem das Mädchen mit einer Hand den Schnodder von der Nase wischt. Tränen laufen über die Wangen des Kerls und ein wehleidiges Heulen verlässt seine Kehle, als Niemann das mit den Hinterläufen strampelnde Kaninchen auf den Boden drückt und ihm das Bajonett in den Hals rammt.

Rogge sieht zu Dörfler. „Der ist doch nicht ganz echt, der Kerl. Guck dir die bescheuerte Fresse an. Ich dachte, solches Ungeziefer wäre längst ausgerottet."

Dörfler erwidert nichts, sein Blick liegt auf dem Mädchen. „Halt den Schwachkopf von meinen Männern fern oder wir knallen ihn ab."

Sie erwidert nichts, starrt ihn nur an.

Dörfler sieht Angst in ihrem Blick, natürlich, warum sollte ausgerechnet sie keine Angst vor ihm haben, aber er sieht auch Wut und Widerstand – eine Mischung, die ihn scharf macht. Er mag Weiber, die sich wehren, auch wenn sie letzten Endes keine Chance haben. „Hast du Kaffee?", fragt er.

Sie nickt. „Ja."

„Dann gib uns welchen."

Sie hilft ihrem Bruder auf die Beine. Der Schwachkopf hält sich den Bauch, dort, wo ihn Rogges Gewehrkolben getroffen hat, und sieht ängstlich zu Boden, meidet die Blicke der SS-Männer.

Dörfler, Rogge und Schreck folgen den Geschwistern zum Haus. Rogge beäugt mit einem dreckigem Lächeln den Hintern des Mädchens, dann sieht er zu Dörfler, der dasselbe getan hat. „Kaffee, hm, Dörfler?"

Dörfler ignoriert ihn und betritt hinter dem Mädchen und dem Schwachkopf das Haus.

Sie sind in einer großen Küche. Dörfler sieht allerlei getrocknete Kräuter von den Deckenbalken hängen. Der Geruch von Kaffee liegt in der Luft und auf dem Ofen steht eine Kanne.

Das Mädchen geht an einen Schrank und holt Tassen heraus. Der Bruder bleibt neben ihr stehen, die Hände in die Taschen seiner Latzhose vergraben, den Blick gesenkt.

Dörfler blickt zu dem Mädchen. „Sag dem Schwachkopf, er soll sich setzen."

Der Kopf ihres Bruders ruckt nach oben, sein Mut ist zurück. Er schickt Dörfler einen bösen Blick, der den Oberscharführer fast zum Lachen bringt. „Bin kein Schwachkopf, nein."

„Und das Maul soll er auch halten, sonst schlag ich ihm die Zähne ein."

Das Mädchen legt ihrem Bruder eine Hand auf den Arm. „Setz dich Paule. Bitte."

Der Hüne grunzt etwas Unverständliches und schlurft zum Küchentisch, lässt seine massige Gestalt auf einen Stuhl sacken. Dörfler sieht zu Rogge – der nickt und verschwindet durch die Küchentür ins Haus. Während das Mädchen drei Tassen mit Kaffee füllt, beginnt Schreck die Schränke nach Essbarem zu durchsuchen und stopft alles, was er findet, in einen großen Baumwollsack.

Dörflers Blick gleitet durch die Küche, sein Blick verharrt kurz auf dem Küchentisch, dann sieht zu dem Mädchen. „Wer wohnt noch hier?" Dörfler entgeht nicht, dass sie einen Moment innehält, bevor sie sich zu ihm umdreht, ihr Gesicht ausdruckslos. „Niemand. Nur mein Bruder und ich."

Dörfler nickt zum Küchentisch. „Und warum stehen da *drei* Tassen?"

Einen Moment erwidert sie nichts.

Schreck, der vor einem ihrer Schränke kniet, hält inne und sieht auf.

Dörflers Augen verengen sich, sein Blick durchbohrt sie.

Dann zuckt sie mit den Achseln. „Paule trinkt nicht gern zweimal aus derselben Tasse."

Dörfler sieht zu Paule, lächelt spöttisch. „Also doch

Schwachkopf."

Rogge kommt zurück in die Küche und sieht zu Dörfler, schüttelt den Kopf.

Dörfler nickt, atmet durch und entspannt sich. Er hängt seine Maschinenpistole am rissigen Ledergurt über eine Stuhllehne. Sieht zu dem Mädchen. Sieht ihr langes, dunkles Haar, das glatt über ihre Schultern fällt.

Langes, dunkles Haar.

Er denkt an die Frau des Juden. An *ihr* langes, dunkles Haar, das ihr schweißnass im Gesicht klebte, als Dörfler sie hinter der Baracke rannahm. Hatte sich für eine feine Dame gehalten und wollte die Attitüde nicht mal im Lager ablegen. Aber als es um ihr erbärmliches Leben ging, hatte sie Dörfler mit einem Eifer gefickt, als wäre sie eins seiner Mädchen vom Strich.

Sie behauptete, nichts von dem Versteck zu wissen und nachdem Dörfler, sehr zum Ärger des Obersturmbannführers, im Eifer des Verhörs ihren Mann totgeschlagen hatte, schnitt sie sich auf der Latrine mit einer scharfkantigen Tonscherbe die Pulsadern auf, bevor sie herausfinden konnten, ob sie wirklich nichts wusste.

Aber immerhin hatte der Jude vor seinem Abtreten noch *„im Haus"* über die aufgeplatzten, blutigen Lippen gebracht. Was Dörfler betrifft, sollte das als Information reichen. Vielleicht haben die Jungs es ja inzwischen sogar gefunden. Der Gedanke macht Dörfler nervös. Er will zurück ins Dorf. Nicht, dass er fürchtet, von Starnfeld würde sich einfach damit aus dem Staub machen. Ganz im Gegenteil, der Irre glaubt ernsthaft an die Alpenfestung und daran, dass der Krieg noch nicht verloren ist. Aber sicher ist sicher.

Die Finger des Mädchens berühren seine Hand, als sie ihm die Tasse mit dem Kaffee reicht, und Dörflers Blut gerät in Wallung, sein Hals wird trocken. Er beobachtet sie über den Rand der Tasse, als er einen Schluck nimmt. Nicht schlecht, die Brühe, besser als das meiste, was in den letzten Monaten die Bezeichnung Kaffee getragen hat. „Hast du keinen Mann?“, fragt er.

Sie weicht seinem Blick aus, schüttelt sachte den Kopf. „Nein.“

„Hättest du gern einen?“

Sie macht sich nervös an einem Schrank zu schaffen, ohne etwas hinein zu tun oder heraus zu holen. „Ja. Sicher. Irgendwann finde ich den richtigen.“

Sie will sich an Dörfler vorbeidrücken, aber er schiebt seinen massigen Körper in ihren Weg. „Warum solange warten? Den Richtigen gibt's nicht. Oder, Rogge?“

Rogge lacht heiser und leckt sich mit der Zunge über die Lippen wie eine Eidechse. „Den Märchenprinz haben wir abgeknallt und seinen weißen Schimmel, den haben wir gefressen.“

Dörfler lacht und denkt, ja, eine Eidechse ist er, der Rogge.

Er sieht zu Schreck. „Und du Schreck? Glaubst du, es gibt den richtigen für unsere Süße hier?“

Schreck weicht Dörflers Blick aus. „Weiß nicht.“

Dörfler schnauft verächtlich. Der verdammte Schreck war schon immer ein Waschlappen.

Das Mädchen starrt Dörfler an. Sie weiß, was kommt, das sieht Dörfler in ihren Augen. Er sieht, wie sich ihr Körper verkrampft. Und er sieht sie endlich, die Angst.

Die pure, blanke, unverhohlene Angst – jede Spur von Wut und Widerstand verschwunden.

Ah, wie er sie liebt, diese Angst.

Wie sie ihn geil macht.

Er stellt die Tasse ab und packt ihren Arm. Sie will weg, aber er gräbt seine Finger tief in ihr Fleisch, könnte ihr mit einem Ruck den dünnen Arm brechen, wenn er wollte.

Sie stößt einen leisen Schmerzensschrei aus. „Sie tun mir weh."

Der Schwachkopf springt auf. „Nicht wehtun. Elsa nicht wehtun."

Darauf hat Rogge nur gewartet. Schwingt das Gewehr mit beiden Händen und rammt dem Schwachkopf den Kolben in den Nacken. Der Hüne sackt zusammen wie eine Marionette, deren Fäden man durchtrennt hat. Sein Hinterkopf schlägt hart auf dem Holzboden auf.

Dörfler packt Elsas Haare mit der Rechten und reißt ihren Kopf brutal zurück. Sie schreit. Dann zerrt er sie zum Küchentisch.

Schrecks Augen sind geweitet. Sein Mund öffnet sich, als wolle er etwas sagen, aber dann schließt er ihn einfach wieder. Er sieht zu Rogge, der ihm ein dreckiges Grinsen schenkt.

Elsa schreit wieder: „Nein! Nicht!"

Dörfler stößt sie grob gegen den Tisch, packt ihren Nacken und drückt ihren Oberkörper auf die Tischplatte. Sie will sich nach oben drücken, aber sein Griff ist stahlhart. Sie windet sich schwer atmend unter ihm auf dem Tisch und er drückt seine Lenden gegen ihren kleinen Arsch. Fummelt mit der freien Hand an seiner Hose herum, öffnet Gürtel und Knöpfe, dann schiebt er ihr Kleid nach oben. Sie zappelt noch mehr, entwickelt erstaunliche Kräfte für so eine zierliche Gestalt.

Dörfler sieht zu Schreck, der immer noch mit geweiteten Augen da steht, den Beutel mit den Lebensmitteln in der Hand. „Steh da nicht rum. Halt die kleine Schlampe fest."

Schreck rührt sich nicht. „Dörfler, das kannst du nicht machen ..."

Hätte Dörfler sich denken können, dass mit einer Flasche wie Schreck kein Spaß zu haben ist. „Und ob ich kann. Los, Rogge."

Der lässt sich nicht lange bitten. Er stellt sein Gewehr ab und geht auf die andere Seite des Tisches. Packt Elsas Arme und hält sie fest.

Elsas Widerstand erlahmt, sie schluchzt und wimmert: „Bitte nicht. Bitte nicht."

Als Schreck sieht, wie Dörfler seinen Schwanz aus der Winterunterwäsche zerrt, kommt ihm fast die verdammte Steckrübensuppe hoch. Er weiß, dass Dörfler zu allem fähig ist, aber dass er sich jetzt tatsächlich an diesem Mädchen vergehen will, einem deutschen Mädchen, um Gottes willen, das geht doch nicht. Er macht einen unentschlossenen Schritt auf seine beiden Kameraden zu. „Leute, hört auf. Bitte. Wir sind doch nicht die rote Armee."

Rogges Kopf ruckt herum, er hat hektische rote Flecken im Gesicht, in seinen blassen Augen funkelt die unverhohlene Geilheit. „Halt die Fresse. Wenn du sie nicht ficken willst, verpiss dich einfach."

Dörfler ignoriert Schreck. Ignoriert Rogge. Blendet sie aus. Alles was er sieht, ist das Mädchen vor sich auf dem Tisch. Ihr Haar, ihr Nacken, ihr schmaler Körper. Die Hitze steigt ihm ins Gesicht, sein Herz pocht wild in der Brust und er beißt sich auf die Lippen, als er endlich seine Hand zwischen Elsas Schenkel schiebt. „Na, zeig mal her, das Fötzchen."

Er zerrt an ihrer dünnen Unterwäsche.

Seine Finger finden wonach sie suchen.

Sie schreit.

Laut und schrill.

KAPITEL 15

Elsas Schrei bohrt sich wie eine heiße Nadel in Heinrichs Ohren.

Das Loch unter dem Küchenboden ist nicht groß, zwei mal drei Meter, zwei Meter hoch. Regale sind in die nackten Erdwände gebuddelt, mit Brettern verstärkt und voll mit Einmachgläsern: Äpfel, Birnen, Pflaumen und Kirschen. Eine grob gezimmerte Holzleiter führt zur Luke, die Teil des Küchenbodens ist. Heinrich ist sie vorher nicht aufgefallen, weil sie mit einem ausgetretenen Teppich bedeckt ist, und zu seinem Glück haben die SS-Soldaten sie bis jetzt auch nicht bemerkt.

Hier sitze ich wie eine Ratte in der Falle, dachte Heinrich, als er in das Loch kletterte, während draußen der Lastwagen vor dem Haus hielt. Aber er hatte keine Wahl.

Er hat gehört, wie sie draußen mit Elsa sprachen. Wie sie Paule niederschlugen. Wie sie die Küche betraten. Der Holzboden hat sich unter ihren Knobelbechern durchgebogen und Dreck ist auf Heinrichs Kopf gerieselt. Er hat ihre Bewegungen durch die schmalen Ritzen im Holz schemenhaft ausmachen können, er hat sie reden hören, die unverhohlene Geilheit, die in ihren Stimmen schwang, und er hat gewusst, was Elsa bevorstand. Hat gehört, wie sie Paule ein zweites Mal niederschlugen – das Holz über ihm bebte, als der massive Körper des Jungen auf die Bretter prallte.

Heinrich ist zweimal Zeuge von Vergewaltigungen geworden.

Einmal direkt zu Beginn des Krieges, kurz nach dem

Einmarsch in Polen. Ein Mann aus seinem Zug war über eine polnische Bauerntochter hergefallen, ein hübsches junges Ding, fast noch ein Kind. Heinrich und die anderen Männer hatten das Mädchen schreien hören, waren zum Fenster des Bauernhauses geeilt, auf dessen Hof sie Rast machten. Sie hatten durch die Fenster gesehen, was drinnen vorging und die Tür aufgebrochen, die der Kamerad von innen verriegelt hatte. Heinrich selbst hatte den Kameraden voller Abscheu und Schrecken von dem Mädchen gerissen. Ihr Truppführer, ein junger Leutnant, war außer sich vor Wut gewesen. Er wollte den Mann auf der Stelle erschießen lassen, und in Heinrichs Augen und in denen der anderen Kameraden war das eine gerechte und verdiente Strafe gewesen. Sie waren im Krieg, sie waren Soldaten, aber sie waren keine Barbaren, die sich an hilflosen Frauen vergingen. Als die erste Wut des Leutnants verraucht gewesen war, überlegte er es sich anders. Er peitschte den Vergewaltiger persönlich aus und die ganze Truppe musste antreten und dabei zusehen. Der Mann war halbtot gewesen und das Fleisch hatte in blutigen Fetzen von seinem Rücken gehangen, als der Leutnant ihn den Kettenhunden von der Militärpolizei übergab.

Die zweite Vergewaltigung fand in Russland statt. Der ständige Rückzug, der schier endlose Ansturm der Russen, das Massensterben der Kameraden hatte Heinrichs Einheit zermürbt. Es waren hohlwangige, ausgezehrte Männer, mit zum Zerreißen gespannten Nerven, die stumpf in einer Waldhütte hockten, als eine Patrouille die russischen Gefangenen brachte. Ein Offizier und zwei Soldatinnen.

Die Russen und ihre Soldatinnen. Für Heinrich und die anderen Männer auch nach Monaten Russlandfeldzug immer noch ungewöhnlich.

Der Offizier machte keinen Hehl daraus, dass er ein Politkommissar war, obwohl er inzwischen doch bestimmt vom Kommissarsbefehl der Deutschen gehört haben musste. Der junge Leutnant, der inzwischen doppelt so alt aussah wie zu Beginn des Krieges, hatte dunkle Ringe unter den Augen, als er seine Pistole auf die Stirn des Russen drückte und ihm direkt vor der Hütte das Gehirn rausblies.

Als hätten wir nicht schon genug Fliegen, stöhnte einer der Männer, und das war so ziemlich die einzige Gefühlsregung, die diese Exekution hervorbrachte.

Die beiden Soldatinnen wurden an einen Baum gefesselt. Die Frauen zeigten keine Angst, nicht mal nach der Erschießung des Kommissars. Stattdessen straften sie die deutschen Soldaten mit verächtlichen Blicken und manchmal lachten sie sogar hämisch, so als seien nicht sie die Gefangenen, sondern die Deutschen. Als sich die Nacht über den Wald legte, begannen die beiden Soldatinnen zu singen. Ein Lied nach dem anderem. Drohungen, Schläge, nichts brachte sie zum Schweigen, immer wieder erhoben sie aufs Neue ihre Stimmen und schmetterten ihren russischen Gesang in den nächtlichen Wald.

Gegen Mitternacht stand der junge Leutnant wortlos auf und verließ die Hütte. Irgendetwas in seinem Blick veranlasste Heinrich und einige der anderen Männer, ihm zu folgen. Sie sahen, wie der junge Leutnant vor den beiden Frauen stehenblieb. Die ältere der beiden, ein draller Rotschopf, nicht sonderlich hübsch, ihr Körper klobig und unförmig, spuckte ihm auf die Stiefel und beschimpfte ihn auf Russisch.

Der Leutnant zog seine Pistole und schoss ihr ins Gesicht. Auch jetzt begann die andere Russin, die selbst mit dem Dreck in ihrem Gesicht und dem verlausten blonden

Haar noch hübsch war, nicht zu weinen oder zu flehen. Stattdessen überschüttete sie den jungen Leutnant mit einem Schwall russischer Obszönitäten. Er zog ihr die Pistole durchs Gesicht und sie kippte benommen zur Seite. Der Leutnant löste ihre Fesseln, drehte die Frau auf den Bauch und riss ihre Hose nach unten. Ihr nackter Hintern leuchtete hell in der Dunkelheit. Der Leutnant sah zu Heinrich und den anderen Soldaten: „Das hier ist keine Frau. Das ist ein Tier."

Dann öffnete er seine Hose, ging hinter der Russin auf die Knie und vergewaltigte sie vor den Augen seiner Männer.

Heinrich war wie betäubt. Er hörte einen seiner Kameraden heiser lachen.

Als der Leutnant fertig war, ging der Soldat, der gelacht hatte, zu der Russin. Zwei weitere Männer folgten. Aber da war Heinrich schon längst zurück in die Hütte gegangen. Er legte sich auf den harten Boden und schloss die Augen. Er hörte die Russin noch lange wimmern und schlief irgendwann einfach ein.

Am nächsten Morgen zog der Trupp weiter. Die Russin hockte wieder gefesselt am Baum. Sie starrte die Männer an, als sie an ihr vorbeizogen und Heinrich dachte, wenn man den gesamten Hass der Menschheit in einem Topf gießen würde, dann müsste er so aussehen wie das, was in den Augen dieser russischen Soldatin funkelte.

Und jetzt schreit Elsa über ihm.

Laut und schrill.

Heinrich weiß, es sind fünf Mann, das hatte Elsa ihm noch gesagt, bevor sie aus der Haustür ging und den Männern entgegentrat. Der Oberscharführer und zwei Soldaten sind jetzt in der Küche, zwei weitere Männer müssen noch draußen sein.

Fünf Mann. Und er hat nicht mal eine Waffe.

Nur das verdammte Küchenmesser.

Die Entscheidung fällt im Bruchteil einer Sekunde.

Über ihm knarrt der Holzboden, dort, wo der Spalt zwischen den Brettern am größten ist. Heinrich sieht die Sohle eines Knobelbechers und rammt das Messer mit beiden Händen und aller Kraft nach oben. Er trifft die Spalte und die alte, aber erstaunlich robuste und scharfe Klinge bohrt sich durch die Sohle des Knobelbechers. Ein gellender Schmerzensschrei erklingt und Heinrich reißt das blutverschmierte Messer wieder nach unten.

Er ist mit zwei Schritten bei der Holzleiter, stürmt sie hinauf und rammt die Luke mit der Schulter nach oben. Nimmt die letzten beiden Sprossen und springt geduckt aus der Öffnung.

Direkt vor ihm steht einer der SS-Soldaten. Der Mann hält einen prall gefüllten Leinenbeutel in der Hand und starrt Heinrich an wie einen Geist.

Heinrich stößt ihm das Messer in die Brust.

Der Mann öffnet den Mund und seine Beine geben nach, seine Finger lassen den Leinenbeutel zu Boden fallen. Heinrich kann das Messer wieder aus seiner Brust reißen, bevor der Mann auf die Knie sackt und dabei den Mund öffnet und wieder schließt wie ein Fisch auf dem Trockenen. Aus den Augenwinkeln sieht Heinrich rechts von sich einen zweiten SS-Soldaten, der sich vor Schmerzen heulend am Boden windet und mit beiden Händen seinen Stiefel umklammert hält.

Heinrich wirbelt nach links herum.

Da ist er.

Der Oberscharführer.

Dörfler.

Er steht mit geöffneter Hose hinter Elsa, die er mit einer Hand auf den Küchentisch gedrückt hält. Heinrich sieht in diesen Sekundenbruchteilen wieder, wie Dörfler vor ihm auf dem Lastwagen steht und die Schlinge herumdreht, mit dem Knoten nach vorne. Hört seine Stimme, wie er sagt: *So dauert's ein bisschen länger. Wenn du dir erst mal die Hosen vollgepisst und vollgeschissen hast und dir die geschwollene Zunge über die Lippen hängt wie'n alter Lappen, bist du froh, wenn die Götter dich endlich verrecken lassen.*

Aber der liebe Gott, die Götter, das Schicksal, wer auch immer, hat Heinrich nicht verrecken lassen. Heinrich sieht die Ungläubigkeit in Dörflers Gesicht.

Nicht nur, weil da plötzlich ein Mann aus dem Fußboden geschossen kommt. Sondern auch, weil dieser Mann eigentlich tot von einem Ast baumeln sollte.

Heinrich wirft sich nach vorn und die Messerklinge zischt durch die Luft.

Dörfler reißt im allerletzten Moment den Arm nach oben, so dass die Klinge statt seiner Kehle nur seinen Unterarm aufschlitzt. Der Oberscharführer taumelt nach hinten und stolpert, stürzt hart auf den Rücken und Heinrich will nachsetzen, aber da nimmt er eine Bewegung zu seiner Rechten wahr, dreht sich und sieht den Mann, dem er das Messer durch den Fuß gerammt hat, an der Wand lehnen, sein Gewehr mit schmerzverzerrtem Gesicht in beiden Händen. Heinrich sieht die Gewehrmündung nach oben schwingen und wirft sich mit einem Schrei gegen den Soldaten. Kriegt den Gewehrlauf mit der freien Hand zu packen und zieht dem Mann mit der anderen Hand das Messer quer über die Kehle. Blut spritzt in Heinrichs Gesicht, als der Körper des Soldaten zu zucken beginnt und dann schlaff an der Wand hinab zu Boden rutscht, während das Blut sich aus der klaffenden Halswunde über seine Uniform ergießt.

Heinrich wirft sich wieder herum.

Der Oberscharführer ist auf den Knien und fummelt an seinem Pistolenhalfter herum.

Heinrichs Blick fällt auf die Maschinenpistole, die über der Stuhllehne hängt. Zwei Schritte und Heinrich reißt sie an sich.

Der Oberscharführer lässt die Finger vom Halfter und drückt sich nach oben. Für einen so massigen Mann ist er erstaunlich schnell. Er erreicht die Tür und reißt sie auf, als Heinrich die Maschinenpistole auf ihn schwenkt und feuert.

Holzsplitter fliegen durch die Küche, als die Geschosse den Türrahmen zerfetzen und Heinrich sieht den Oberscharführer mit einem Schmerzensschrei ins Freie stürzen.

Heinrich humpelt zur Tür.

Vor ihm taumelt der Oberscharführer zum Lastwagen, wo ein Soldat gerade tote Hühner auf die Ladefläche wirft. Heinrich feuert, aber Dörfler stolpert unverletzt hinter den Lastwagen, während die MP-Garbe die Karosserie perforiert.

Mit hektischem Blick sucht Heinrich den zweiten Soldaten.

Entdeckt ihn bei den Kaninchenkäfigen.

Er steht da und starrt Heinrich verblüfft an, ein zappelndes Kaninchen in der einen Hand, in der anderen sein Bajonett.

Heinrichs MP-Salve zerfetzt erst das Kaninchen, dann die Brust des SS-Soldaten. Er kippt in einem Regen aus Blut nach hinten, wo sein toter Körper zwischen den von ihm geschlachteten Kaninchen landet und liegen bleibt.

Im selben Moment muss Heinrich den Kopf einziehen, als ein Geschoss dicht neben ihm in die Hauswand einschlägt. Mauerstückchen sprenkeln seine Wange. Sofort erwidert er das Feuer und der Soldat, der mit dem Karabiner auf ihn geschossen hat, verschwindet hastig wieder hinter den Lastwagen.

Heinrich will geduckt in die Deckung von Elsas Holzkarren humpeln, als der Motor des Lastwagens röhrend zum Leben erwacht. Heinrich sieht eine Gestalt hinter dem Steuer und weiß, dass es der Oberscharführer ist.

Der Motor heult auf und das Fahrzeug fährt ruckartig an.

Beraubt den überraschten SS-Soldaten dahinter so seiner Deckung.

Heinrich zögert nicht und holt den Mann mit einer Salve von den Füßen.

Der Lastwagen wendet und rollt zurück auf die Straße.

Heinrich humpelt los, die Maschinenpistole in seinen Händen rattert, er will den Oberscharführer nicht entkommen lassen, aber keine seiner Kugeln trifft die Reifen und dann ist das Fahrzeug auf der Straße und rast mit Vollgas Richtung Waldrand.

Heinrich sieht dem Lastwagen schwer atmend nach. Er hört ein Stöhnen und dreht den Kopf. Der Soldat, den Dörfler im Stich gelassen hat, lebt noch, obwohl ein halbes Dutzend Kugeln seine Brust durchlöchert hat. Er sieht Heinrich aus weit aufgerissenen Augen an und hält eine Hand in abwehrender Geste nach oben. Heinrich jagt eine MP-Salve durch die Hand in seinen Kopf und der Arm fällt nach unten.

Er humpelt zu den Kaninchenställen, aber der andere Soldat ist bereits tot.

Als er ins Haus zurückkehrt, hocken Elsa und Paule am Boden und halten sich gegenseitig umklammert. Paule stöhnt und wimmert. Elsa sieht auf, als Heinrich in die Küche tritt. Ihr Gesicht ist tränenüberströmt. Keiner der beiden sagt ein Wort. Die Stille ist laut, wie immer nach einem Gefecht, einem Kampf, einer Schlacht, man ist froh, dass es vorüber ist, aber die Stille danach ist keine wirkliche Erleichterung, eher ein Schockzustand für die überstrapazierten Sinne.

Heinrich sieht zu dem drahtigen kleinen Soldaten, der regungslos auf dem Boden hockt, den Rücken an der Wand, die komplette Vorderseite seiner Uniform blutdurchtränkt. Auch der andere Soldat rührt sich nicht mehr, seine starren Augen sind zur Decke gerichtet, die Überraschung und der Schock von Heinrichs überraschendem Auftauchen aus der Luke im Boden noch auf seinem Gesicht.

Heinrich humpelt auf wackeligen Beinen zum Tisch und lässt sich auf einen Stuhl sinken. Er legt die Maschinenpistole auf den Tisch. Seine Ohren klingeln. Seine Hände zittern. Er atmet tief ein und aus.

Fühlt sich, wie er sich in den letzten sechs Jahren immer nach einem Kampf, einem Gefecht, einer Schlacht gefühlt hat.

Lebendig. So unglaublich lebendig.

Er schließt die Augen. Öffnet sie wieder.

Sein Blick trifft sich mit dem von Elsa und er sagt: „Wir müssen weg.“

KAPITEL 16

Von Starnfeld schüttelt den Kopf, Irritation in seiner Stimme. „Der Landser ist tot."

„Er sah alles andere tot aus, Herr Obersturmbannführer." Dörfler spricht mit zusammengebissenen Zähnen. Er liegt mit nacktem Oberkörper bäuchlings vor Köhler auf einem Tisch im Schankraum. Von Starnfeld steht vor ihm, die Arme auf dem Rücken verschränkt, keine Spur von Mitgefühl im Gesicht.

Köhler hat den langen Schnitt in Dörflers Unterarm bereits verbunden und jetzt pult er vorsichtig mit einer kleinen Zange in der Schusswunde im linken Bizeps herum. Dörflers Finger klammern sich um die Tischkante und er stößt ein Grunzen aus.

Die Nachricht, dass der Landser lebt, zaubert fast ein Lächeln auf Köhlers Gesicht, aber er kann sich im letzten Moment zusammenreißen.

Vor einigen Monaten noch hätte Köhler ebenso vehement für die Hinrichtung jedes Deserteurs plädiert wie der Obersturmbannführer, aber sein Glaube an Führer und Vaterland sind in den letzten Wochen so schnell zerbröckelt, wie er es nie für möglich gehalten hätte. Er weiß, dass dieser Krieg nicht mehr zu gewinnen ist, er weiß, dass sein geliebtes Deutschland am Rande eines Abgrunds steht und nur noch auf den letzten Stoß wartet, der es in die Tiefe befördern wird. Wenn Köhler daran denkt, mit welcher Begeisterung er und die anderen Jungs in der Hitlerjugend marschiert sind, wie sie ihre Lieder geschmettert haben, die Schaufeln und Spitzhacken über den nackten Schultern, um

Gräben für die kämpfende Truppe auszuheben, wie er mit eifrigem Nicken und glühenden Augen den Stimmen seiner Ausbilder in der Napola gelauscht hatte, dann kommt es ihm so vor, als sei dieser Köhler ein anderer gewesen, eine Art dunkler Zwilling, der den echten, den wahren Köhler verdrängt hat. Der echte Köhler, der wollte nach der Schule in Heidelberg Medizin studieren, der echte Köhler träumte davon, endlich Johanna Küppers zu küssen, der echte Köhler träumte davon, die Welt zu bereisen und andere Kulturen kennenzulernen. Aber irgendwann hatte er all diese Wünsche und Ziele aus den Augen verloren. Das Individuum zählt nichts, hatte sein Vater, ein fanatisches Parteimitglied der ersten Stunde, bei jedem gemeinsamen Essen gepredigt, alles, was zählt, sind das Volk und der Führer, und das, was du für sie tun kannst. Und der junge Köhler hatte sich mitreißen lassen, vom Sturm der Begeisterung, der über das Land geschwappt war, über seinen Vater, seine Mutter und fast alle Menschen, die er kannte.

Es waren große, goldene, glorreiche Tage, die einen mit Stolz geschwellter Brust die Straße entlang schreiten ließen. Deutschland war zu Großem geboren und er, Köhler, war ein Teil dieses Deutschlands, er musste seinen Teil dazu beitragen, dass diese stolze und einzigartige Nation ihre Spitze an der Pyramide aller Völker einnehmen konnte.

Das klang alles so großartig und einleuchtend bis zu dem Tag, als er die Napola verließ und der Einheit des Obersturmbannführers von Starnfeld zugeteilt wurde.

Aus Theorie wurde Praxis, aus Worten wurden Tote, zerfetzte Tote, aus aufgerissenen Bäuchen quellende Eingeweide, der Gestank von verwesendem, verbrannten Fleisch, von infizierten, eiternden Wunden, sterbende Kameraden, von grässlichen Verletzungen entstellt, erwachsene Männer, die im Sterben nach ihrer Mutter, ihrer geliebten Frau und ihren Kindern schrien.

Das ist der Preis, den wir zahlen, sagten seine Vorgesetzten, aber Köhler konnte die Grausamkeiten nicht einfach abschütteln oder hinnehmen, wie so viele seiner Kameraden es zu tun schienen. Nach dem letzten Fronteinsatz, bei dem die Einheit von der unendlichen Flut der roten Horden aus dem Osten sprichwörtlich durch den Fleischwolf gedreht wurde, hatte man die Reste der Truppe zur Bewachung eines Lagers abkommandiert.

Das Lager.

Wenn es eine Hölle gab, dann musste sie so aussehen wie das Lager.

Köhler hat jeden Tag versucht sich ins Gedächtnis zu rufen, dass diese Menschen Abschaum waren, Ungeziefer – Juden, Bolschewiken, die nichts anderes im Sinn hatten als die Vernichtung Deutschlands – aber das fiel ihm immer schwerer beim Anblick der ausgehungerten, misshandelten Menschen, die vor seinen Augen starben wie die Fliegen. Die mit eiskalter, bürokratischer Effizienz vernichtet wurden, ausradiert wie Vieh, das man zur Schlachtbank führt.

Köhler hat versucht, seine Gedanken in Briefe an die Eltern in Worte zu fassen, aber er wagte es nicht, diese Briefe abzuschicken, aus Angst, dass sein Vater ihn für einen Waschlappen halten könnte, eine Memme, die nicht stark genug war, um das zu tun, was getan werden musste.

Köhler hatte sich als Sanitäter ausbilden lassen, weil er dachte, das würde ihm nach dem Krieg zugute kommen, wenn er dann endlich sein Medizinstudium beginnen konnte. Jetzt weiß Köhler nicht mal mehr, ob er das Ende des Krieges noch erleben wird, was von seinem geliebten Deutschland übrig bleibt, wenn die rachsüchtigen Bolschewiken und die Alliierten mit ihnen fertig sind. Der Obersturmbannführer redet noch immer vom Endsieg, von der Alpenfestung, von der aus der Führer den Kampf so lange fortsetzen wird, bis sich das Blatt wieder zu ihren Gunsten wendet.

Die Alpenfestung.

Was soll das sein?, fragt sich Köhler, ein Schloss in den Bergen, eine alte Festung? Ganz egal, was es ist, wie sollte es gegen die gigantischen Bombergeschwader der Alliierten bestehen, die das Land in Schutt und Asche legen? Am liebsten würde Köhler es machen wie der Landser – einfach alles hinschmeißen und nach Hause gehen.

Und dann?

Dann würde ihm dasselbe Schicksal widerfahren wie dem Landser, er wäre ein Vaterlandsverräter und wahrscheinlich würde sein eigener Vater ihn höchstpersönlich erschießen. Nein, Köhler hat keine Wahl, er muss bei der Truppe bleiben, muss sein Bestes tun, um die Wunden der Männer zu verarzten und von einem Tag zum nächsten leben.

Mehr kann er nicht tun.

Unter ihm stößt Dörfler einen wüsten Fluch aus und zuckt zusammen. „Gottverdammt, Köhler, bist du Sanitäter oder Metzger?“

Oh, wie Köhler ihn verabscheut, diesen Dörfler, diesen grobschlächtigen Asozialen aus der Berliner Gosse, diesen stumpfsinnigen Gewaltmenschen, der in dem ganzen Leid um sie herum aufzugehen scheint, sich darin suhlt wie ein Schwein im Schlamm. In einer Welt ohne Krieg wäre Dörfler eine Schabe, eine Ratte, er wäre genau das, was sie über die Juden sagen, aber hier, im Krieg, hier ist Dörfler ein kleiner König, ein Mensch, der Macht hat über Leben und

Sterben und der diese Macht in vollen Zügen auslebt.

Köhler hat die Kugel erwischt und zieht die Zange jetzt vorsichtig aus der Wunde. Hält Dörfler das blutverschmierte Geschoss vor die Augen. „Da ist sie, Oberscharführer."

„Wurd auch Zeit." Dörfler richtet sich auf und rutscht zur Tischkante. Während Köhler seinen Arm zu verbinden beginnt, sieht der Oberscharführer zu von Starnfeld. „Ich finde das Schwein, Herr Obersturmbannführer. Und dann hängen wir ihn noch mal auf. Aber diesmal richtig."

Von Starnfeld schüttelt den Kopf. Er hat sich Dörflers Bericht mit emotionsloser Miene angehört.

Die Nachricht, dass vier seiner Soldaten tot sind, hat, zumindest rein äußerlich, keine Emotionen in ihm erzeugt.

Köhler kann nicht behaupten, dass es ihm um Rogge leidtut, aber der Tod der anderen, vor allem der von Schreck, geht ihm doch an die Nieren. Schreck hat Köhler unter seine Fittiche genommen, als er zur Truppe stieß und ihm geholfen, sich in der rauen Gemeinschaft der erfahrenen Front-Soldaten einzuleben. Es war Schrecks Schulter gewesen, in die Köhler Rotz und Wasser geflennt hatte, als ihm der erste Verwundete unter den Fingern weggestorben war.

Und jetzt ist Schreck tot. Ermordet vom Landser, der eigentlich selbst tot sein sollte. Es ist nicht ungewöhnlich, dass Männer das Erhängen überleben, und es war das Glück des Landsers, dass dieses junge Bauernmädchen ihn vom Baum geschnitten hat. Dann ist da noch die Sache mit der umgedrehten Schlinge. Dörfler wollte das Leiden des Landsers erhöhen, als er den Knoten nach vorne drehte, wollte sein Sterben in die Länge ziehen, aber letztendlich hat er dem Landser damit ungewollt geholfen, zu überleben.

Köhler bewundert den Landser für seinen Mumm, einfach alles hinzuschmeißen und sich auf den Heimweg zu machen. Der Mann hat sechs Jahre lang seinen Kopf für das Vaterland hingehalten, davon zeugen die Orden und Auszeichnungen an seiner Uniform. Kann man ihm da verübeln, dass er jetzt, wo die Heimat in blutigem Morast versackt, nach Hause zu seinem Kind will?

Köhler kann es nicht, nicht mal jetzt, wo klar ist, dass der Landser Schreck und die anderen Kameraden getötet hat.

Von Starnfeld ist die Ruhe selbst. Wie immer. Köhler hat bis gestern, als die beiden Frauen im Wirtshaus anfingen sich zu prügeln, noch nie erlebt, dass der Obersturmbannführer die Fassung verliert. Wenn jemand Eiswasser in den Adern hat, dann von Starnfeld.

Auch jetzt. Er schüttelt den Kopf. „Vergessen Sie den Landser.“

Dörfler starrt seinen Vorgesetzten ungläubig an. „Vergessen? Der Dreckskerl hat vier von unseren Jungs getötet!“

„Ein Ärgernis, Oberscharführer“, sagt von Starnfeld. „Dem stimme ich zu. Auch mir wäre nichts lieber, als den Mann tot zu sehen. Aber vergessen Sie nicht, warum wir hier sind. Wir haben eine Aufgabe zu erfüllen.“

Köhler denkt an das Haus des Juden. Er denkt an das Lager. Er denkt an das, was er dort gesehen hat. Er denkt an den naiven Juden, der sein Leben freikaufen wollte und er denkt daran, was Dörfler mit ihm gemacht hat. Eigentlich nichts, verglichen mit dem, was im Rest des Lagers geschah, aber Köhler wird die grässlichen Schreie des Mannes niemals vergessen. Er hat in den wenigen Wochen Fronteinsatz viele Männer schreien gehört, aber keiner hat so geschrien wie der Jude unter Dörflers Händen.

Köhler glaubt nicht mehr an den Führer, er glaubt nicht mehr an den Endsieg, er glaubt nicht an die Alpenfestung, er glaubt nur an eins. Er glaubt, dass sein Volk mit diesem Krieg das Tor zur Hölle aufgestoßen hat und dass es kein Zurück mehr gibt.

Ganz egal, was sie tun, sie werden brennen.

Sie werden alle brennen.

Die Flammen werden heißer, Tag für Tag.

Und Köhler wünscht sich nichts sehnlicher, als dass es endlich so weit ist.

Dass er brennt.

Dass es vorbei ist.

KAPITEL 17

Sie sind zwei Stunden unterwegs. Immer Richtung Westen, wie der Stand der Sonne Heinrich verrät. Erst sind sie noch einem Weg gefolgt, dann einem Pfad und jetzt marschieren sie quer durchs Unterholz, aber Elsa scheint genau zu wissen, wohin sie geht.

Der Wind rauscht in den Bäumen, es riecht nach feuchter Erde, Moos und Rinde. Insekten summen in der warmen Luft und die ersten Blütenknospen recken sich gierig den Sonnenstrahlen entgegen, die den dichten Wald in warmem Licht erglühen lassen.

Elsa trägt einen kleinen Rucksack und geht zielstrebig vornweg. Heinrich folgt ihr, einen Karabiner quer über dem Rücken, die Maschinenpistole von der Schulter hängend. Er hat seinen Koppelgürtel mit den Munitionstaschen und Stielhandgranaten der toten SS-Soldaten bestückt und eine Mauser steckt griffbereit vorne in seiner Uniformtasche.

Paule bildet den Schluss ihrer kleinen Kolonne und zieht einen Bollerwagen mit Decken, Geschirr und Einmachgläsern hinter sich her. Sein tumbes Gesicht ist zu einer Schmollmiene verzogen. Er hat geweint, als Elsa ihm sagte, sie müssten Rita, die Kuh, auf dem Hof zurücklassen. „Aber wer füttert Rita?“

„Rita kommt alleine klar, Paule. Es ist genug Heu im Stall.“

„Und wann gehen wir zurück?“

Elsa hat zu Heinrich gesehen und der hat dem Hünen eine Hand auf die Schulter gelegt. „Ein paar Tage, Paule. Bis die SS wieder abgezogen ist.“

„Die haben unsere Tiere tot gemacht. Was, wenn die zurückkommen und auch Rita totmachen?“

„Die kommen nicht zurück, Paule.“

Er sah seiner Schwester ins Gesicht. „Und warum gehen wir dann weg?“

Elsa seufzte und schlang ihre schmalen Arme um die mächtigen Schultern ihres Bruders. „Alles wird gut, Paule. Alles wird gut.“

Die Sonne steht tief und schimmert rötlich zwischen den Bäumen, als sie eine Senke erreichen, knapp zwanzig Meter im Durchmesser. Zur Rechten bildet ein buschbewachsener Überhang eine Art natürliches Dach und darunter erkennt Heinrich die Reste einer alten Feuerstelle.

Elsa dreht sich zu ihm um. „Als wir Kinder waren, war das unser Geheimversteck. Nicht mal unsere Eltern kannten diese Stelle. Paule und ich haben mal ein ganzes Wochenende hier verbracht. Hat unsere armen Eltern in Todesangst versetzt. Als wir zurückkamen, hat es das einzige Mal in unserem Leben eine Tracht Prügel von unserem Vater gegeben.“

Heinrich lächelt.

Elsa geht in die Senke hinab und Heinrich folgt. Als sie den Überhang erreichen, bemerken sie, dass Paule am Rand der Senke zurückgeblieben ist.

Elsa winkt. „Komm runter, Paule.“

Er verschränkt trotzig die Arme vor der Brust und rutscht mit dem Rücken an einem Baumstamm hinab zu Boden. „Rita ist ganz allein.“

Elsa klettert wieder den Hang hinauf zu ihrem Bruder und geht vor ihm in die Hocke. „Paule, wir haben doch über Rita gesprochen. Es gibt leider keine andere Möglichkeit.“

„Das ist blöd.“

„Ich weiß. Aber du hast doch gesehen, was die bösen Soldaten getan haben.“

Er nickt. „Sie wollten dir wehtun.“

„Ja. Und sie haben dir wehgetan. Willst du, dass das wieder passiert?“

Er schüttelt vehement den Kopf, berührt die Schwellung, die Rogges Schlag mit dem Karabiner hinterlassen hat. „Nein. Hab schlimme Kopfschmerzen.“

„Siehst du. Deshalb müssen wir eine Weile hierbleiben. Ich verstehe, dass du dir Sorgen um Rita machst, aber daran können wir im Moment nichts ändern.“

Er nickt wieder.

Elsa lächelt. „Also kommst du mit runter?“

Kopfschütteln. „Nein. Will hier oben bleiben. Ich pass auf, dass die bösen Soldaten nicht kommen.“

Elsa streichelt mit einer Hand über seine Wange. „Mach das.“

Sie küsst ihn auf die Stirn, dann richtet sie sich auf und geht zurück in die Senke, wo Heinrich bereits damit begonnen hat, ein kleines, rauchloses Feuer zu machen. Er hofft, dass Elsa recht hat und die Geschwister nach ein paar Tagen unbehelligt in ihr Haus zurückkehren können. Vielleicht zieht der SS-Trupp ja einfach weiter. Mit Sicherheit sogar. Denn die Front rückt immer näher. Nicht mehr lange und die Amerikaner werden kommen. Die hält niemand mehr auf. Genauso wenig wie die Russen.

Damit sollten Elsa und Paule in Sicherheit sein.

Aber eine Garantie dafür gibt es nicht.

KAPITEL 18

Als die Nacht den Himmel verschluckt hat, sitzt Paule noch immer oben am Rand der Senke und starrt angestrengt in die Finsternis, die Arme um seine Knie geschlungen. Nicht mal das Einmachglas mit den Äpfeln zu seinen Füßen rührt er an.

Unten wirft das Feuer flackernde Schatten auf die Gesichter von Heinrich und Elsa. Heinrich sitzt auf einem umgestürzten Baumstamm und hat Karabiner und Maschinenpistole auf ihre Funktionsfähigkeit überprüft. Die Waffen sind sehr gut gepflegt. Als er ein neues Magazin in die Maschinenpistole lädt, lässt das Geräusch Elsa herumfahren.

Sie sieht ihn an. „Danke."

„Wofür?"

„Wenn du nicht gewesen wärst. Die hätten mich ... hätten mich ..." Sie kann es nicht aussprechen.

„Ohne dich würde ich tot vom Baum hängen", sagt Heinrich. Er betastet unwillkürlich seinen Hals und seine Finger spüren die rissige, eingedrückte Haut, dort, wo die Schlinge gelegen hat.

Sie sieht ihn an. „Der Krieg lässt die Menschen wahnsinnig werden."

Er nickt. „Manche waren es schon vorher", sagt er und denkt dabei an den Obersturmbannführer, an das irre Funkeln in seinen grauen Augen. Und an den Oberscharführer, Dörfler, dieses wilde Tier. Beide wahnsinnig, jeder auf seine Art.

Er sieht, wie Elsas Körper zu zittern beginnt. Und dann

füllen sich ihre Augen mit Tränen.

Heinrich streckt unbeholfen eine Hand aus und berührt sie sanft an der Schulter. „Es ist vorbei. Du bist jetzt sicher."

Ein Schluchzen verlässt ihre Kehle und die Tränen beginnen zu fließen. Heinrich erstarrt, als sie die Arme um seinen Hals wirft und ihren bebenden Körper an ihn drückt. Er sitzt da wie gelähmt, spürt, wie ihm die Hitze ins Gesicht steigt und er schämt sich, weil ihn ihre plötzliche Nähe erregt. *Ich bin verheiratet*, hört er seine eigene Stimme im Kopf und gleich darauf das Echo: *Ja, mit einer Toten.*

Er löst sich aus seiner Erstarrung und legt seine Arme um ihre Schultern, drückt sie an sich, hält sie fest. Er denkt an Elisabeth, an Edith und an Karin und spürt, wie ihm die Tränen in die Augen steigen. Er schluckt, beißt sich auf die Lippen, aber es hilft nichts, die Tränen rinnen sein Gesicht hinab.

Elsa schnieft und hebt den Kopf. Wischt sich mit einer Hand die Tränen fort und sieht, dass Heinrich ebenfalls weint. Sie hebt eine Hand und streicht ihm über die Wange.

Heinrich starrt auf ihre feucht schimmernden Lippen, das Glänzen ihrer dunklen Augen, die Haarsträhnen vor ihrem Gesicht.

Im nächsten Moment presst er seinen Mund auf ihren.

Sie erstarrt.

Für eine Sekunde.

Dann erwidert sie den Kuss.

Sie atmen schneller, keuchen hektisch und erregt. Er spürt Elsas zitternde Finger, die an seiner Hose zerren, dann klettert sie auf seinen Schoß.

Heinrich schielt über ihre Schulter hoch zum Rand der Senke, doch Paule ist in der Dunkelheit nicht auszumachen.

Dann hat sie seine Hose geöffnet und Heinrich schiebt ihr Kleid nach oben. Sie gleitet auf ihn hinab und ein Stöhnen entfährt ihren Lippen. Sie greift sein Gesicht mit beiden Händen und küsst ihn wieder.

Heinrich schließt die Augen.

Es ist leidenschaftlich, ungelenk und schnell vorbei.

Heinrich lässt sich rücklings vom Baumstamm auf die Decke gleiten, die Elsa dahinter ausgebreitet hat. Elsa liegt auf seiner Brust und die beiden halten sich fest umklammert. Nichts ist zu hören außer dem Knacken des Feuers und ihrem schweren Atmen.

Er fragt sich, ob Paule sie beobachtet hat, aber eigentlich ist ihm das egal. Genauso, wie es Elsa egal zu sein scheint. Er spürt ihr Herz, das mit seinem um die Wette hämmert, und noch während er diesem wilden Pochen lauscht, werden seine Lider schwer und sein letzter Gedanke, bevor ihn der Schlaf übermannt, gilt seiner Tochter:

Ich komme nach Hause, Schatz.

Nur etwas verschnaufen.

Papa muss nur etwas verschnaufen.

KAPITEL 19

Als Elsa erwacht, ist es bereits hell.

Nebelschwaden schleichen wie Attentäter um die Bäume und sie fröstelt trotz der Decke, die Heinrich irgendwann in der Nacht über sie gelegt hat. Die Asche des kleinen Feuers ist erloschen.

Sie blinzelt und sieht Heinrich, der sich gerade ein Koppelgeschirr umbindet. Er zieht die Walther aus der Jackentasche und überprüft sie noch einmal. Elsas Herz macht einen Sprung, als sie sieht, wie er sich nach dem Beutel mit der Verpflegung bückt, den sie ihm gestern früh gepackt hat.

Er spürt ihre Blicke und dreht den Kopf. „Am besten bleibt ihr noch ein paar Tage im Wald. Dann sollte die SS wieder weg sein. Kann nicht mehr lange dauern, bis die Amerikaner hier sind.“ Er legt sich den Beutel über die Schulter.

Elsa richtet sich auf und zieht die Decke fester um ihre schmalen Schultern. Sie denkt an vergangene Nacht. Sie könnte ihm sagen, dass er der erste Mann in ihrem Leben gewesen ist. Das wäre nicht gelogen. Aber würde das eine Rolle spielen? Er hat ein Kind, dessen Mutter tot ist, ein Kind, das seinen Vater braucht und sie weiß, dass ihn nichts aufhalten wird. „Pass auf dich auf, Soldat.“

Er nickt. „Du auch.“

Sie hofft, dass er sie noch einmal berührt, dass er sie noch einmal küsst, doch Heinrich wendet sich ab und klettert die Senke hinauf. Elsa sieht ihm nach und würde am liebsten heulen. Aber sie will es ihm nicht schwer machen.

Das hat er nicht verdient. Sie sieht Heinrich nach, wie er sich mit steifen Bewegungen den steilen Rand der Senke hinaufarbeitet und oben noch einmal stehenbleibt.

Als er sich wieder zu ihr umdreht, erkennt sie die Sorge in seinem Gesicht und es schießt ihr durch den Kopf:

Paule.

KAPITEL 20

Die Faust des Oberscharführers hämmert in Paules Gesicht und sein Kopf fliegt zur Seite.

Blut und Speichel spritzen durch die Luft. Paules Gesicht tut weh, so furchtbar weh und in seinem Kopf ist alles durcheinandergeschüttelt. Lichter blitzen und explodieren wie Feuerwerkskörper vor seinen Augen und die wütende Stimme des Soldaten klingt seltsam gedämpft: „Wo sind sie, Schwachkopf? Wo sind deine Schwester und der Landser?“

Selbst schuld, denkt Paule, während er seltsam fasziniert dem Blutfaden nachsieht, der aus seinem Mund rinnt und auf den Küchenboden tropft. Bin ja selbst schuld. Die Leute haben recht, ich bin dumm, ich bin zu dumm für diese Welt.

Er hatte seine Schwester und den Landser unten in der Senke gehört, die Geräusche, die sie machten, aber er hat es nicht gewagt, über die Schulter hinab in die Senke zu blicken. Stattdessen hat er weiterhin angestrengt in die Dunkelheit gestarrt und gelauscht, immer darauf gefasst, die Schritte der bösen Soldaten zu hören. Der Gedanke an die bösen Soldaten machte ihn wütend. Sie hatten ihm wehgetan. Sein Kopf und seine Rippen schmerzten fürchterlich. Paule malte sich aus, wie er den bösen Soldaten wehtun würde und dabei fühlte er sich besser. Die Stunden verstrichen und als Paule es wagte, in die Senke hinabzublicken, war das Feuer bereits fast ganz heruntergebrannt. Er konnte schemenhaft die Umrisse seiner Schwester und die des Landsers erkennen, die in eine Decke gewickelt unter dem Überhang lagen. Das war der Moment, in dem er beschloss, zum Hof zurückzukehren und Rita zu holen. Es war einfach nicht richtig, Rita allein da zurückzulassen, ganz egal, was Elsa versucht hatte, ihm zu erklären. Und mit etwas Glück würde er es schaffen und mit Rita in die Senke zurückkehren, bevor Elsa wieder wach war.

Trotz der Dunkelheit fand Paule seinen Weg durch den nächtlichen Wald wie im Schlaf und erreichte das Haus im Morgengrauen.

Hat gelächelt, als er Rita vor dem Stall stehen sah, wo sie Stroh mampfte.

Hat nicht mehr gelächelt, als er den Lastwagen der bösen Soldaten sah.

Er wollte kehrtmachen, aber da hatten die Soldaten ihn bereits entdeckt.

Paule ist nicht besonders schlau, das weiß er selbst, aber er ist schlau genug, um zu wissen, dass man vor einer Gewehrkugel nicht davonlaufen kann.

Also war er einfach stehengeblieben und während er die Soldaten auf sich zukommen sah, dachte er nicht daran, was sie ihm antun könnten, sondern an das Donnerwetter, das er von seiner Schwester für seine Dummheit zu hören bekommen würde.

Wieder hämmert die Faust des Oberscharführers in sein Gesicht und Paule sieht einen seiner Zähne auf den Küchenboden fallen. Der Soldat krallt seine Hand grob in Paules Haar und reißt seinen Kopf hoch. Wieder tropft ein langer Blutfaden aus Paules Mund zu Boden.

„Wo sind sie, Schwachkopf? Mach das beschissene Maul auf oder ich schwör dir, ich schlag dich tot."

Nichts sagen, denkt Paule. Ganz egal, was sie mit dir anstellen. Nichts sagen. Elsa schützen. Muss Elsa schützen. Bin vielleicht dumm, aber auch wenn sie mich totschlagen, ich werde nichts sagen, nie werde ich Elsa verraten, nie, nie, nie.

Um sich abzulenken, tastet Paule mit der Zunge nach der Stelle, wo der ausgeschlagene Zahn stand. Spürt, dass die Zähne daneben auch schon locker sind und beim nächsten Schlag wahrscheinlich ebenfalls am Küchenboden landen werden. Vielleicht kann ich sie hinterher aufsammeln und in einer Dose verwahren, denkt Paule, so wie früher, als ich noch ein Kind war.

Und dieser Gedanke lässt ihn lächeln.

KAPITEL 21

Angewidert stößt Dörfler Paules Kopf nach hinten. Dessen blutüberströmtes Gesicht ist bereits bis zur Unkenntlichkeit angeschwollen.

Aber gottverdammt, lächelt der Schwachkopf etwa?

Dörfler reibt sich mit schmerzverzerrtem Gesicht den verletzten Arm. Mit jedem Schlag, den er dem sabbernden Trottel verpasst hat, ist ein stechender Schmerz bis hoch in seine Schulter geschossen.

Und wofür?

Braun, der hinter dem Schwachkopf steht, bringt es auf den Punkt: „Den kannst du totschlagen, Dörfler, der macht das Maul nicht auf.“

KAPITEL 22

Schweiß perlt von Heinrichs Stirn, während er hinter Elsa her durch den Wald hastet.

Die Sonne ist aufgegangen und funkelt zwischen den dichten Bäumen hindurch. Der Karabiner schlägt gegen Heinrichs Rücken, der Baumwollsack klopft gegen seine Hüfte und seine Hände halten die Maschinenpistole fest umklammert. Im Knöchel, mit dem er vor zwei Tagen umgeknickt ist, pocht der Schmerz bei jedem Schritt.

Elsa läuft ein paar Meter vor ihm und hat sich, seitdem sie die Senke verlassen haben, nicht ein einziges Mal nach ihm umgedreht. Sie bewegen sich inzwischen wieder auf dem Waldweg, ein Zeichen, dass es nicht mehr weit bis zum Hof der Geschwister ist. Wenn Paule nur zurück zum Haus gegangen ist, um die Kuh in die Senke zu bringen, hätten sie ihm eigentlich schon wieder auf seinem Rückweg begegnen müssen. Aber das war nicht der Fall und Heinrich wertet das als schlechtes Zeichen.

Dann zerreißt das Knattern einer Maschinenpistole die Luft.

Elsas Stimme überschlägt sich: „Paule!"

Sie beginnt zu rennen.

„Elsa! Warte!"

Aber sie hört nicht, im Gegenteil, sie rennt schneller.

Heinrich flucht. Er beißt die Zähne zusammen und folgt ihr, so schnell es sein geschundener Knöchel zulässt. Ein paar Minuten später weiß Heinrich, dass sich der Wald hinter der nächsten Wegbiegung lichten und den Blick auf das Gehöft freigeben wird.

Er will wieder Elsas Namen rufen, aber da schlägt sie sich bereits nach links in den Schutz der Bäume. Sie stolpert über einen Ast und das gibt Heinrich die Gelegenheit aufzuholen. Er ist jetzt nur noch wenige Schritte hinter ihr. Dann erreichen sie den Waldrand und Heinrich sieht das Haus.

Er sieht den Lastwagen. Derselbe wie gestern.

Er sieht Rita, die Kuh, die, von einer MP-Garbe zerfetzt, vor dem Stall liegt, daneben zwei SS-Soldaten.

Dann fliegt die Haustür auf und Paule kommt ins Freie gestolpert, stürzt auf die Knie. Selbst aus dieser Entfernung kann Heinrich sein übel zugerichtetes Gesicht erkennen.

Und seine wimmernde Stimme hören: „Rita. Oh, nein. Nein. Rita ..."

Hinter Paule tritt der Oberscharführer ins Freie und zieht dem jungen Mann seine Maschinenpistole über den Schädel. Paules Körper kippt nach vorne und schlägt mit dem Gesicht in den Dreck.

Elsa ist abrupt stehengeblieben. Tränen laufen über ihr Gesicht, als sie sieht, wie die SS-Soldaten mit vereinten Kräften die tote Kuh auf die Ladefläche des Lastwagens wuchten.

Einer der Männer klatscht lachend in die Hände. „Heut gibt's Gulasch."

Dörfler und der dritte Mann lachen.

Heinrich beißt sich auf die Lippen. Was werden sie mit Paule tun? Werden sie ihn einfach so liegen lassen, besinnungslos, wie er ist? Oder werden sie ihn erschießen? Wenn sie das tun wollen, wie sollen er und Elsa das verhindern? Selbst wenn Heinrich aus dem Schutz des Waldes heraus das Feuer auf die Soldaten eröffnet, wird er niemals alle SS-Männer gleichzeitig erwischen. Nein, sie haben keine Chance, irgendetwas zu verhindern, es sei denn, sie riskieren ihr eigenes Leben. Heinrich legt eine Hand auf Elsas Schulter und drückt sie in die Hocke, dann geht er neben ihr in die Knie. Elsa starrt stur nach vorne.

Ein vierter Soldat tritt aus dem Haus, einen Benzinkanister in der Hand, den er zurück zum Lastwagen bringt. Heinrich sieht, wie Dörfler zum Stall geht und eine Handvoll Stroh aus Ritas Fresstrog zieht. Der Soldat, der den Benzinkanister am Lastwagen festgezurrt hat, kehrt zurück und entzündet das Stroh in Dörflers Hand mit einem Sturmfeuerzeug.

Heinrich schaut zu Elsa. Ihre Augen sind weit aufgerissen und ihr Mund steht offen. Sie weiß genau wie Heinrich, was geschehen wird.

Dörfler geht zur Haustür und wirft das brennende Stroh hinein.

Das im Haus verschüttete Benzin entzündet sich mit einem zischenden Laut. Kurz darauf züngeln Flammen aus der Haustür und Rauchschwaden quellen aus allen Ritzen des alten Hauses. Das Feuer findet reichlich Nahrung und breitet sich rasend schnell aus.

Dörfler zeigt auf den bewusstlosen Paule. „Auf die Ladefläche."

Zwei der Soldaten bücken sich nach Paule, aber sie haben Schwierigkeiten mit seinem mächtigen Körper. Dörfer muss mit anpacken, damit sie ihn auf die Ladefläche des Lastwagens heben können.

„Nein." Elsa hat das ganz leise ausgestoßen, und jetzt schraubt sie ihren schmalen Körper in die Höhe und macht einen Schritt nach vorn, aus der Deckung der Bäume heraus.

Heinrichs Hand bekommt ihre Schulter zu packen und

er reißt sie grob zurück.

„Lass mich!“, fährt sie ihn an.

„Elsa, wir können nichts tun.“

„Paule!“

Sie ruft seinen Namen und Heinrich schlingt einen Arm um ihren Hals und presst seine Hand auf ihren Mund. Elsa beißt zu, der Schmerz schießt brutal durch Heinrichs Hand, aber er lässt sie nicht los, zerrt sie tiefer in den Schutz der Bäume. Elsas Körper windet sich in seinem Griff und sie tritt nach ihm. Heinrich reißt sie mit sich zu Boden. Er landet auf ihr und presst ihr mit seinem Gewicht die Luft aus den Lungen. Sie gibt dennoch nicht auf. Ihre Finger bekommen einen Ast zu fassen, und obwohl Heinrich die Bewegung aus den Augenwinkeln wahrnimmt, kann er nicht mehr schnell genug ausweichen. Der unterarmdicke Ast trifft ihn am Kopf, zum Glück nicht an der Schläfe, und das morsche Holz zerbricht; weiche Splitter fliegen durch die Luft.

Heinrich schlägt zu. Seine flache Hand mit den von Elsas Biss blutenden Fingern trifft das Mädchen hart im Gesicht und er wartet nicht erst auf eine Reaktion, bevor er sie ein zweites Mal ohrfeigt, diesmal noch härter als zuvor. „Elsa. Es reicht, gottverdammt!“

Sie starrt ihn aus geweiteten Augen an. „Paule ...“ flüstert sie. Dann erschlaffen ihre Schultern und sie beginnt zu schluchzen. Heinrich atmet tief durch und sieht zum Hof. Die Flammen lodern inzwischen aus den von der Hitze geborstenen Fenstern, und auch das Dach brennt lichterloh. Dichter, dunkler Rauch steigt in den wolkenlosen Aprilhimmel.

Einer der Soldaten sitzt bereits im Führerhaus hinterm Steuer. Die beiden anderen klettern zu Paule und der toten

Kuh auf die Ladefläche.

Nur Dörfler verharrt noch neben dem Lastwagen.

Und starrt zum Waldrand.

Heinrich hat das Gefühl, als würde der Oberscharführer ihm direkt in die Augen sehen. Er wagt es nicht, sich zu rühren, er hält den Atem an und sitzt wie erstarrt auf Elsa, die unter ihm leise wimmert.

Dann wendet sich Dörfler ab und steigt ins Führerhaus des Lastwagens. Der Motor erwacht rumpelnd zum Leben und eine schmutzige Abgaswolke pumpt sich in die klare Luft, dann rollt das Fahrzeug vom Grundstück auf die schmale Straße.

Heinrich atmet aus und klettert von Elsas Körper. Er lehnt sich mit dem Rücken gegen einen Baumstamm und betastet seine blutenden Finger.

Sie kämpft sich auf die Knie und wischt sich mit dem Handrücken die Tränen aus dem Gesicht, hinterlässt dabei eine Spur aus Schmutz auf ihrer Haut. Der Blick ihrer geröteten Augen trifft sich mit Heinrichs.

Und Heinrich kann es selbst nicht glauben, als er sich sagen hört: „Wir holen ihn da raus, Elsa. Wir holen ihn da raus."

KAPITEL 23

Alles starrt.

Kinder starren. Frauen starren. Männer starren.

Sie starren, am Straßenrand stehend, an Grundstückszäune lehnend, bei der Arbeit innehaltend, hinter geschlossenen Fenstern, aus geöffneten Fenstern.

Die meisten starren mit ausdruckslosen Mienen, entweder gleichgültig oder Gleichgültigkeit vortäuschend, um nicht auf sich aufmerksam zu machen. Nur die Kinder starren mit unverhohlenen Gefühlen, manche verängstigt, manche fasziniert, manche empört, manche amüsiert.

Sieht ja auch komisch aus, wie der Paule, der schwachsinnige Bruder der hübschen Elsa da die Hauptstraße des Dorfes entlangstolpert, sein Gesicht bizarr verformt, voller Blutergüsse und bedeckt mit verkrustetem Blut, die geschwollenen Augen nur noch schmale Schlitze.

Um seinen Hals hängt ein großes Pappschild, darauf in ungelenker Druckschrift gepinselt: *Ich habe deutsche Soldaten getötet.*

Vor Paule marschiert Obersturmbannführer von Starnfeld, gleich neben ihm Oberscharführer Dörfler. Zwei SS-Soldaten flankieren Paule, zwei weitere gehen hinter ihm.

Der Hund vom Dorfplatz, den Dörfler bei ihrer Ankunft gestreichelt hat, und zwei andere Tölen sitzen an einer Hausecke.

Alles starrt.

Sogar die Hunde.

KAPITEL 24

Sonja wohnt im letzten Haus, bevor die Hauptstraße in den Dorfplatz mündet, in dessen Mitte ein mit Engeln verzierter Steinbrunnen steht. Sie kniet gerade zwischen den gespreizten Beinen des Bürgermeisters, der mit heruntergelassener Hose in ihrer Küche sitzt, als sie durch das offene Fenster die Schritte schwerer Stiefel auf der Straße hört. Sonja hebt den Kopf.

Der Bürgermeister grunzt verärgert. „Was ist? Mach weiter."

Sonja wischt sich mit einem Handrücken über den Mund und schenkt ihm einen dieser Blicke, bei denen sich der Bürgermeister fragt, ob er sich mit Sonja nicht doch auf eine Frau eingelassen hat, die eine Nummer zu groß für ihn ist. „Nicht in dem Ton, Robert, sonst benutzt du demnächst wieder deine eigene Hand."

Sie richtet sich auf und der Bürgermeister sieht ihrem drallen Arsch hinterher, als sie zum Fenster geht, während er mit enttäuschtem Seufzen sein Werkzeug wieder in die Hose packt, weil er instinktiv weiß, dass Sonjas Lippenspiel heute keine Fortsetzung mehr erfahren wird.

„Robert!"

Er erhebt sich schnaufend vom Stuhl und folgt ihr ans Fenster, hält sich dabei ein Stück im Hintergrund. Sein Verhältnis mit Sonja ist ein offenes Geheimnis, sprich: Das ganze Dorf weiß davon. Trotzdem will der Bürgermeister nicht mit Sonja am Fenster ihrer Küche gesehen werden. Noch nicht. Erst nach der offiziellen Scheidung von Brigitte. Soviel Ordnung muss sein.

Jetzt sieht er über Sonjas Schulter die seltsame Prozession, die sich dem Dorfplatz nähert.

Sonja dreht den Kopf und sieht ihn an. Der Bürgermeister zuckt mit den Achseln. Paule ist ein armes Schwein, der würde keiner Fliege was zuleide tun, und nach dem, was er im Wirtshaus mitbekommen hat, war es ein deutscher Landser, der die SS-Soldaten auf dem Hof von Elsa und Paule getötet hat. Aber wenn die SS beschließt, an dem Jungen ein Exempel zu statuieren, dann ist das wohl sein Pech.

Sie haben andere Probleme.

Was passiert, wenn die SS im Haus der Löwensteins nicht findet, wonach sie sucht?

Wem werden sie dann ein Schild umhängen?

Es gibt eine mögliche Antwort auf diese Frage, und diese Antwort gefällt dem Bürgermeister ganz und gar nicht.

KAPITEL 25

Sie haben knapp fünfundvierzig Minuten von Elsas Hof bis zum Ortsrand gebraucht.

Vom nördlichen Hang hat Heinrich über das Dorf sehen können. Er hat den Lastwagen auf dem Dorfplatz entdeckt, daneben zwei rauchende SS-Männer, die versuchen, mit einem jungen Mädchen ins Gespräch zu kommen. Von hier oben hat er auch den besten Weg gefunden, um möglichst ungesehen bis zum Dorfrand und in die Deckung der ersten Häuser zu gelangen: Im Schutz einer Baumreihe, die entlang eines kleinen Baches wächst, der bis in den Ort hinein fließt.

Jetzt bewegen Heinrich und Elsa sich vorsichtig eine schmale Gasse entlang.

Was tue ich hier?, fragt er sich zum wiederholten Mal, seit er Elsa das uneinlösbare Versprechen gegeben hat: *Wir holen ihn da raus. Wir holen deinen Bruder da raus.*

Was um Gottes Willen war da in ihn gefahren?

Wie sollen sie ihn da rausholen?

Wo sollen sie ihn rausholen?

Dreh um, hört er eine Stimme in seinem Kopf. Dreh um. Geh nach Hause. Sie hat dich vom Baum geschnitten, ja, aber du hast sie vor einer Vergewaltigung gerettet. Ihr seid quitt. Du schuldest ihr nichts. Ihr Bruder ist ein Schwachkopf, der sich selbst in diese Lage gebracht hat. Willst du wegen ihm sterben? Willst du, dass deine Tochter wegen ihm als Waise aufwächst? Du bist der einzige Mensch, den sie noch hat. Du hast es so weit geschafft, versau es jetzt nicht, bloß weil du glaubst, du seist zu irgendetwas verpflichtet.

Du bist niemandem verpflichtet.

Nur deiner Tochter.

All diese Gedanken fahren Karussell in seinem Kopf, und doch setzt er einen Fuß vor den anderen, nähert sich genau der tödlichen Gefahr, der er eigentlich entrinnen will. Er geht jetzt vor Elsa, die Maschinenpistole so fest umklammert, dass die Knöchel an seiner Hand weiß hervortreten. Wo können sie Paule hingebracht haben? Elsa hat ihm erzählt, dass der Bürgermeister gleichzeitig das einzige Wirtshaus des Ortes führt. Der passende Ort für von Starnfeld, um dort sein Hauptquartier aufzuschlagen. Aber *was* will der Obersturmbannführer eigentlich in diesem Kaff? Die Front verläuft zwanzig Kilometer weiter im Süden. Durchstreift der Trupp die Gegend nur, um nach Männern wie Heinrich zu suchen, nach Deserteuren und versprengten Soldaten? Heinrich schüttelt die Fragen ab, sie sind bedeutungslos.

Hinter ihm erklingt Elsas leise Stimme: „Gleich kommen wir zum Dorfplatz."

Er bleibt stehen und dreht sich zu ihr um. Oben vom Hang hat er auf dem Dorfplatz den Lastwagen und die beiden rauchenden SS-Männer gesehen. Was, wenn er einen der Männer in seine Gewalt bringt? Vielleicht kann der ihm sagen, wo sie Paule gefangen halten.

Um Gottes Willen. Einen der SS-Männer in seine Gewalt bringen. Egal, wie er es dreht und wendet, die ganze Aktion ist vollkommen wahnsinnig. Absurd. Er hat an der Front einige Selbstmordkommandos überlebt, aber keins war so aussichtslos wie dieses.

Er sieht Elsa in die Augen. „Elsa, die werden uns erwischen und töten. Wahrscheinlich haben sie Paule schon längst erschossen."

Sie starrt ihn voller Abscheu an und er hat Verständnis dafür. „Geh zu deiner Tochter, Soldat."

Da ist sie. Die Absolution. Sie erteilt sie ihm.

Elsa streckt eine Hand aus. „Gib mir eine Waffe."

„Elsa, das ist absurd."

„Bitte!"

Heinrich starrt sie an. Sucht nach Worten, ohne welche zu finden. Er zieht die Walther aus der Jacke und drückt sie ihr in die Hand, ohne ihr in die Augen zu sehen.

Sie wendet sich wortlos ab und geht weiter.

Heinrich sieht ihr nach. Da ist sie wieder, die Stimme in seinem Kopf: Los jetzt. Geh zurück. Im Schutz der Bäume den Hang hinauf.

In den Wald.

Nach Westen.

Nach Hause.

Zu deiner Tochter, gottverdammt noch mal.

Er schließt die Augen. Atmet ein. Wieder aus. Öffnet die Augen.

Und geht los.

Folgt Elsa.

Holt sie nach wenigen Metern wieder ein. Sie ist an einer Hausecke stehen geblieben. Vor ihnen der Dorfplatz.

„Lass uns zum Wirtshaus gehen, von dem du mir erzählt hast."

Sie erwidert nichts. Bleibt stehen, wo sie ist und wendet ihm den Rücken zu. Heinrich rückt näher an sie heran und sieht über ihre Schulter auf den Dorfplatz. Er sieht den Brunnen, links davon den Lastwagen der SS-Truppe, das Motorrad und den Kübelwagen, zur Rechten die Dorfkirche.

Dann sieht er Paule.

Flankiert von SS-Männern, taumelt der junge Mann die Hauptstraße hinab und auf den Dorfplatz, ein Pappschild auf seiner Brust: *Ich hab deutsche Soldaten getötet*.

Nein, denkt Heinrich. Ich habe sie getötet. Und er würde es wieder tun, das wird Heinrich in diesem Moment klar. Er hört Elsa beim Anblick ihres übel zugerichteten Bruders leise schluchzen. Heinrichs Finger schließen sich um Elsas Arm, aber sie macht keine Anstalten, auf den Platz zu stürmen, bleibt einfach wie gelähmt stehen.

Heinrich glaubt zu wissen, was sie mit Paule vorhaben. Sie werden ihn hier auf dem Dorfplatz erschießen. Vor den Augen der Bewohner. Die strömen nach und nach auf den Platz, in größeren und kleineren Gruppen. Von Starnfeld muss sie nicht einmal zusammentreiben. Sie kommen ganz von selbst.

Die SS-Männer und Paule bleiben neben dem Brunnen stehen. Heinrich sieht jetzt, dass einer der Soldaten ein dickes, zusammengerolltes Seil über seiner Schulter hängen hat. Von Starnfeld nickt dem Mann mit dem Seil zu und zusammen mit einem zweiten Soldaten packt er Paules Arme. Sie stoßen den jungen Hünen Richtung Kirche.

Von Starnfeld sieht zu Dörfler und Heinrich kann seine Stimme bis zur Hausecke hören. „Wenn er am Kirchturm hängt, wird er dem Rest dieses Kaffs eine Warnung sein."

Die beiden SS-Soldaten und Paule haben die Kirche fast erreicht, als deren große Doppeltür nach außen aufgestoßen wird.

Ein Mann, Mitte fünfzig, in schwarzem Anzug mit weißem Priesterkragen, tritt ins Freie und hebt energisch eine Hand: „In Gottes Namen. Halt!"

Die Soldaten mit Paule bleiben tatsächlich stehen.

Der Pfarrer sieht Paule an. „Keine Angst, Paule. Ich kläre das.“

Dann geht er mit langen Schritten auf von Starnfeld und Dörfler zu.

Elsa sieht über die Schulter zu Heinrich. Hoffnung flackert in ihrem Blick. „Das ist Pastor Sandhaus.“

Der Geistliche ist vor von Starnfeld und Dörfler stehengeblieben. Er ist kleiner als die beiden Männer, aber seine Körperhaltung und seine feste Stimme verraten Heinrich, dass er keine Angst vor den SS-Soldaten hat. „Was tun Sie mit dem Mann?“

Von Starnfeld erwidert nichts, mustert den Geistlichen mit kaltem Blick.

„Ich kenne Paule“, sagt der Pfarrer. „Der Junge tut keiner Fliege was zuleide. Ich bitte Sie—“

Von Starnfeld schneidet ihm das Wort ab. „Treten Sie zur Seite.“ Er gibt den beiden SS-Soldaten, die mit Paule vor der Kirche stehengeblieben sind, einen Wink. „Bringt ihn hoch.“

Der Pfarrer sieht zur Kirche, dann wieder zurück zu von Starnfeld. „Hoch? Was soll das? Was tun sie?“ Er dreht sich um und will den beiden SS-Soldaten folgen, die Paule zur Kirchentür schieben.

Dörfler tritt ihm in den Weg und drückt ihm seine große Pranke auf die Brust. Lächelt verächtlich, als er sagt: „Dein Jesus war der Sohn einer Hure, Pfaffe. Und er wird euch nicht beschützen.“

Elsa sieht wieder zu Heinrich, Panik im Blick. „Was haben die mit ihm vor?“

Entweder hat sie das Seil über der Schulter des Soldaten nicht gesehen oder sie will es nicht verstehen. Statt ihr eine Antwort zu geben, fragt Heinrich: „Kommen wir in die

Kirche, ohne dass man uns vom Dorfplatz sieht?"

„Ja ..."

Heinrich sieht, wie die beiden Soldaten mit Paule in der Kirche verschwinden. „Dann schnell."

Elsa dreht sich um und hastet zurück die Gasse hinab. Heinrich läuft ihr nach. Kurz bevor die Gasse wieder den Dorfrand erreicht, zweigt eine weitere, noch schmalere Gasse nach links ab. Heinrich folgt Elsa in diese Gasse, bis sie eine gepflasterte Straße erreichen. Blicken kurz nach links und rechts.

Kein Mensch ist zu sehen.

Die beiden überqueren die Straße im Laufschritt und umrunden ein weiteres Haus, hinter dem ein unbefestigter, grasüberwucherter Weg zwischen Gärten hindurch führt. Am Ende des Weges reckt sich die Kirche in die Höhe.

Sie haben die halbe Strecke hinter sich gebracht, als zu ihrer Rechten das Geräusch einer sich öffnenden Tür erklingt. Heinrichs Kopf ruckt herum. Sein Blick trifft sich mit dem einer Frau, Mitte Fünfzig, die in der offenen Hintertür ihres Hauses steht, einen gefüllten Wäschekorb in die Hüfte gestemmt.

Sie starrt Heinrich und Elsa an.

Elsa öffnet den Mund, um etwas zu sagen, als Schritte und Stimmen erklingen.

Heinrich sieht zurück.

Drei SS-Soldaten treten aus einem grob gezimmerten Holzverschlag drei Gärten weiter. Sie lachen und jeder trägt ein halbes Dutzend dunkler, etikettenloser Flaschen in den Armen. Heinrich reagiert instinktiv. Er packt Elsa und zieht sie in den Garten der Frau mit dem Wäschekorb, die die Soldaten ebenfalls gesehen hat. Sie ducken sich hinter einen hüfthoch geschichteten Stapel Feuerholz.

Heinrich wagt es, über den Rand des Feuerholzstapels zu spähen. Direkt vor seiner Nase huscht eine kleine Spinne über das Holz. Er sieht zu der Frau. Sie hat ein hartes, von scharfen Falten durchzogenes Gesicht und ihre Miene ist ausdruckslos, als die SS-Soldaten ihren Garten passieren.

Einer der Männer grinst sie an: „Sagen Sie Ihrem Nachbarn, sein Selbstgebrannter wurde zum Wohl des Reichs konfisziert."

Die Frau erwidert nichts, nickt den SS-Männern bloß zu. Heinrichs Blick bleibt auf ihr, sein Finger am Abzug der Maschinenpistole. Er sieht die drei Soldaten mit ihrer Beute Richtung Kirche abziehen. Richtet sich langsam wieder auf. Sein Blick trifft sich mit dem der Frau, ihre Miene so ausdruckslos wie zuvor.

Hinter ihm sagt Elsa leise: „Danke, Frau Heumann."

Die Frau nickt bloß, während Heinrich und Elsa bereits zurück auf den schmalen Weg eilen.

KAPITEL 26

Es ist kalt in der Kirche und Paules massiger Körper zittert.

Er hat Probleme, aus seinen geschwollenen Augen zu schauen und übersieht eine Stufe, stolpert und schlägt sich die Knie an der Treppenkante auf, während das Pappschild vor seiner Brust sich verkantet und eine Ecke schmerzhaft in seine geschundenen Rippen drückt. Er weiß nicht, warum sie ihn in die Kirche gebracht haben und er würde ihnen gerne sagen, dass er nicht an den lieben Gott glaubt, weil der ihm Mama und Papa weggenommen hat. Aber irgendwie weiß er, dass das die beiden Soldaten, die ihn jetzt wieder auf die Beine zerren und ihm die Läufe ihrer Maschinenpistolen in den Rücken drücken, nicht besonders interessiert.

Nachdem die Soldaten ihn auf dem Lastwagen ins Dorf gefahren hatten, wurde Paule ins Wirtshaus gebracht. Die Frau des Bürgermeisters, die aus der Küche trat, hat bei seinem Anblick erschrocken eine Hand vor den Mund gehoben. Irgendetwas muss mit seinem Gesicht nicht in Ordnung sein, das weiß Paule, es fühlt sich taub an, wie aufgeblasen, und immer wieder verschwimmt sein Blick.

Sie haben ihn, wie zuvor schon Zuhause, auf einen Stuhl gedrückt und er sah, wie zwei der Soldaten Teile von Ritas blutigem Kadaver an ihm vorbei durch den Schankraum in die Küche schleppten. Bei dem Anblick musste er weinen.

Dann fingen sie wieder an, ihn zu schlagen. Fragten ihn nach Elsa und dem Landser. Paule stellte ihre Stimmen einfach ab. Paule kann das. Wenn er etwas nicht hören will, stellt er es einfach ab, ganz egal, was man mit ihm macht.

Das hat schon Mama und Papa und auch Elsa so manches Mal in den Wahnsinn getrieben. Und genauso wie die Stimmen stellte Paule auch den Schmerz ab. Einfach so. Auch das kann er. Er spürt den Schmerz, ja natürlich, aber er ignoriert ihn einfach und denkt stattdessen lieber an schöne Dinge. Im Wirtshaus dachte er daran, wie schön es wieder sein wird, wenn die bösen Soldaten fort sind. Wenn er und Elsa wieder alleine sind.

Irgendwann dachte er gar nichts mehr. Bis ihm jemand Wasser ins Gesicht schüttete. Sein Kopf zuckte nach oben, und da waren jetzt noch mehr Soldaten im Schankraum und einer von ihnen hängte Paule dieses Schild um den Hals. Dann griffen sie unter seine Arme, hoben ihn vom Stuhl und stießen ihn ins Freie.

Immer stoßen und schubsen sie ihn, genau wie jetzt im engen Treppenhaus des Kirchturms. Er weiß, dass oben die Glocke ist, der Pfarrer hat sie ihn vor Jahren einmal läuten lassen. Was werden sie oben mit ihm anstellen? Werden sie ihn wieder schlagen? Ihn wieder fragen, wo Elsa und der Landser sind? Begreifen die denn nicht, dass er ihnen das niemals sagen wird? Niemals. Er wird nicht zulassen, dass sie seiner Schwester wehtun. Denn Elsa kann den Schmerz nicht einfach abstellen wie er, das weiß Paule.

Sie erreichen die Plattform des Kirchturms.

Die Sonne scheint und glänzt auf den Dächern des Dorfes. Paule stützt sich an der großen, schweren Glocke ab, die nur ganz leicht unter dem Druck seiner Hand nachgibt. Im Norden, irgendwo hinter den Baumwipfeln, liegt sein Zuhause. Der Gedanke an Zuhause macht ihn traurig. Er denkt an die tote Rita und die anderen Tiere, die die bösen Soldaten getötet haben.

Wieder schubst ihn einer seiner beiden Bewacher und

Paule spürt, wie die Wut seinen Magen zusammenschnürt. Sie töten seine Tiere, sie tun seiner Schwester weh, sie tun ihm weh, warum tun die das, was haben er und Elsa ihnen denn getan? Und warum schubsen die ihn andauernd? Er hasst das. Mehr noch als die Schläge. Schläge tun weh, aber Schubsen, das gibt ihm das Gefühl, er sei nichts wert, ein Gefühl, das ihm andere Menschen immer wieder geben, schon solange er lebt. Sie geben ihm das Gefühl, er sei nichts wert, bloß weil er dumm ist. Ja, er ist dumm, er weiß das, aber das gibt niemandem das Recht, ihn zu schlagen und zu schubsen.

Das muss er sich nicht gefallen lassen.

Nein, dass muss er nicht.

Paule sieht nicht, wie hinter ihm einer der Soldaten das Seil von seiner Schulter nimmt und es am Gestänge der Glockenaufhängung mit einem großen Knoten festzurrt. Stattdessen blickt er hinab zum Dorfplatz. Schwarze Flecken tanzen vor seinen Augen, aber dazwischen erkennt er die anderen Soldaten und viele Menschen aus dem Ort. Alle sehen zu ihm herauf. Soll er ihnen zuwinken?

Dann wirft einer der beiden Soldaten die Schlinge von hinten über seinen Kopf und zieht sie mit einer schnellen Bewegung fest. Das raue Seil schneidet schmerzhaft in Paules Hals.

Der andere Soldat stößt Paule die Mündung seiner Maschinenpistole in die Rippen. „Spring, Sabberlappen!“

Und jetzt erst versteht Paule, warum sie ihn hier hoch in den Glockenturm gebracht haben.

Sie wollen ihn totmachen.

So wie sie den Landser totmachen wollten.

Angst fährt wie ein Blitz durch seine Knochen. Paule will nicht, dass sie ihn totmachen. Nicht, weil er Angst davor hat zu sterben, nein, er glaubt nicht, dass tot sein schlimm ist, und vielleicht wird er dann ja sogar Mama und Papa wieder treffen. Aber er kann nicht tot sein, solange Elsa lebt. Er kann seine Schwester nicht alleine lassen. Elsa braucht ihn. Paule ist der einzige Mensch, den Elsa noch hat, und wenn die Soldaten Paule totmachen, dann ist Elsa ganz allein. Der Gedanke, dass Elsa ganz allein und ganz traurig in ihrem Haus sitzt, ist für Paule schlimmer als alle Schmerzen, die ihm die Soldaten zufügen können.

„Beweg dich, Schwachkopf." Wieder rammt ihm einer der beiden Soldaten die Maschinenpistole in den Rücken und obwohl seine Wut jetzt so groß ist, dass er das Gefühl hat, als würde ihm der Kopf platzen, bleibt Paule ganz ruhig. Er zeigt den Soldaten nicht, was in ihm vorgeht. Im Gegenteil. Er lässt die massigen Schultern hängen und senkt den Kopf. Er hebt sogar das linke Bein und stellt den Fuß bereitwillig auf die Brüstung des Glockenturms. Jetzt versteht er, warum unten auf dem Dorfplatz alle zu ihm hochblicken. Sie wollen sehen, wie die Soldaten den Dummkopf totmachen.

Das macht ihn noch wütender.

Wieder presst sich eine Maschinenpistole in seine Seite.

Paule drückt seinen Körper nach oben, damit die Soldaten glauben, er wolle springen. Im selben Moment aber schießt seine rechte Hand zur Seite. Seine Schmutz verkrusteten Finger schließen sich um den Lauf der Maschinenpistole, und mit einem gewaltigen Ruck reißt er den überraschten Soldaten an sich heran. Ein röhrender Wutschrei verlässt seine Kehle, dann wuchtet er den Soldaten wie ein Spielzeug über die Brüstung des Glockenturms. Paule sieht noch den ungläubigen Ausdruck im Gesicht des Mannes, der rücklings in die Tiefe stürzt, bevor er herumwirbelt.

Der zweite Soldat stolpert panisch nach hinten, kann nicht glauben, was da gerade geschehen ist und reißt seine Maschinenpistole nach oben.

Paule wirft sich nach vorn, fegt den Lauf der Waffe beiseite und seine Finger krallen sich in die Uniformjacke des Soldaten, der einen verängstigten Schrei ausstößt. Paule rammt seine hohe Stirn ins Gesicht des Mannes und dessen Nasenbein bricht mit einem hörbaren Knacken. Die Maschinenpistole fällt klappernd zu Boden, Blut sprudelt aus der Nase des Soldaten, während seine Beine unter ihm nachgeben. Aber Paule hat jetzt auch die zweite Hand in seine Uniformjacke gekrallt und schleudert ihn mit aller Kraft herum. Die Fliehkraft holt den Soldaten von den Füßen, er prallt gegen die Brüstung, sein Oberkörper fliegt nach hinten, seine Beine in die Höhe, dann überschlägt er sich und verschwindet wie sein Kamerad in der Tiefe.

Paule reißt sich das Pappschild von der Brust und wirft es hinterher.

Brüllt seine unbändige Wut, seinen Schmerz und seine Trauer heraus, immer und immer wieder. Es tut so gut, zu schreien, dass Paule nicht mehr damit aufhört, nicht mal, als er sich nach der zu Boden gefallenen Maschinenpistole bückt.

KAPITEL 27

Ungläubig hat von Starnfeld seinen Soldaten vom Kirchturm stürzen sehen.

Ungläubig hat er gesehen, wie der Körper vor dem Eingang auf das Pflaster schlug. Blut spritzte, Knochen knackten, dann lag Moss, das war der Name des Soldaten, mit grotesk verrenkten Gliedern vor ihnen, während sein Gehirn wie ein widerlich gefärbter Pudding aus der aufgeplatzten Schädeldecke quoll.

„Scheiße, gottverdammte Scheiße." Dörfler flucht laut und ist ebenso fassungslos wie der Obersturmbannführer. Sekunden später stürzt ein zweiter Körper nach unten. Beide Männer wissen sofort, dass es sich auch bei diesem Körper nicht um den Schwachkopf handelt, was sich kurz darauf bestätigt, als Kemper, ein stiller, schweigsamer Kerl aus Herne und ein guter, folgsamer Soldat, direkt neben Moss zu Boden prallt und Leben, Blut und Eingeweide von der Wucht des Aufschlags aus seinem Körper gequetscht werden.

Von Starnfeld, der selten flucht, nicht mal in Gedanken, gehen folgende Worte durch den Kopf: *Wir haben keine Zeit für diese Scheiße.*

Und dann beginnt das Schreien.

Gefolgt vom Knattern der Maschinenpistole.

KAPITEL 28

Heinrich und Elsa haben die Rückseite der Kirche erreicht, als sie die Schüsse hören. Heinrich weiß sofort, dass sie aus dem Glockenturm kommen. Er hat das Seil gesehen und weiß, dass sie Paule aufhängen wollen. Warum sollten sie ihn jetzt erschießen? Hat er versucht, zu fliehen? Panik breitet sich auf Elsas Gesicht aus und die beiden springen über den niedrigen Zaun auf der Rückseite der Kirche. Hasten auf die Hintertür zu.

Geduckt, die Maschinenpistole in der einen Hand, reißt Heinrich die Tür mit der anderen auf. Die Kirche liegt im Halbdunkel, er kann den Altar erkennen, dahinter die Kirchenbänke, durch deren Mitte ein Gang bis zur Flügeltür des Eingangs führt.

Selbstmord, schießt es ihm wieder durch den Kopf. Das ist Selbstmord.

Trotzdem tragen ihn seine Füße nach links in die Kirche, zur offenen Tür, die ins Treppenhaus des Glockenturms führt, wo das Rattern der Maschinenpistole als tausendfaches Echo von den massiven Steinwänden widerhallt.

Selbstmord, denkt er.

KAPITEL 29

„Totmachen! Böse Soldaten totmachen!“ Paule schreit es vom Glockenturm hinab, während er die Maschinenpistole über die Brüstung hält und blindlings und ziellos immer wieder hinab auf den Dorfplatz feuert.

Paule lacht jetzt, sieht die Soldaten, die hinter dem Brunnen Deckung gesucht haben. Er richtet die Maschinenpistole auf sie und zieht den Abzug wieder durch. „Totmachen! Böse Soldaten totmachen!“

KAPITEL 30

Von Starnfeld und Dörfler kauern im Schutz des Brunnens. Die Geschosse der Maschinenpistole sausen weit über sie hinweg, prallen an den Pflastersteinen des Dorfplatzes ab und sausen als Querschläger jaulend durch die Luft.

Dörfler grunzt hasserfüllt: „Der Schwachkopf würd nicht mal 'nen Panzer treffen." Er macht Anstalten, sich aufzurichten. „Ich geh rein und erledige ihn."

Von Starnfeld schüttelt den Kopf. „Nein." Er sieht zum Lastwagen, hinter dem Braun und drei andere Männer Deckung gesucht haben. Von Starnfeld hebt einen Arm und winkt. „Braun! Eine Panzerfaust!"

Braun winkt zurück und öffnet eine außen am Lastwagen festgezurrte, längliche Transportkiste. Er holt eine Panzerfaust heraus und schielt dann um das Heck des Fahrzeugs zum Kirchturm hinauf. Der Schwachkopf feuert erneut, diesmal auf die gegenüberliegende Seite des Platzes, und ein paar der Geschosse fetzen wirkungslos Putz und Mörtel aus einer Hauswand.

Braun rennt los und huscht wenige Sekunden später neben von Starnfeld und Dörfler in die Deckung der Brunnenmauer. Er sieht den Obersturmbannführer fragend an. „Soll ich ihn—?"

Von Starnfeld nimmt Braun wortlos die Panzerfaust aus der Hand und richtet sich auf. Legt die Waffe auf seine Schulter und visiert den Kirchturm an.

Es ist an der Zeit, dieser Farce ein Ende zu bereiten.

Oben im Glockenturm rattert wieder die Maschinenpistole. Von Starnfeld kann den Schwachkopf lachen hören.

Diesmal schlagen die Geschosse tatsächlich in die Brunnenmauer ein und Dörfler, der sich ebenfalls aufgerichtet hat, zieht mit einem überraschten Fluch sofort wieder den Kopf ein. Von Starnfeld hört sogar das Zischen einer Kugel, die dicht an seinem Kopf vorbeisaust, aber trotzdem zuckt er nicht einmal zusammen.

Stattdessen atmet er noch einmal tief durch und im Ausatmen betätigt er den Abzug der Panzerfaust. Er spürt den Rückstoß der Waffe, hört ihr unverkennbares Fauchen, und dann folgen seine Augen dem Schweif des Geschosses, das hinauf zum Glockenturm jagt.

KAPITEL 31

Er hat eine Waffe, denkt Heinrich ungläubig, während er die ersten Stufen der Treppe hinaufeilt. Er hört Paules Stimme, die irgendetwas von Soldaten totmachen brüllt, gefolgt vom Rattern der Maschinenpistole. Heinrich ist sich nicht mal bewusst, dass er anfängt zu lachen. Paule hat seine Scharfrichter überwältigt, er hat eine Waffe und er nimmt die SS unter Feuer.

Scheiß drauf, denkt Heinrich und brüllt laut in den Glockenturm hinauf: „Paule! Komm runter! Elsa ist hier!“

KAPITEL 32

„Böse Soldaten totmachen!“ Paule visiert wieder den Brunnen an. Er kneift die Augen zusammen und versucht, den Mann, der sich hinter dem Brunnenrand aufrichtet, aufs Korn zu nehmen. Drückt den Abzug und lacht begeistert, während seine Geschosse unten in die Brunnenmauer schlagen.

Dann hört er ein Zischen.

Und sieht etwas Weißes auf sich zukommen.

Rasend schnell.

Paule weiß nicht, was das ist.

Er weiß nur, dass es nicht gut ist.

KAPITEL 33

Als der Glockenturm und der Schwachkopf in der Explosion verschwinden, stoßen Dörfler und die anderen SS-Soldaten Jubelschreie aus.

Trümmer segeln in die Tiefe und von Starnfeld geht wieder hinter der Brunnenwand in die Hocke. Nimmt seine Brille ab und beginnt, sie mit einem Tuch zu putzen.

KAPITEL 34

Die Explosion erschüttert den gesamten Glockenturm. Heinrich verliert das Gleichgewicht. Er stolpert nach hinten gegen die Wand, kann sich gerade noch mit einer Hand abstützen, um nicht rücklings wieder die Stufen hinabzustürzen.

Über ihm hat sich die tonnenschwere Kirchenglocke aus ihrer zerfetzten Verankerung gelöst und rast jetzt in einer Wolke aus Staub und Trümmern den Glockenturm hinab.

Heinrich presst seinen Körper so dicht an die Wand, wie er kann, dann schießt die Glocke Sekunden später auch schon an ihm vorbei. Er spürt den unglaublichen Luftzug, schließt die Augen und hält den Atem an, während ihn die Dreckwolke einhüllt und Gesteinsbrocken dicht vor ihm auf die Treppe prasseln. Die Glocke schlägt mit einem gewaltigen Krachen am Boden des Glockenturms auf und einmal mehr erbebt das gesamte Gemäuer.

Heinrich hustet und wedelt mit der Hand den Staub weg. Er stolpert die Treppen hinab und ruft Elsas Namen. Erreicht den Treppenabsatz und schiebt sich an der Glocke vorbei, sein Blick zu Boden gerichtet, von der Angst erfüllt, sie könnte hier unten gestanden haben und von der Glocke erschlagen worden sein. Aber dann zeichnen sich ihre Umrisse im Türrahmen zur Kirche ab.

Als Heinrich vor ihr steht, starrt sie ihn aus weit aufgerissenen Augen an. „Paule?“, fragt sie tonlos.

Heinrich erwidert nichts, schiebt sie aus dem Glockenturm in die Kirche.

Ihre Stimme überschlägt sich schrill. „Paule?“

Sie will sich an ihm vorbei in den Glockenturm drücken, aber Heinrich hält sie fest.

„Paule ..." Ihre Stimme ist nur noch ein Flüstern. Dann geben ihre Beine nach und sie sackt in die Knie, während sich die Staubwolke um sie herum langsam wieder zu lichten beginnt.

Alles, woran Heinrich denkt ist, dass sie hier raus müssen. Bloß weg, bevor die Soldaten kommen. Er sieht nach links zum Kirchenportal, wo sie jeden Moment erscheinen können.

„Komm." Er will sie wieder auf die Beine ziehen, aber sie macht ihren Körper schwer, bleibt zusammengesunken auf den Knien hocken und blickt mit starrer Miene ins Treppenhaus des Glockenturms, während die Tränen helle Spuren durch ihr staubbedecktes Gesicht ziehen.

„Elsa. Komm jetzt." Er zerrt sie mit grober Gewalt an den Armen hoch, schüttelt ihre schmalen Schultern. „Willst du sterben? Wie dein Bruder? Willst du das? *Ich* will es nicht!"

Sie starrt ihn an. Dann schüttelt sie den Kopf.

Erleichterung durchflutet Heinrich und er wendet sich der Hintertür zu.

Da reißt sich Elsa aus seinem Griff.

Heinrich wirbelt herum und sieht sie mit einem wütenden Schrei zur Kirchentür rennen. Heinrich läuft ihr nach, kriegt sie fast zu packen, da stößt er mit einem Knie gegen eine der Kirchenbänke und stürzt der Länge nach hin.

Muss hilflos mitansehen, wie sie die beiden Flügel der Kirchentür aufstößt und ins Freie stürzt.

KAPITEL 35

Obersturmbannführer von Starnfeld hat gerade eine Zigarette aus seinem Etui gefischt und sich zwischen die Lippen gesteckt, als die Flügel der Kirchentür wuchtig von innen aufgestoßen werden. Er sieht eine junge Frau, die aus der Kirche stürzt, ihr tränenüberströmtes Gesicht in einer Mischung aus Wut und Hass und Trauer verzerrt, in ihrer rechten Hand eine Walther.

Von Starnfelds Augen hinter den Brillengläsern weiten sich, als der Arm der jungen Frau in die Höhe schwenkt und sie zu schießen beginnt. Hinter dem Obersturmbannführer suchen Dörfler und Braun sofort wieder die Deckung der Brunnenmauer, doch von Starnfeld bleibt stehen. Die Zigarette fällt lautlos aus seinem offenen Mund zu Boden, während ihm die Kugeln der Walther links und rechts um die Ohren pfeifen.

Die junge Frau bleibt stehen, keine zwei Meter von ihm entfernt, die Mündung der Pistole zielt genau in von Starnfelds Gesicht und aus dieser Entfernung wird sie nicht danebenschießen.

Von Starnfeld starrt in ihre dunklen Augen und hebt ganz langsam eine Hand. „Dörfler. Nicht schießen." Wiederholt es noch einmal lauter: „Das gilt für alle. Nicht schießen!"

Die Waffe in der Hand der jungen Frau zittert.

Ihre Lippen zittern.

Und ihr Finger krümmt sich langsam um den Abzug der Pistole.

Trotzdem umspielt ein Lächeln die Lippen des Obersturmbannführers.

Esther, denkt er.

Oh, Esther.

KAPITEL 36

Die gleißende Augustsonne funkelt auf der glatten Oberfläche des Wannsees. Von Starnfeld hält eine Hand über die zusammengekniffenen Augen. Er liegt am Ufer, ausgestreckt im Schatten eines Baumes, und liest in einem Buch. Das Plätschern des Wassers hat ihn aufblicken lassen und jetzt sieht er sich einer jungen Frau gegenüber, die direkt vor ihm aus dem See gestiegen ist. Sie trägt ein dünnes Mieder, das sich nass an ihren schlanken Körper schmiegt, und ihre dunklen Brustwarzen schimmern durch den Stoff.

Sie starrt ihn ebenso überrascht an wie er sie und hebt die Arme, um ihre kleinen Brüste zu bedecken. „Was tun Sie hier?“, fragt sie vorwurfsvoll.

Er lächelt. „Ich lese. Aber wenn ich gewusst hätte, dass der See Ihr Privateigentum ist, hätte ich natürlich davon abgesehen.“

Sie sieht ihn an, dann kräuselt ein Lächeln ihre Lippen. „Na meinetwegen. Sie dürfen hier lesen. Ich erlaube es Ihnen.“

Von Starnfeld legt das Buch zur Seite und schlingt die Arme um seine Knie. „Danke. Wie kann ich das nur wieder gutmachen?“

„Indem Sie aufhören, mich anzustarren.“ Sie macht einen Schritt nach hinten und geht in die Knie, taucht ihren Körper wieder zurück ins Wasser, bis nur noch ihr Gesicht zu sehen ist. Ihr Blick fällt auf das Buch. „*Ali & Nino*. Eine tolle Liebesgeschichte.“

Von Starnfeld sieht auf den Buchumschlag, dann wieder zu der jungen Frau, die mit den Armen im Wasser rudert.

„Haben Sie das Buch schon gelesen?“

Sie nickt.

Von Starnfeld richtet sich auf. „Oben an der Straße hat ein neues Café eröffnet. Die sollen einen ganz hervorragenden Apfelstrudel haben. Ich würde Sie gerne dazu einladen und Sie können mir erzählen, wie die Geschichte endet.“

Sie lacht und schüttelt den Kopf. „Nein. Sie sollten es wirklich lieber selbst zu Ende lesen.“

Er kann die Enttäuschung auf seinem Gesicht nicht ganz verbergen und sie lächelt wieder. „Aber gegen ein Stück Apfelstrudel hätte ich nichts einzuwenden. Schwimmen macht wahnsinnig hungrig.“

Als sie sich vier Stunden später voneinander verabschieden, während über dem Wannsee die Sonne versinkt, kennt er nicht einmal ihren Namen. Aber er weiß bereits alles, was er wissen muss. Er weiß, dass der Klang ihrer Stimme wie Musik in seinen Ohren ist, dass ihr Lachen sein Herz auf wundervolle Weise schmerzen lässt und die Kaffeetasse in seiner Hand jedes Mal zitterte, als er sie zum Mund führte.

Er hat sie zu ihrem Fahrrad begleitet, das sie am Rand der Allee an einen Baum gelehnt hat, und das Herz schlägt ihm bis in den Hals, als er sagt: „Ich möchte dich wiedersehen.“

Sie verzieht keine Miene. „Frag mich, ob ich dich wiedersehen will.“

„Willst du mich wiedersehen?“

Sie lässt ihn einen Moment zappeln, schwingt sich bereits auf ihren Fahrradsattel, bevor sie ihm wieder dieses unglaubliche Lächeln schenkt und sagt: „Ja. Ich will dich wiedersehen. Nächsten Sonntag. Selber Ort. Selbe Zeit.“

Dann tritt sie in die Pedalen.

Von Starnfeld würde vor Freude am Liebsten einen Luftsprung machen, aber da sind andere Passanten und er nimmt sich zusammen.

Er ruft ihr nach: „Deinen Namen. Ich kenne nicht mal deinen Namen!“

Sie winkt, ohne sich nach ihm umzudrehen. „Esther.“

Er sieht ihr nach, wie sie die Straße hinab verschwindet, ihr dünnes Sommerkleid flattert im Fahrtwind.

Esther.

Ein jüdischer Name.

Aber es ist bereits zu spät.

Er ist verliebt.

KAPITEL 37

BLAM!

Ihr Finger hat den Stecher durchgezogen.

Von Starnfelds Schultern zucken und er spürt den Lufthauch, als das Geschoss dicht an seiner linken Wange vorbeisaust.

Sie wimmert leise, die Züge ihres tränenüberströmten Gesichts lösen sich auf und dann sackt sie kraftlos auf die Knie, die Walther entgleitet ihren zitternden Fingern.

Hinter von Starnfeld springen Dörfler und Braun wieder auf.

Der Obersturmbannführer kneift die Augen zusammen. Er hat eine Bewegung gesehen. Hinter dem jungen Mädchen, durch die offene Tür der Kirche. Eine Gestalt. Ein Mann. Es ist dunkel in der Kirche, aber von Starnfeld erkennt ihn trotzdem. Als Dörfler ihm gesagt hat, der Landser sei am Leben, wollte er es erst nicht glauben, obwohl er wusste, dass der Oberscharführer ihn nicht anlügen würde. Dennoch erschien es einfach zu absurd. Doch jetzt sieht er ihn mit eigenen Augen. Er dreht sich zu Dörfler um: „Die Kirche! Der Landser ist in der Kirche!“

Dörflers Augen leuchten auf, sein Jagdinstinkt erwacht wie auf Knopfdruck. Er gibt den Soldaten am Lastwagen ein Zeichen, dann stürmt er geduckt zur Kirche, die Maschinenpistole umklammert.

Von Starnfeld tritt auf das Mädchen zu. Schiebt die Pistole mit der Stiefelspitze aus ihrer Reichweite.

Er lächelt auf sie hinab. „Ich bin so glücklich, dass ich dich wiedergefunden habe.“

Sie hebt den Kopf und starrt ihn an wie jemanden, der

den Verstand verloren hat.

Hinter ihnen beginnen wieder die Maschinenpistolen zu hämmern.

KAPITEL 38

Heinrich hat alles gesehen.

Wie Elsa auf die SS-Soldaten zugelaufen ist.

Wie der Obersturmbannführer einfach stehengeblieben ist, während sie auf ihn schoss, als wäre er lebensmüde. Heinrich hat jeden Moment damit gerechnet, ihren schmalen Körper unter den Einschlägen der Geschosse tanzen zu sehen. Das ist nicht geschehen, aus welchem Grund auch immer.

Ihm ist dieses Glück nicht vergönnt.

Sie haben ihn entdeckt und stürmen auf die Kirche zu. Die Maschinenpistolen wummern, und links und rechts von ihm zerbersten die bunten, kunstvoll verzierten Kirchenfenster, Glassplitter regnen klirrend zu Boden. Er sieht den hünenhaften Oberscharführer geduckt auf die offene Kirchentür zu huschen und Heinrich jagt ihm eine schlecht gezielte Maschinenpistolen-Salve entgegen. Keine Zeit, den Scheißkerl genau anzuvisieren, er weiß, sie werden versuchen, die Kirche zu umrunden und ihn einzukesseln. Er muss hier raus, bevor es zu spät ist.

Ein letzter Blick zu Elsa, die noch immer regungslos am Boden kniet, dann wirft er sich herum und rennt den Gang zwischen den Kirchenbänken hinab zum Altar. Im Laufen reißt er eine der beiden Stielhandgranaten aus seinem Koppelgürtel.

Er schafft es unversehrt zur Hintertür, stoppt kurz und steckt seinen Kopf ins Freie. Niemand zu sehen. Hinter ihm in der Kirche: das Echo von schweren Stiefeln. Er zieht den Kopf zwischen die Schultern und stürzt nach draußen. Kugeln schlagen in den Türrahmen der Hintertür, singen ihr tödliches Lied und zerfetzen das Holz. Beinahe wäre er gestürzt, aber er fängt sich und reißt am Band der Stielhandgranate. Lässt sie einfach auf den Rasen fallen und rennt weiter. Springt ohne anzuhalten über den niedrigen Zaun. Steuert den schmalen Weg an, von dem er mit Elsa gekommen ist. Ein hektischer Blick über die Schulter und er sieht zwei SS-Soldaten aus der Hintertür der Kirche rennen. Keiner von beiden ist der Oberscharführer.

Sie entdecken Heinrich und wollen schießen. Was sie nicht sehen, ist die Handgranate am Boden zu ihren Füßen. Bevor sie ihre Finger um die Abzüge der Gewehre krümmen können, verschwinden sie in der Dreckwolke der Explosion.

KAPITEL 39

Dörfler war als Erster in der Kirche und hat den Landser durch die Hintertür flüchten sehen.

Aber er hat instinktiv zweien seiner Leute den Vortritt gelassen, als sie die Verfolgung aufnahmen. Er ist noch am Altar, als er draußen die Explosion der Handgranate hört, und dann fliegt ein Stahlhelm durch die offene Hintertür, rollt polternd über den Boden, bis er vor Dörflers Füßen liegenbleibt.

Die Zähne aufeinandergepresst, schiebt der Oberscharführer sich aus der Hintertür. Er sieht ein Stück graue Uniform hinter ein paar Bäumen verschwinden und jagt eine MP-Salve hinterher. Vor ihm auf dem Rasen des kleinen Kirchengartens liegen Schramm und Priem. Schramm ist tot, Gesicht und Hals von Schrapnell zerfetzt. Priem hockt blutbesudelt daneben auf den Knien und blickt fassungslos auf den Stumpf seines abgerissenen Armes, aus dem das Blut nur so sprudelt. Der Arm liegt ein Stück weiter am Gartenzaun.

Der Landser scheint wie eine gottverdammte Katze mit neun Leben, und Dörfler ist fest entschlossen, ihm diese neun Leben zu nehmen. Aber nicht auf einen Schlag, nicht mit einem sauber gezielten Schuss, nein. Dörfler wird ihm diese neun Leben langsam nehmen, ganz langsam, eins nach dem anderen, er wird jedes einzelne qualvoll aus ihm herauspressen wie den Saft aus einer Zitrone, und der Landser wird sich nichts sehnlicher wünschen, als das er am Baum verreckt wäre.

KAPITEL 40

Heinrich humpelt keuchend den schmalen Weg hinter den Gärten entlang. In seinem Knöchel pumpt der Schmerz und wird mit jedem Schritt schlimmer. Er kann förmlich spüren, wie die Schwellung wieder zunimmt. Er müsste schneller laufen, stattdessen wird er immer langsamer. Nicht mehr lange und er wird nicht einmal mehr auftreten können.

Dann ist alles vorbei.

Verzweiflung überrollt Heinrich wie eine Panzerattacke der Bolschewiken. Paule ist tot, Elsa mit Sicherheit auch und er wird seine Tochter niemals wiedersehen. Karin wird als Waisenkind aufwachsen. Wenn sie das Ende des Krieges überhaupt noch erlebt.

„Kommen Sie her. Schnell."

Heinrich wendet den Kopf. Sieht die Frau, die Elsa und ihn zuvor nicht an die SS-Soldaten verraten hat, wieder in der offenen Hintertür ihres Hauses stehen.

Sie winkt hektisch. „Kommen Sie!"

Heinrich zögert. Wirft einen Blick über die Schulter, wo seine Verfolger jeden Moment auftauchen können. Sieht wieder zu der Frau mit den verhärmten Gesichtszügen. Sie hat ihn zuvor nicht verraten, warum sollte sie es jetzt tun?

Er humpelt durch ihr Gartentor und zur Tür. Sie tritt zur Seite, um ihn hereinzulassen. Kaum hat sie die Tür wieder hinter ihm geschlossen, hört Heinrich draußen schnelle Schritte. Er presst sich schwer atmend mit dem Rücken gegen die Tür und schielt aus dem kleinen, mit einer gehäkelten Gardine verhangenen Fenster zu seiner Linken hinaus.

Der Oberscharführer und ein halbes Dutzend SS-Männer sprinten den schmalen Weg entlang am Haus vorbei. Das Stampfen ihrer Schritte wird leiser und verklingt schließlich ganz.

Heinrich dreht den Kopf und sieht seiner Retterin ins Gesicht. Sie steht vor ihm im Flur, die Hände ineinander verknotet.

„Warum helfen Sie mir?“, fragt er.

Ihr blasses Gesicht bleibt ausdruckslos. „Sie sind ein Deserteur. Stimmt’s?“

Er nickt.

„Dann helfe ich Ihnen, weil Sie ein vernünftiger Mann sind.“

KAPITEL 41

Die Aprilsonne gibt ein Versprechen von Sommer, während von Starnfeld und Dörfler nebeneinander die Straße hinab Richtung Wirtshaus gehen. Die räudige Promenadenmischung trottet wieder hinter Dörfler her. Ein Straßenköter, der seinen Artgenossen erkennt, denkt von Starnfeld, während er an seiner Zigarette zieht und den Rauch tief in seine Lungen inhaliert. Das Nikotin hilft ihm, seine Wut zu kontrollieren.

Sie sind hier, um eine Aufgabe zu erfüllen, um die Fortführung des Krieges für den Führer zu sichern. Nicht, um sich mit Dorfdeppen und einem desertierten Landser herumzuschlagen. Von Starnfeld fühlt, wie ihm die Kontrolle entgleitet, und das kann er nicht zulassen. Er muss die Dinge wieder in den Griff bekommen, bevor alles aus dem Ruder läuft. Er spürt die Unruhe seiner Soldaten und es liegt an ihm, die Männer auf Kurs zu halten. Er versucht, Dörflers Stimme auszublenden, um seine Gedanken zu sortieren, aber der tiefe Bass des Oberscharführers schiebt sich wie ein feindlicher Störsender in seinen Kopf.

„Ich bin mir sicher, er hat sich irgendwo hier verkrochen. Der Kerl hat gehumpelt. Der ist verletzt. Wir durchkämmen jedes Haus und—“

Von Starnfeld dreht den Kopf. „Um ihn dann ein drittes Mal entkommen zu lassen, Herr Oberscharführer?“

Dörflers Gesicht zuckt zusammen wie unter einer Ohrfeige. Er setzt an, etwas zu erwidern, aber von Starnfeld schneidet ihm das Wort ab: „Wir haben andere Probleme als den Landser.“

„Er hat—“

„Ich weiß, was er getan hat. Und unter anderen Umständen würde ich diesen Verräter solange hetzen, bis ich ihn in die Finger kriege. Aber Sie wissen, warum wir hier sind, Dörfler. Und wir haben immer noch nicht, was wir wollen.“

Sie biegen um eine Hausecke und da ist das Löwenstein-Haus. Die Ruine wird von der sinkenden Sonne in goldgelbes Licht getaucht. Von Starnfelds Soldaten und die Männer aus dem Dorf haben die Trümmer im Verlauf des Tages Stück für Stück abgetragen, Räume freigelegt und verbrannte Möbelstücke ins Freie geschleppt.

Auch der Zugang zum Keller ist freigelegt. Aus dem klettert jetzt Unterscharführer Braun, Gesicht und Hände dreckverschmiert. Von Starnfelds Herz sinkt, als Braun den Kopf schüttelt. „Nichts, Herr Obersturmbannführer. Wir haben hier jeden Stein umgedreht. Es ist nicht hier.“

Von Starnfeld hat auf andere Nachrichten gehofft, aber tief in seinem Herzen hat er geahnt, was er zu hören bekommen würde. Deswegen hat er zwei Männer losgeschickt, um den Bürgermeister herzuschaffen. Er nimmt einen letzten Zug von seiner Zigarette und wirft den Stummel zu Boden, zermalmt ihn mit seiner Stiefelspitze. Er klopft gerade eine neue Zigarette auf dem Etui, als er den Bürgermeister, flankiert von zwei Soldaten, die Straße herabkommen sieht.

Der Bürgermeister setzt sein falsches Lächeln auf und von Starnfeld denkt, dass es an der Zeit ist, ihm dieses Lächeln aus dem Gesicht zu wischen.

Als er vor von Starnfeld steht, schlägt der Bürgermeister die Hacken zusammen und macht den Hitlergruß. „Obersturmbannführer. Womit kann ich Ihnen zu Diensten stehen?“

Dörflers Faust kommt von der Seite. Schnell und hart. Direkt in den Magen des Bürgermeisters. Robert Schlick klappt japsend zusammen und würde auf die Knie stürzen, wenn Dörfler ihn nicht am Kragen packen und auf den Beinen halten würde. Der Bürgermeister würgt und ein langer Speichelfaden tropft von seinen Lippen.

Von Starnfeld ist einen Kopf größer als er. Er beugt sich zu ihm hinab: „Wo ist das Gold?“

„Was ...?“

Von Starnfeld hat diese Art von Erwiderung erwartet und tritt zur Seite.

Dörfler packt den Bürgermeister mit beiden Händen und schleudert ihn mit Wucht in die Trümmer der Ruine. Staub und Dreck wirbeln auf, als er mit einem Schmerzensschrei zu Boden stürzt.

Von Starnfeld steigt über einen Haufen Steine und bleibt vor dem Bürgermeister stehen, der sich leise wimmernd auf die Knie kämpft. „Der Jude hat eine Kiste Goldbarren in diesem Haus versteckt. Morgen früh um neun übergeben Sie mir das Gold, oder ich radiere dieses Dorf aus. Mit allem, was hier atmet.“

Und das meint von Starnfeld ernst. Er findet kein Vergnügen darin, deutsche Bürger zu ermorden, und, da macht er sich nichts vor, es wird nichts anderes als Mord sein, sollte es dazu kommen. Aber kein Preis ist zu hoch, um den Fortbestand des Reiches zu sichern.

Keiner.

Was von Starnfeld betrifft, hat er den allerhöchsten Preis schon vor langer Zeit gezahlt.

KAPITEL 42

Durch das offene Fenster klingt die meckernde Lache eines Betrunkenen aus dem Hinterhof herein. Sie liegen nebeneinander auf den Laken, der Schweiß ist noch nicht auf ihren nackten Körpern getrocknet. Ihr Miteinander war wild, beinahe animalisch, ein verzweifelter Versuch, mit ihrer ungezügelten Leidenschaft die Realität wenigstens für diese wenigen Augenblicke aus ihrem Leben zu verdrängen.

Aber von Starnfeld gelingt das nicht mehr.

Selbst, als Esther sich stöhnend unter ihm wand, ihr Körper warm und weich und feucht, ging ihm nicht mehr aus dem Kopf, dass das, was er hier tat, nichts anderes war als Verrat am Vaterland und am Führer. Verrat an sich selbst, denn es verstößt gegen alles, an was er glaubt und wofür er steht. Blutschande.

Esther rollt sich auf die Seite und dreht ihm den Rücken zu. Sie blickt zu seiner Uniform, die er fein säuberlich über einem Stuhl vor dem Fenster gehangen hat.

Ihre Stimme kaum mehr als ein Flüstern. „Du darfst nicht mehr herkommen."

Sie hat recht, aber der Gedanke daran ist ihm unerträglich. Anfangs hat er noch versucht, sie fortzuschicken. Damals, als das noch möglich war. Er hätte ihr Papiere beschafft, Geld, alles. Doch sie hat sich geweigert. Ihr Vater war krank und sie wollte ihn nicht zurücklassen, obwohl auch er sie immer wieder aufgefordert hatte, zu gehen.

So sehr von Starnfeld ihr Leben retten wollte, so glücklich war er, dass sie sich weigerte.

Jetzt ist ihr Vater tot, ihre Buchhandlung ausgebrannt

und Esthers Chance, die Stadt oder das Land zu verlassen, gleich Null. Würde von Starnfeld sie nicht hier in dieser kleinen Wohnung in Kreuzberg verstecken, hätte man sie längst fortgeschafft wie die meisten anderen.

„Wenn die mich hier finden, dann—"

„Sie werden dich nicht finden."

„Was machen sie mit dir, wenn sie rauskriegen, dass du mich versteckt hast?"

Von Starnfeld schluckt und kämpft gegen die Tränen an, die in ihm aufsteigen. Sie fürchtet die Entdeckung nicht um ihretwillen, nein, sie macht sich Sorgen um *ihn*. Das habe ich nicht verdient, denkt er, soviel Liebe von dir habe ich nicht verdient, Esther.

Sie rollt sich wieder herum. Er sieht, dass sie weint. Von Starnfeld streicht ihr mit der Rechten die Tränen aus dem Gesicht. „Ich werde dich niemals alleinlassen, Esther. Das verspreche ich dir."

Er sieht die Hoffnung, die entgegen aller Vernunft in ihren dunklen Augen aufleuchtet und das bricht ihm das Herz. Esther drängt sich an ihn, ihre Lippen suchen seine und ihre langen Finger gleiten zwischen seine Beine.

KAPITEL 43

Die Frau stellt sich ihm als Irmgard vor und führt ihn ins Wohnzimmer. Sie bittet ihn sich zu setzen. „Ich habe noch etwas Suppe auf dem Herd“, sagt sie, „Ich mache sie Ihnen warm.“

Erst in diesem Moment verspürt Heinrich den beißenden Hunger, der in seinem Magen nagt, und er nickt dankbar. Er lässt sich auf das weiche Sofa fallen und alle Kraft, der klägliche Rest, den er noch hat, weicht aus ihm wie die Luft aus einem zerschossenen Reifen. Am liebsten würde er mit dem Sofa verschmelzen, um nie wieder aufstehen zu müssen. Seine Augen fallen zu, und er verharrt in diesem seltsamen Zustand zwischen Wachsein und Schlaf, während Bilder in seinem Kopf flackern wie in einem Kino mit defektem Projektor. Er sieht Elsa, er sieht Paule, er sieht die kleine Karin. Paule ist tot, Elsa wahrscheinlich auch – und Karin?

Das Gesicht seiner Tochter vor Augen, ruckt Heinrich auf der Couch wieder in die Höhe. Durch das Wohnzimmerfenster sieht er, dass die Dämmerung eingesetzt hat. Dann fällt sein Blick auf das Gold gerahmte Foto der beiden jungen Männer. Gesund und kräftig, beide Anfang zwanzig, lächeln sie stolz und stramm in ihren blitzsauberen Wehrmachtsuniformen von der Kommode zu ihm herab.

Schritte erklingen und Irmgard tritt mit einem Tablett durch die Wohnzimmertür.

Er zuckt zusammen und schämt sich, weil er sein Bein mit dem geschundenen Knöchel auf dem niedrigen Wohnzimmertisch ausgestreckt hat. Keine guten Manieren. Er nimmt das Bein vom Tisch. „Entschuldigen Sie."

„Sie müssen sich nicht entschuldigen." Sie hat seinen Blick zu dem Foto bemerkt. „Meine Jungs. Friedhelm ist in Italien gefallen. Peter in Stalingrad."

Heinrich sieht sie an. Keine Tränen, nur noch die bleierne Trauer, die sie ihr Leben lang nicht mehr verlassen wird.

Sie stellt das Tablett vor Heinrich auf dem Wohnzimmertisch ab und nimmt den Teller mit der Suppe herunter. „Linsen. Fleisch hab ich leider keins." Sie legt einen Löffel und eine Scheibe trockenes Brot daneben.

„Danke." Er greift zum Löffel und beginnt zu essen. Die heiße Flüssigkeit brennt schmerzhaft in seinem Hals, aber verbreitet wohlige Wärme in seinem Magen, und er spürt, wie wenigstens ein bisschen Energie in seine bleischweren Glieder zurückkehrt.

„Für was, frage ich Sie?"

Heinrich sieht irritiert auf.

Irmgard hat sich in den Sessel zu seiner Linken gesetzt und er folgt ihrem Blick zu dem Foto ihrer Söhne. Er würde ihr gerne eine Antwort geben, obgleich er weiß, dass es eine rhetorische Frage gewesen ist.

Für was?

Diese Frage hört man auf, sich zu stellen, sobald einem die erste Kugel um die Ohren pfeift. Das Einzige, was zählt, ist der Moment. Im Krieg gibt es keine Vergangenheit, es gibt keine Zukunft, es gibt nur den Augenblick. Es gibt Überleben und es gibt Sterben. Tatsächlich hat Heinrich sich manchmal gewünscht, dass alles im Leben so einfach wäre wie der Krieg.

„Meine Frau und meine Tochter sind bei einem Bombenangriff ums Leben gekommen", sagt er. „Meine jüngste Tochter hat überlebt. Ich muss zu ihr."

Irmgard nickt, als wäre es so simpel, wie es klingt. Sie sieht ihn fragend an. „Was ist mit der kleinen Elsa Arens? Die war doch bei Ihnen."

Er erzählt ihr, wie Elsa sein Leben gerettet hat. Erzählt ihr vom Erscheinen der SS auf Elsas Hof. Dem Kampf. Der Flucht. Paule.

Tapferer, armer Paule.

Und Elsa?

So sehr er hofft, dass es ihr gut geht, so sehr weiß er, dass das Wunschdenken ist. Es gibt keinen Grund für die SS, Elsa am Leben zu lassen. Er denkt an den Oberscharführer, diesen Dörfler, und er hofft, dass sie sterben durfte, bevor die Drecksau sich mit seinen schmutzigen Fingern an ihr vergehen konnte. Heinrich wird klar, dass er sich zum ersten Mal in seinem Leben wünscht, einen Menschen töten zu dürfen. Im Krieg will man nicht töten. Im Krieg *muss* man töten. Es ist ganz einfach: entweder dein Leben oder das des Gegners. Im Krieg ist Töten Handwerk, das hat wenig mit Emotionen und persönlichen Gefühlen zu tun. Aber bei Dörfler ist es etwas anderes. Den will Heinrich töten. Wenn er die Gelegenheit bekommt, wird er nicht eine Sekunde zögern.

Er hat die Suppe aufgegessen, aber nur die Hälfte der Brotscheibe, obwohl er noch Hunger hat. Doch das Schlucken ist zu schmerzhaft. „Danke, das war gut."

Einen Moment sitzen sie sich einfach schweigend gegenüber. Kein unangenehmes Schweigen. Es ist das Schweigen von zwei Menschen, die sich zwar nicht kennen, die in der Trauer um ihre Liebsten aber eine Verbindung haben, die keine Worte benötigt.

Heinrich sieht aus dem Fenster. Schwalben tanzen in der Dämmerung über den Dächern. „Sobald es dunkel wird, verschwinde ich. Ich will nicht, dass Sie wegen mir in Gefahr geraten."

Sie setzt an, etwas zu erwidern, aber in diesem Moment klopft es an der Hintertür.

Sie erstarrt.

Heinrich greift nach der Maschinenpistole.

Dann eine Stimme: „Irmgard. Ich bin's."

Sie atmet aus und der Schatten eines Lächelns huscht über ihr Gesicht. „Es ist der Pfarrer." Sie drückt sich aus dem Sessel.

Heinrich hebt eine Hand. „Warten Sie—"

„Keine Angst. Er wird sie nicht verraten." Und schon eilt sie aus dem Zimmer.

Heinrich flucht leise und richtet sich auf. Er humpelt zur Wand neben der Tür, die Maschinenpistole fest umklammert.

Hört, wie sie die Hintertür öffnet und dann wieder die Männerstimme: „Guten Abend, Irmgard."

„Hallo, Martin."

Ein kurzer Moment Schweigen. Heinrich hört, wie der Mann die Nase hochzieht. Seine Stimme klingt matt und resigniert, als er sagt: „Die SS. Sie haben Paule Arens getötet."

„Ich weiß, Martin. Komm rein. Ich möchte dir jemanden vorstellen."

Heinrich hört die Hintertür wieder ins Schloss fallen, dann nähern sich die Schritte von Irmgard und ihrem Besucher dem Wohnzimmer. Als erstes tritt ein Mann durch den Türrahmen: mittelgroß, hager, in einem schlichten dunklen Anzug mit einem Priesterkragen.

Er bemerkt Heinrich aus den Augenwinkeln und dreht sich um. Erstarrt, als er die Mündung der Maschinenpistole auf sich gerichtet sieht.

Heinrich blickt dem Pfarrer in die Augen. „Wissen Sie, was mit Elsa ist? Lebt sie?“

KAPITEL 44

Als es endlich dunkel ist, verlässt der Bürgermeister das Wirtshaus durch die Hintertür.

Hinter ihm im Schankraum erklingt die tiefe Stimme des Oberscharführers, der fragt, wie lange Brigitte noch für das gottverdammte Gulasch braucht. Die Stimme nur zu hören, lässt die Angst wie eisige Finger durch seine Glieder fahren.

Er geht durch die Hofeinfahrt zur Straße und lugt um die Ecke. Von der SS ist niemand zu sehen. Die kalte Nachtluft lässt ihn frösteln und er setzt sich in Bewegung. Bei jedem Atemzug fährt ein Stich durch seine rechte Seite. Hoffentlich sind keine Rippen gebrochen. Er hat seinen Oberkörper im Schlafzimmer vor dem Spiegel betrachtet – die Haut ist an mehreren Stellen tiefblau und abgeschürft, dort, wo der Oberscharführer ihn auf die Mauerreste geschleudert hat. Nach seiner Rückkehr ins Wirtshaus hat er sich zweimal übergeben, aber jetzt haben die Schmerzen nachgelassen. Trotzdem ist ihm immer noch nicht nach Essen zumute.

Die Sohlen seiner Schuhe klappern auf dem Bürgersteig, als er mit langen Schritten die Straße entlang eilt. Er braucht keine fünf Minuten bis zu Sonjas Haus. Vor dem Gartenzaun bleibt er kurz stehen. Blickt sich um. Stille. Niemand zu sehen. Wie auf dem ganzen Weg hierher. Die Ortschaft ist wie ausgestorben. Er öffnet das Gartentor und geht zur Rückseite des Hauses, dann eine enge, brüchige Treppe hinab, die zur Kellertür führt. Er klopft. Sekunden später erklingen Schritte, dann öffnet Sonja die Tür und abgestandene Kellerluft schlägt ihm entgegen.

Sie presst sich an ihn, um ihn zu küssen und wieder schießt der Schmerz durch seinen Körper. Er zuckt zusammen und schiebt sie zurück.

Sofort funkeln Ärger und Misstrauen in ihren Augen. „Was? Hat deine Frau dir wieder die Hölle heiß gemacht?"

„Nein. Aber der Obersturmbannführer verliert die Geduld."

Sie starrt ihn an, dann dreht sie sich um und er folgt ihr den Flur entlang in einen Raum, der von einer Petroleumlampe erhellt wird. Die Wände sind von alten Holzregalen gesäumt, vollgepackt mit allerlei Gerümpel. Wirtz und Reinkober sitzen bereits an dem Holztisch in der Mitte des Raumes und sehen ihn mit besorgten Mienen an. Der Bürgermeister lässt sich stöhnend auf einen freien Stuhl sinken. Sonja bleibt stehen, sie lehnt sich mit verschränkten Armen an eins der Regale.

„Hast du nichts zu trinken?", fragt der Bürgermeister.

Sie verzieht keine Miene. „Wir sind hier nicht im Wirtshaus. Erzähl schon, Robert. Was ist los?"

Er schnauft. „Was soll los sein? Sie haben das Gold nicht gefunden. Sie sind wütend. Sie haben mir bis morgen früh Zeit gegeben, ihnen zu sagen, wo es ist."

Reinkober beugt sich vor und streicht sich mit einer Hand über den buschigen Schnauzer. „Hast du ihnen nicht gesagt, du weißt nichts von dem Gold?"

„Nein, Reinkober, da bin ich nicht drauf gekommen. Du Idiot. Was glaubst du denn? Dass die sich verscheißern lassen?"

Reinkober weicht seinem Blick aus und lässt sich zurück gegen die Stuhllehne fallen.

„Was bedeutet das jetzt für uns?", fragt Wirtz und reibt sich nervös mit einer Hand übers Kinn.

Der Bürgermeister hämmert wütend seine Faust auf die Tischplatte und zum Dank schießt gleicht wieder der Schmerz durch seine Rippengegend. „Gottverdammt. Ich bin nicht hergekommen, um mir von euch dämliche Fragen stellen zu lassen. Die wollen das Gold. Um jeden Preis." Er sieht von Wirtz zu Reinkober, dann zu Sonja. Die hält noch immer die Arme vor der Brust verschränkt. Wenn sie Angst hat, zeigt sie die nicht. Ganz im Gegenteil zu Wirtz und Reinkober, denen der Arsch auf Grundeis geht.

„Was soll das heißen, um jeden Preis?"

Der Bürgermeister dreht den Kopf wieder zu Reinkober und sein massiger Körper spannt sich. „Stell mir noch so 'ne Frage, Reinkober, und ich schwöre dir, ich schlag dir die Zähne ein."

Reinkober wirft hilflos die Arme in die Luft. „Ja, gottverdammt, was sollen wir denn machen?"

Wirtz' Stimme zittert: „Wir müssen ihnen das Gold geben."

Sonja stößt sich ruckartig vom Regal ab und macht einen Schritt nach vorn. Sie stützt beide Hände auf die Tischplatte. Ihr Schatten tanzt im Licht der Petroleumlampe über den Gesichtern der drei Männer und ihre Stimme trieft vor Verachtung: „Ihr gottverdammten Waschlappen."

Der Bürgermeister streckt eine Hand aus, um ihren Arm zu berühren, aber Sonja schlägt sie weg. „Natürlich drohen die. Was sollen sie denn sonst tun? Aber wenn wir alle schön die Schnauze halten und uns nichts anmerken lassen, können die nichts tun. Gar nichts."

Wirtz schnauft. „Du hast doch gesehen, was die mit dem Paule gemacht haben."

„Ja. Weil er ein Schwachkopf ist. Weil er SS-Männer getötet hat."

„Die haben von einem desertierten Landser gesprochen, der—"

Sonja schneidet dem Bürgermeister scharf das Wort ab. „Ist doch scheißegal."

Sie starrt den Männern in die Augen und wie sie da so steht, mit ihren drallen Formen und dem langen blonden Haar, das ihr ins Gesicht fällt, erinnert sie den Bürgermeister an eine Walküre, eine germanische Kriegerin, die den Männern im Kampf in nichts nachsteht. Das erregt ihn und er malt sich aus, wie er sie hier unten auf diesem dreckigen Kellertisch rammelt, sobald Wirtz und Reinkober das Haus verlassen haben.

Sonjas Stimme ist so eindringlich wie ihr Blick: „Die werden keine deutschen Bürger töten. Glaubt mir. Der Krieg ist bald vorbei, das wisst ihr so gut wie ich. Wir haben sechs Jahre lang durchgehalten. Nach dem Krieg kräht kein Hahn mehr danach, woher das Gold kommt. Wollt ihr jetzt so kurz vor dem Ziel aufgeben? Ich sage, wir kneifen die Arschbacken zusammen und lassen es drauf ankommen."

Du hast gut reden, Mädchen, denkt der Bürgermeister, der sicher ist, dass er der Erste sein wird, der morgen früh in die Mündung einer Pistole blickt.

Aber seiner Angst zum Trotz spürt er, dass sie recht hat.

Die werden es nicht wagen, aufrechte deutsche Bürger zu ermorden. Nein, ganz sicher nicht. Wo kämen wir denn da hin. Hätte dieser Oberscharführer allein das Kommando, dann wäre der Bürgermeister sich da nicht so sicher, aber Obersturmbannführer von Starnfeld? Nein, der wird so etwas nicht tun, ganz egal, was er heute gesagt hat. Sicher, er hat gedroht – *Ich werde dieses Dorf auslöschen, mit allem was hier atmet* –, aber Sonjas Worte sind überzeugender: Was bleibt dem Mann denn anderes übrig, als zu drohen?

Morgen wird der Bürgermeister von Starnfeld noch einmal dreist ins Gesicht lügen und der Offizier wird wütend sein, vielleicht wird er in seiner Wut sogar noch einmal diesen Neandertaler Dörfler auf ihn loslassen. Aber so sei es. Die Schmerzen wird der Bürgermeister hinnehmen, wenn das der Preis ist, den er zahlen muss.

Für das Gold.

Für ein neues Leben nach dem Krieg.

Für ein Leben weitab von diesem Scheißkaff, weitab von der frigiden Brigitte.

Für ein Leben in Luxus und mit Sonja.

KAPITEL 45

Elsa lebt.

Der Pfarrer hat Heinrich erzählt, wie sie aus der Kirche stürmte und auf den Obersturmbannführer schoss. Wie sie ihn verfehlte. Wie der Obersturmbannführer seinen Männern den Befehl gab, sie nicht zu erschießen.

Stattdessen haben sie sie ins Wirtshaus gebracht.

Elsa lebt.

Doch was bedeutet das für sie?

Heinrich starrt in den Kaffee, den Irmgard ihnen gekocht hat. Was immer es bedeutet, du kannst nichts tun, Heinrich. Du konntest ihren Bruder nicht retten und du wirst auch ihr nicht mehr helfen können. Geh nach Hause. Geh zu deiner Tochter. Jeder Tag, den du länger unterwegs bist, könnte der Tag sein, an dem sie den nächsten Bombenangriff nicht überlebt.

Er greift zur Tasse und trinkt einen Schluck. Spürt die Blicke des Pfarrers, der ihm gegenüber im Sessel sitzt. Er hebt den Kopf und sieht ihn an. Heinrich schätzt ihn auf Mitte sechzig, das kurz geschnittene, graue Haar noch dicht.

„Elsa hat Ihnen das Leben gerettet, ja?"

Heinrich nickt. „Hat sie. Und ich hab mich revanchiert, indem ich sie vor einer Vergewaltigung durch die Arschlöcher von der SS bewahrt hab. Ich kann nichts mehr für sie tun!"

Das kam heftiger raus als beabsichtigt.

Der Pfarrer verzieht keine Miene. „Ich glaube nicht, dass Elsa in unmittelbarer Gefahr ist. Der Obersturmbannführer hat dafür gesorgt, dass ihr nichts passiert, obwohl sie auf ihn geschossen hat. Ich kenne den Mann nicht, aber ich glaube nicht, dass er zulassen wird, dass seine Männer sich an ihr vergehen."

Heinrich beugt sich vor. „Warum sind die hier? Wollen die hier im Dorf Stellung gegen die Amerikaner beziehen?"

Der Pfarrer schüttelt sachte den Kopf. „Das Gold der Löwensteins."

Heinrich zieht die Augen zusammen. „Gold?"

Hinter ihnen betritt Irmgard das Wohnzimmer, in der linken Hand eine Flasche klaren Schnaps, in der rechten drei Schnapsgläser. Sie stellt die Gläser auf dem Tisch zwischen den Männern ab und füllt sie mit dem Schnaps. Sie setzt sich neben Heinrich auf das Sofa.

Der Pfarrer sieht sie an, so als bräuchte er ihre Zustimmung, um weiterzureden. Sie erwidert seinen Blick. Der Pfarrer greift wortlos zu einem der Schnapsgläser und hebt es. Sieht Heinrich an. „Darauf, dass Sie heil zurück zu Ihrer Tochter kommen."

Heinrich hebt sein Glas, dann stößt er mit dem Pfarrer und Irmgard an. Der kalte Schnaps brennt sich schmerzlich seine Kehle hinab und breitet sich dann heiß in seinen Därmen aus. Die Drei stellen ihre leeren Gläser fast gleichzeitig wieder ab.

Der Pfarrer seufzt und lehnt sich im Sessel zurück. „Es gab nur eine jüdische Familie hier im Dorf. Die Löwensteins. Im Herbst 38, kurz vor dem Novemberprogrom, kam der älteste Sohn Johannes zurück. Er lebte eigentlich in Essen, hatte dort in eine wohlhabende Kaufmannsfamilie eingeheiratet und das Unternehmen übernommen. Er und seine Frau hatten die Firma bereits verkauft und Johannes wollte, dass seine Eltern mit ihm ins Exil nach Palästina gehen. Er war sicher, dass ihnen als Juden Schlimmes bevorstand. Aber seine Eltern weigerten sich. ‚Wir sind hier Zuhause', sagten sie. ‚Wir sind Deutsche. Was wollen wir in Palästina? Das ist ein fremdes Land.' Johannes und seine Frau waren eine Woche lang hier, haben jeden Tag auf seine Eltern eingeredet. Er kam zu mir und bat mich, mit ihnen zu sprechen. Ich wollte damals selbst noch nicht glauben, was bald im ganzen Land mit den Juden passieren würde. Obwohl man aus den größeren Städten bereits so vieles hörte. Aber ich hätte niemals gedacht, dass—"

Der Pfarrer bricht ab und sieht Irmgard an. Die greift zur Flasche und füllt die drei Gläser wieder auf. Die Hände des Pfarrers zittern, als er sein Glas an den Mund führt und in einem schnellen Zug leert. Er sieht zu Heinrich, der den Schnaps unangetastet lässt. „Am Ende sind Johannes und seine Frau allein gegangen."

Neben ihm meldet sich Irmgard mit leiser Stimme zu Wort. „Die Löwensteins waren hier immer beliebt. Niemand hat sich darum geschert, dass sie Juden sind. Aber plötzlich wurde alles anders. Jugendliche haben ihr Haus beschmiert. *Judenschweine* haben sie mit weißer Farbe groß quer über die Wand geschrieben. Und auf die Haustür einen Davidsstern gemalt. Die Leute fingen an, gegen sie zu hetzen. Nicht alle, aber viele. Am lautesten der Bürgermeister. Auf den Gemeindeversammlungen hat er sich in seiner albernen Uniform aufgeplustert: Wir müssten unserer Pflicht als Nationalsozialisten folgen. Das Judenpack hätte hier nichts verloren."

Der Pfarrer schüttelt den Kopf. „Es war widerlich. Als hätte ein Fieber die Menschen gepackt."

Scham leuchtet in Irmgards Augen. „Sogar meine eigenen Jungs. Hier auf dem Sofa haben sie gesessen und mir versucht zu erklären, die Juden wollten unser Volk vernichten und wir müssten uns gegen sie zur Wehr setzen. Ich habe gelacht und sie verächtlich angesehen. ‚Die Löwensteins wollen uns also vernichten', hab ich spöttisch gefragt. ‚Ich dachte, ich hätte klügere Kinder in die Welt gesetzt', hab ich gesagt. Ich hab ihnen verboten, hier im Haus je wieder einen solchen Unfug zu reden. Sie haben sich dran gehalten, aber nur, weil ich ihre Mutter bin und sie mich respektierten. Aber in ihren Augen konnte ich sehen, dass der Hass von ihnen Besitz ergriffen hatte. Der Hass auf Menschen, die ihnen nichts getan haben."

Irmgard greift zu ihrem Glas und trinkt. Füllt das des Pfarrers und ihr eigenes sofort wieder auf. Beide schütten den Alkohol in einem Zug hinunter.

Der Pfarrer wischt sich mit dem Handrücken über die Lippen „Die Löwensteins haben versucht, das alles mit soviel Würde wie nur möglich zu ertragen. Der Bürgermeister erteilte ihnen Hausverbot im Wirtshaus. Ihre Kinder durften nicht mehr zu Schule. Und dann. Dann kam die Kristallnacht ..."

Es gab Freibier im Wirtshaus des Bürgermeisters und ich sah ihn durch ein Fenster, wie er in seiner Ortsgruppenleiter-Uniform auf dem Tresen stand und die Meute wild gestikulierend anstachelte. „Es ist ein unmöglicher Zustand, dass das Judenpack deutsches Geld in seine raffgierigen Taschen steckt, während seine Rassegenossen draußen zum Krieg gegen Deutschland aufrufen und deutsche Beamte niederschießen."

Er streckte den Arm mit dem Glas zur Decke und Bier schwappte auf seine pieksaubere Uniform, aber das schien er gar nicht zu bemerken. „Rache für Rath!"

Der ganze Schankraum sprang auf und johlte. „Rache für Rath! Juda verrecke!"

Dann strömte die aufgepeitschte Meute an mir vorbei aus dem Wirtshaus, der Bürgermeister vorneweg. Fast alle von ihnen saßen jeden Sonntag in meiner Kirche, aber jetzt taten sie, als würden sie mich nicht bemerken. Als ich sah, dass einige der Männer mit Holzknüppeln und Werkzeugen bewaffnet waren, bekam ich es mit der Angst zu tun. Bisher war es bei bösen Worten geblieben, bei den dummen Schmierereien, aber an diesem Abend war es anders. Ich hatte noch nie eine derartige Aggression und Gewaltbereitschaft verspürt.

Ich wusste nicht, was ich tun sollte, ich wusste nicht, ob ich etwas tun konnte, ich wusste nur, dass einfach nach Hause zu gehen keine Option war. Also folgte ich ihnen. Unterwegs dünnte die Gruppe sich aus. Die frische Luft brachte einige wieder zur Besinnung. Als sie das Haus der Löwensteins erreichten, waren es noch ein Dutzend Leute, alles Männer bis auf Sonja Weber, die heimliche Geliebte des Bürgermeisters. Damals wusste bereits das ganze Dorf von ihrer Affäre, nur seine Frau Brigitte nicht.

Ich war ihnen mit etwas Abstand gefolgt und sah zu meiner Überraschung die Pferdekutsche der Löwensteins vor dem Haus stehen, auf die sie bereits ein paar Taschen und Koffer gepackt hatten. Sie gaben auf. Sie wollten fortgehen. Ich konnte sie gut verstehen. Gleichzeitig fragte ich mich, wohin sie gehen wollten. Elvira Löwenstein stand neben der Kutsche und hielt ihre verängstigte Tochter, die kleine Kiki, an sich gedrückt. Ich sah die Angst in Elviras Augen, aber trotzdem blickte sie die aggressive Meute mit erhobenem Kopf an: „Ihr habt es geschafft. Wir gehen. Seid ihr jetzt zufrieden?"

Ein junger Mann trat vor und warf einen Stein. Eine Fensterscheibe hinter Elvira ging klirrend zu Bruch. Das Löwenstein-Mädchen fing an zu weinen und ihre Mutter streichelte ihr beruhigend übers Haar, während der junge Mann sie anschrie: „Ihr seid nirgends

Zuhause, ihr Saujuden!"

Die anderen johlten zustimmend.

An die Kristallnacht erinnert Heinrich sich sehr gut.

Er und Elisabeth waren unter den Schaulustigen, als in Hagen SA-Männer das Bernthal-Kaufhaus zertrümmerten und die Waren in die Volme warfen. Er erinnert sich gut an die Scham, die er dabei gefühlt hat. Aber weder er noch irgendein anderer der Umstehenden hat die Stimme dagegen erhoben. Am nächsten Tag gab es einige, die sagten, es sei eine Schande, was da vergangene Nacht in ganz Deutschland passiert sei. Aber sie sagten es in den eigenen vier Wänden oder leise flüsternd zueinander, immer darauf bedacht, dass niemand anderes sie hörte. Es laut aussprechen oder gar die Verantwortlichen konfrontieren, das wollte niemand.

Auch Heinrich nicht.

Irmgard schüttet sich mit zitternden Fingern einen Schnaps ein und trinkt ihn in einem Zug. Ihre Wangen sind rot, ihre Augen feucht. Sie beißt sich auf die Lippen, ihre Stimme voller Scham: „Der Junge, der den Stein geworfen hat, das war mein Peter. Mein eigen Fleisch und Blut ..."

Kurz darauf traten Jacob Löwenstein und sein Sohn Sascha aus der Haustür. Sie trugen gemeinsam eine mit Eisengriffen beschlagene Kiste zum Pferdewagen. In Löwensteins Augen sah ich keine Angst. Ich sah nur Enttäuschung, Fassungslosigkeit und eine unglaubliche Wut.

Dann zog der Bürgermeister plötzlich eine Waffe aus seiner Uniformjacke, eine Luger P08, und fuchtelt damit in der Luft herum, als wäre er ein Revolverheld im Wilden Westen. Sein Anblick war irgendwie lächerlich und im selben Augenblick furchteinflößend. „Kein Gepäck. Verschwindet endlich. Euer Gestank hat lang genug unser Dorf verpestet."

Sascha, der war erst siebzehn, blieb stehen und sah seinen Vater aus Angst geweiteten Augen an.

„Geh weiter, Sascha", sagte Löwenstein mit fester Stimme. Sein Blick suchte den des Bürgermeisters, während sie die Kiste zum Pferdewagen schleppten. „Euer Dorf wurde von meinen Vorfahren mitbegründet, Robert Schlick."

Das stimmte und für einen Moment wusste niemand etwas zu erwidern.

Elvira fing an zu weinen. „Ich verstehe euch nicht ... Wir haben euch doch nie etwas getan, wir—"

Wirtz, ein Busenfreund des Bürgermeisters, humpelte mit seinem steifen Bein, das er aus dem Großen Krieg mitgebracht hatte, nach vorn. „Ihr habt Jesus ermordet, ihr verlogenes Pack."

Ich hatte mich die ganze Zeit im Hintergrund gehalten und niemand hatte mich bemerkt oder mir Beachtung geschenkt. Aber als Wirtz es wagte, den Namen Jesu auf diese Art und Weise in den Mund zu nehmen, da drängte ich mich nach vorn. „Seit wann scherst du dich um den Herrn, Anton Wirtz? In der Kirche hab ich dich seit Jahren nicht gesehen."

Alle drehten die Köpfe und starrten mich an. Wirtz wich meinem Blick aus. Andere senkten beschämt die Blicke.

Ich war so wütend, ich hätte sie am liebsten alle am Kragen gepackt und geschüttelt wie kleine Kinder. Denn genauso kamen sie mir vor. Wie ein Haufen dummer kleiner Kinder. Der Bürgermeister versuchte sogar, seine Pistole vor mir hinter dem Rücken zu verbergen wie ein Lausbub seine Fletsche vor dem Lehrer.

Sonja Weber sah mich aus vom Alkohol geröteten Augen an. In der Hand hielt sie ein Stuhlbein wie eine Keule. „Die Juden müssen weg, Herr Pfarrer. Wir wollen die hier nicht mehr."

Ich starrte sie angewidert an. „Wir, Sonja? Wir? Die Leute hier flüstern hinter deinem Rücken, du seist eine Hure. Vielleicht stehen sie bald vor deiner Tür und verlangen, dass du von hier verschwindest."

Ich sah den Schmerz und die Erniedrigung in ihrem Gesicht und für einen Moment schämte ich mich, weil ich ihr diese bittere Wahrheit an den Kopf geworfen hatte.

Plötzlich herrschte Stille.

Eine seltsame Stille.

Mein Herz raste in meiner Brust, aber ich spürte, wie die aggressive Stimmung tatsächlich begann, sich aufzulösen. Ich war selbst überrascht. Hinter mir erklangen Schritte. Über die Schulter sah ich Irmgards Sohn, den Peter, und vier andere, die wortlos davongingen.

Ich machte einen Schritt nach vorn, sah die anderen an und hob die Hände. „Bitte geht nach Hause." Ich suchte den Blick des Bürgermeisters. „Bitte, Herr Bürgermeister."

In seinem Gesicht arbeitete es. Ich wusste, er war wütend, weil ihm die Situation entglitt, aber ihm fehlte der Mumm, sich mir entgegenzustellen. Ich sah bestätigt, was ich immer gewusst hatte. Der Mann war ein rückgratloser Feigling, nichts weiter als ein Maulheld.

Ich sah zu Jacob Löwenstein, und in seinem grimmigen und verächtlichen Blick funkelte dieselbe Erkenntnis. Drei weitere Männer drehten sich schweigend um und gingen davon wie geprügelte Hunde. Ich hätte beinahe gelacht. Ja, dachte ich, sie sind wie Hunde. Es muss nur einer kommen, der lauter bellt und schon ziehen sie den Schwanz zwischen die Beine.

Elvira wischte sich die Tränen aus dem Gesicht und löste sich von ihrer Tochter. Sie kam auf mich zu und griff nach meiner Hand. „Danke, Herr Pfarrer. Die können uns doch nicht einfach aus unserem Zuhause vertreiben."

Es war Wirtz, der das Pulverfass zum Explodieren brachte.

Vielleicht war es meine Schuld, weil ich ihn zuvor direkt angesprochen hatte. Er humpelte zwei schnelle Schritte nach vorn, und ich sah seine Hand aus den Augenwinkeln durch die Luft schießen. Er ohrfeigte Elvira so hart, dass sie nach hinten gegen die beiden Pferde taumelte. Die Tiere wichen wiehernd zurück und sie stürzte zu Boden. Wirtz' Stimme überschlug sich vor Wut und Hass und ich spürte seinen Speichel bis in mein Gesicht sprühen. „Der Pfarrer hilft dir auch nicht mehr, du blöde Judenschlampe."

Und dann ging alles rasend schnell.

Jacob Löwenstein ließ mit einem wütenden Schrei die Truhe los und Sascha konnte sie allein nicht halten. Die Kiste fiel zu Boden und kippte auf die Seite, während Löwenstein auf Wirtz losging und ihm die Faust ins Gesicht rammte.

Löwenstein war Mitte sechzig, aber er war Tischler und ein sehr kräftiger Mann. Der Schlag riss den dürren Wirtz von den Füßen und schleuderte ihn in den Dreck.

Löwensteins hasserfüllter Blick glitt über den Bürgermeister, Sonja und den kläglichen Rest des Mobs, der sich vor seinem Haus versammelt hatte, und er spuckte ihnen vor die Füße. „Ihr *seid der Dreck.* Ihr *seid der Abschaum."*

Der Pfarrer hat, während er spricht, ins Leere gestarrt wie in einen Tunnel, der geradewegs in die Vergangenheit führt. Jetzt hebt er den Kopf und sieht Heinrich in die Augen. „Haben Sie schon einmal Menschen im Blutrausch erlebt?"

Heinrich muss über diese Frage beinahe laut lachen.

„Ich bin seit sechs Jahren im Krieg. Ich hab *mich selbst* im Blutrausch erlebt."

Ich war wie gelähmt.

Jacob Löwenstein stand wutschnaubend über Wirtz, der sich mit blutender Nase stöhnend am Boden wand. Elvira zog sich an einem der Pferde wieder auf die Beine und ihre Tochter kam zu ihr gelaufen. Niemand sagte etwas, alles, was man hörte, war schweres Atmen und das leise Weinen der kleinen Kiki. Ich wartete auf eine Reaktion des Bürgermeisters und der anderen, doch nichts geschah. Für einige wenige Sekunden dachte ich, es sei vorbei. Ich dachte, jetzt würden sich auch der Bürgermeister, Sonja, Wirtz und Reinkober abwenden und wortlos nach Hause gehen. Dann hörte ich Sonja ungläubig schnaufen.

Ich folgte ihrem Blick.

Und sah die Truhe, die Löwenstein fallengelassen hatte.

Der Deckel war aufgebrochen und obwohl ich nie zuvor in meinem Leben welche gesehen hatte, wusste ich, dass es Goldbarren waren, die da aus der Truhe auf die Straße gefallen waren. Wahrscheinlich stammte das Gold aus dem Erlös des Firmenverkaufs von Johannes Löwenstein. Ich denke, es war zu schwer, um es mitzunehmen, und weil seine Eltern das Dorf nicht verlassen wollten, hatte er es bei ihnen versteckt.

Wir alle starrten auf die Goldbarren.

Und dann hörte ich Sonjas Schrei, es war ein hässliches Kreischen, wie das einer Hyäne: „Judensau!"

Jacob Löwenstein sah sie überrascht an, als sie ihm das Stuhlbein über den Kopf zog. Er taumelte zwei Schritte nach hinten und dann sprudelte das Blut unter seinem Haaransatz hervor. So viel Blut. Es lief über sein Gesicht und rann in seine Augen.

„Papa!" Sascha Löwenstein wollte zu seinem Vater laufen, da trat ihm der dicke Reinkober in den Weg. Reinkober hielt eine Schaufel in den Händen und rammte dem Jungen den Stiel in die Magengrube. Sascha brach röchelnd in die Knie.

Panik stieg in mir auf und ich packte den Bürgermeister beim Arm. „Herr Bürgermeister—"

Sein Handrücken traf mich im Gesicht und ich taumelte. Lichter blitzten vor meinen Augen. Jacob Löwenstein brüllte laut auf und wollte sich trotz seiner Kopfwunde auf Reinkober stürzen.

Ich glaube, der Bürgermeister wusste selbst nicht einmal, dass er geschossen hatte, bis er Löwenstein nach vorne kippen und aufs Gesicht stürzen sah. Blut pulsierte aus einem Einschussloch in seinem Rücken.

Heiße Tränen stiegen mir ins Gesicht und ich hörte mich selbst wimmern. Ich sah Löwensteins rechtes Bein zucken, dann lag sein Körper still.

Die kleine Kiki hatte ihr Gesicht in den Rock ihrer Mutter vergraben. Die kreidebleiche Elvira stand mit offenem Mund da, aber kein Ton kam über ihre Lippen.

Sonja stieß wieder dieses unglaublich hässliche Lachen aus. „Gut gemacht, Robert. Die Judensau hat's nicht besser verdient."

Ich wollte etwas sagen. Ich wollte etwas tun. Aber ich war ebenso gelähmt wie Elvira. Ich fühlte mich, als wäre ich nicht wirklich da, als würde das alles vor mir auf einer Bühne in einem Theater geschehen und ich wäre nur ein Zuschauer.

Sascha Löwenstein hatte sich auf die Knie gekämpft. Er würgte und hustete. Seine Augen waren weit aufgerissen. „Papa—"

Reinkober trat vor ihn und nahm mir die Sicht auf den Jungen. Er hob die Schaufel mit beiden Händen hoch über den Kopf. Dann sauste sie nach unten und Saschas Körper fiel in sich zusammen. Reinkober drehte sich um. Sein Hemd und sein Gesicht waren mit Saschas Blut gesprenkelt.

Meine Beine gaben nach und ich sackte auf die Knie. Ich erbrach mich auf die Straße. Ich hörte die kleine Kiki schreien, sie schrie wie ein Mensch, der den Verstand verliert, und als ich den Kopf hob, sah ich Elvira mit ihrer schreienden Tochter an der Hand zurück ins Haus flüchten.

In meinen Ohren rauschte das Blut und ich erbrach mich ein zwei-

tes Mal. Kalter Schweiß lief über meine Stirn und mein ganzer Körper zitterte.

Der Burgermeister drehte den Kopf und sah auf mich herab. Ich wartete darauf, dass er mich in die Mündung seiner Pistole blicken ließ.

Aber stattdessen sah er zur aufgebrochenen Truhe mit den Goldbarren. Tauschte Blicke mit Sonja, Wirtz und Reinkober.

Sie setzten sich in Bewegung. Nicht wie Menschen. Wie Maschinen.

Gingen ins Haus der Löwensteins.

Eine, vielleicht zwei Minuten geschah nichts.

Dann schrie Elvira: „Mein Kind! Nein— "

Ein Schuss fiel und ihre Stimme brach abrupt ab.

Glas splitterte, ich hörte, wie Holz zertrümmert wurde.

Dann das schrille Kreischen der kleinen Kiki.

Gefolgt von dumpfen Schlägen.

Stille.

Bis auf das Schluchzen, dass meine Kehle verließ.

Mein Körper bebte und ich versuchte aufzustehen. Es gelang mir nicht. Ich hatte nicht das geringste bisschen Kraft mehr im Körper.

Der Bürgermeister, Sonja, Wirtz und Reinkober traten aus dem Haus. Sonjas rechte Hand hielt noch immer das Stuhlbein umklammert und es war blutverschmiert. Genauso wie ihr Kleid.

Etwas knisterte, erst leise, dann immer lauter und schließlich erhellte Feuerschein das Haus von innen. Der Widerschein der Flammen spiegelte sich auf den emotionslosen, blutbesudelten Gesichtern der Mörder. Sie schenkten mir keinerlei Beachtung. Sie packten das herausgefallene Gold zurück in die Truhe und hoben sie an.

Ich sah, wie die vier mit ihrer Beute die Straße hinabverschwanden.

Dann zerbarsten die ersten Fenster und Flammen züngelten aus dem Haus der Löwensteins.

Das Gebäude brannte lichterloh.

Aber die Straßen blieben menschenleer.

Bis irgendwann Irmgard kam, mir auf die Beine half und mich nach Hause brachte.

Nach ein paar Minuten, die sie schweigend dasitzen, spricht der Pfarrer weiter: „Seit gestern früh lassen die SS-Leute in der Ruine keinen Stein auf dem anderen. Ich fürchte, Johannes Löwenstein und seine Frau haben es nie bis nach Palästina geschafft."

Heinrich sieht den Pfarrer an. Vor sechs Jahren hätte die Geschichte ihn vielleicht noch auf irgendeine Weise berührt, eine Emotion in ihm geweckt. Aber jetzt ist da nichts. Nur Leere.

„Ist Ihnen klar, was hier passiert, wenn der Bürgermeister und seine Freunde das Gold nicht rausrücken?", fragt er.

Der Pfarrer und Irmgard tauschen einen Blick. Der Pfarrer greift selbst nach der Schnapsflasche und füllt die Gläser. „Wenn sie es nicht freiwillig tun, wird die SS es aus ihnen herausfoltern."

Heinrich nickt und denkt an Elsa.

Der Pfarrer braucht einen weiteren Schnaps, bevor er wieder spricht. „Ich als Geistlicher sollte das vielleicht nicht sagen, aber mein Mitleid mit dem Bürgermeister und seinen Freunden hält sich in Grenzen."

Irmgard richtet sich auf. „Ich gehe schlafen. Sie können das Sofa benutzen, Soldat. Ich bringe Ihnen Bettzeug."

Heinrich sieht zu ihr auf. „Das ist nicht nötig. Ich bin heute Nacht noch hier weg. Ich will Ihnen keinen Ärger machen."

„Ruhen Sie sich etwas aus.“

Er schüttelt den Kopf. „Bei Nacht zu gehen, ist für mich sicherer. Und ich habe schon zu viel Zeit verloren. Danke für alles.“

Irmgard lächelt. Ein schwaches Lächeln, aber man kann sich vorstellen, wie sie ausgesehen hat, bevor der Schmerz über den Tod ihrer Söhne ihr Lachen verdorren ließ wie die Wüstensonne eine Pflanze. Sie geht um den Tisch herum und legt ihre Hand kurz auf die Schulter des Pfarrers. „Gute Nacht, Herr Pfarrer.“

Er hebt seine Hand und legt sie auf die ihre. Es ist eine kurze Berührung, aber Heinrich weiß sofort, dass hier jemand sein Zölibat gebrochen hat. Das lässt ihn lächeln. Die beiden bemerken seinen Blick und Irmgard errötet.

Sie nickt Heinrich noch einmal zu, dann verlässt sie eilig das Zimmer.

Der Pfarrer sieht zu Heinrich. „Ich—“

„Mir müssen Sie nichts erklären“, sagt Heinrich, greift nach seinem Glas und trinkt.

KAPITEL 46

Der verdammte Braten ist zäh.

Und beschissen gewürzt. Du meine Güte, selbst der lausigste Frontkoch hätte das Ding besser hingekriegt, denkt Dörfler, während seine Kiefer das letzte Stück Fleisch bearbeiten, als wäre es amerikanischer Kaugummi.

Falls es dem Obersturmbannführer nicht schmeckt, lässt er sich das nicht anmerken. Er sitzt Dörfler gegenüber am Tisch und kratzt wortlos mit dem Messer Soßenreste auf seine Gabel.

Sie sind allein im Schankraum und haben während des Essens kein Wort miteinander gesprochen. Nicht, dass Von Starnfeld sonst mehr als das Nötigste mit Dörfler reden würde, aber seit er die Schwester des Schwachkopfs gesehen hat, ist irgendetwas in dem Obersturmbannführer vorgefallen. Man könnte fast glauben, die Kleine interessiere ihn auf einmal mehr als das Gold. Dörfler hatte auf eine zweite Chance gehofft, das Mädel ranzunehmen, aber jetzt hat von Starnfeld sie sich unter den Nagel gerissen. Hat sie oben in seinem Zimmer eingesperrt und Dörfler kann sich nur zu gut vorstellen, was er heute Nacht mit ihr anstellen wird.

Von Starnfeld legt sein Besteck beiseite. Er holt sein Metalletui aus der Brusttasche und klappt es auf. Nimmt eine Zigarette heraus. Klopft sie auf dem Deckel aus. Wie Dörfler ihn für dieses beschissene Ritual hasst.

Und wieder bietet der Scheißkerl ihm keine Kippe an.

Die Frage kommt Dörfler über die Lippen, bevor er sich bewusst entschließt, sie zu stellen. „Kann ich eine haben?“

Von Starnfeld hält inne. Hinter seinen Brillengläsern hebt sich überrascht eine Augenbraue.

Ja, du arroganter Scheißkerl, denkt Dörfler, ich will eine von deinen Scheißkippen.

Von Starnfeld zögert einen Moment, dann hält er ihm wortlos das aufgeklappte Etui hin und Dörfler fischt sich eine Zigarette heraus. Muss sich zusammenreißen, um nicht blöd zu grinsen.

Von Starnfeld zündet seine eigene Zigarette mit einem Streichholz an und Dörfler beugt sich vor, die Zigarette zwischen die Lippen geklemmt. Wieder zögert der Obersturmbannführer. Dann hält er die Streichholzflamme unter die Zigarettenspitze und Dörfler nimmt ein paar schnelle Züge, damit sich die Glut in den Tabak frisst. Von Starnfeld schüttelt das Streichholz aus und lässt es zu Boden fallen.

Eine Weile rauchen die Männer schweigend.

Die Zigarette schmeckt gut, hervorragend sogar, aber das Beste an ihr ist der Gedanke, sie dem Obersturmbannführer aus den Rippen geleiert zu haben. Dörfler lehnt sich in seinem Stuhl zurück und bläst ein paar Ringe an die Decke des Schankraums. Von Starnfelds Blick ist wieder abwesend. Wahrscheinlich malt er sich aus, wie er die Kleine nachher oben in seinem Zimmer rannehmen wird.

Dörfler beugt sich vor und sieht von Starnfeld in die Augen. Unsicher, ob er die Frage stellen soll. Aber zum Teufel, irgendwann müssen sie drüber reden.

„Herr Obersturmbannführer?“

„Ja, Oberscharführer?“

Dörfler räuspert sich. „Das Gold.“ Räuspert sich noch einmal. Gott, Dörfler, du hast doch keinen Schiss vor dem. Frag’s endlich. „Wenn wir das Gold haben? Was ... was tun wir dann?"

So. Jetzt ist es raus.

Von Starnfeld bläst Rauch durch die Nasenlöcher aus. Seine Augen liegen auf Dörfler, aber der hat trotzdem das Gefühl, als würde der Obersturmbannführer durch ihn hindurchsehen.

„Das wissen Sie, Oberscharführer. Wir bringen es in die Alpenfestung. Damit der Führer den Kampf fortsetzen kann."

Die Alpenfestung.

Die gottverfluchte Alpenfestung. Die ist ein beschissenes Hirngespinst, du geisteskranker Spinner, möchte Dörfler dem Obersturmbannführer ins Gesicht schreien. Aber er reißt sich zusammen. Legt denselben Ton auf, mit dem von Starnfeld zu ihm gesprochen hat. Geduldig, als würde er einem kleinen Kind etwas zum hundertsten Mal erklären. „Alle Wege nach Süden sind dicht. Die Franzosen haben den Rhein überquert und die Amerikaner sind im Anmarsch."

„Wir finden einen Weg."

Dörfler kann nicht anders. Er verdreht die Augen. „Herr Obersturmbannführer. Wir haben keine Chance. Es ist unmög—"

Von Starnfeld springt so heftig auf, dass sein Stuhl nach hinten kippt. Seine Handfläche knallt so hart auf die Tischplatte, dass das Besteck auf den leergegessenen Tellern klappert.

Dörfler hat noch nie gesehen, dass von Starnfeld die Fassung verliert. Und er hat ihn noch nie schreien gehört.

So, wie er Dörfler jetzt anschreit und dabei Speichel von seinen Lippen sprüht: „Was ist los mit Ihnen, Dörfler? Stellen Sie etwa den Führer infrage? Haben Sie Ihren Glauben an den Endsieg verloren?!“

Dörfler ist so von den Socken, dass er stottert: „N–Nein, aber—“

„Oder denken Sie etwa an Desertion wie dieser Landser?!“

Ja, du Arschloch, das tue ich. Das tun wir alle.

„Natürlich nicht, Herr Obersturmbannführer.“

Von Starnfeld steht schwer atmend vor dem Tisch. Rote Flecken erscheinen auf seiner Haut. Die grauen Augen hinter seiner Brille flackern. Verrückt, denkt Dörfler, der Scheißkerl ist verrückter als eine Kreuzberger Scheißhausratte.

Einen Moment starren die beiden Männer sich an. Von Starnfelds schnaufender Atem ist das einzige Geräusch, das den Schankraum erfüllt. Dörfler kann sehen, wie der Obersturmbannführer versucht, seine Fassung wiederzugewinnen, seine Wut unter Kontrolle zu bekommen. Als er schließlich wieder spricht, gibt er sich alle Mühe, ruhig und bedacht zu klingen, so wie er das vor seinen Soldaten immer tut. Aber diesmal gelingt es ihm nicht, das Zittern aus seiner Stimme zu verdrängen und beinahe hätte Dörfler spöttisch gelacht. „Tod oder Sieg, Oberscharführer. Eine andere Option gibt es nicht.“

Doch, denkt Dörfler. Gibt es.

Aber nicht für dich.

Dafür werde ich höchstpersönlich sorgen.

KAPITEL 47

Dörfler hat sich durchgebissen.

Ein Leben lang.

Die Karten, die ihm ausgehändigt wurden, waren immer beschissen, aber Dörfler hat dafür gesorgt, dass sie am Ende des Tages zu seinen Gunsten neu gemischt waren. Ob damals im Waisenheim, ob als minderjähriger Boxer in den Untergrund-Clubs Berlins, ob als Zuhälter in den Diensten vom Roten Eddie, ob als Schläger in der SA oder als Soldat an der Front.

Leben heißt leiden, Leben heißt, eins auf die Fresse kriegen, wieder aufstehen, noch mal eins auf die Fresse kriegen, sich mit blutender Visage zurück auf die Beine kämpfen und solange weitermachen, bis man der Einzige ist, der noch steht.

So simpel wie ein Boxkampf, so simpel ist das Leben.

Ganz gleich, wie oft man auf die Bretter knallt, wie oft man dir die Nase bricht, wie viel Zähne du verlierst oder wie viele Rippen sie dir brechen, Das Einzige, was zählt ist, am Ende als Gewinner rauszukommen. Schmerz vergeht, Wunden heilen, Narben sind ein Zeichen, dass man sich nicht unterkriegen lässt.

Nie hat das Leben ihm ein größeres Los zugespielt als den Juden, der glaubte, er könne sich sein erbärmliches Leben erkaufen. Und Dörfler wird nicht zulassen, dass der Obersturmbannführer ihm den Gewinn dieses Loses mit seinem kranken und bemitleidenswerten Glauben an den Endsieg versaut. Es gibt keinen Endsieg. Es gibt ein Ende, aber keinen Sieg. Sie haben den Scheißkrieg verloren, so sieht es nun mal aus. Und die Kunst ist es, am Ende geschunden, aber lebendig aus der dicksten Scheiße zu kriechen und nicht an Dinge wie den Führer, die Partei oder das beschissene Reich zu glauben, sondern nur an sich selbst. Dörfler hat nie jemanden gehabt, der an ihn glaubte, also musste er das selbst tun. Ob andere Menschen oder Ideale, irgendwann lassen dich alle im Stich, und wenn du dann nicht an dich selbst glauben kannst, bist du in den Arsch gefickt, so wie Röhm und seine Stricherjungen, als der Führer beschloss, dass der Fettsack ihm zu mächtig wurde.

„Hallo, Oberscharführer."

Er bleibt stehen.

Die Frau lehnt in der offenen Haustür. Es ist die dralle Blonde mit den dicken Titten, die sich mit der Frau des Bürgermeisters geprügelt hat. „Haben Sie vielleicht eine Zigarette?"

Dörflers Herz schlägt schneller. Er starrt ungeniert auf ihre Oberweite. Mächtige Dinger sind das, die sich da unter dem Stoff ihres Kleides und der Strickjacke wölben.

Er greift in die Brusttasche seiner Feldjacke und holt ein Päckchen Zigaretten heraus. Die miesen russischen. Schmecken wie Pferdedung. Kein Vergleich mit den amerikanischen Kippen, die der Obersturmbannführer raucht.

Er betritt den Vorgarten und geht zu ihr. Sie lächelt ihn an an. Wulstige Lippen. Wie geschaffen, um ihm einen zu blasen.

Er hält ihr die Schachtel hin und sie zieht sich eine Kippe heraus, ohne den Blick von ihm zu nehmen. Sie will etwas von ihm und ist bereit, ihm dafür alles zu geben.

Sie steckt sich die Kippe zwischen die Lippen. „Feuer?"

Dörfler greift wieder in seine Jacke und zündet ihr mit

einem Streichholz die Zigarette an.

Sie inhaliert tief und bläst genießerisch den Rauch aus. Sieht ihm nach, wie er sich in den Nachthimmel kringelt, bevor sie ihm wieder in die Augen blickt. „Ich bin Sonja."

„Dörfler."

„Danke für die Zigarette, Dörfler."

„Du bist die Geliebte vom Bürgermeister."

Sie lächelt. „Ein Mädchen muss sehen, wo sie bleibt."

Dörfler lächelt zurück. Er fühlt Vertrautheit. Sie ist eine wie er. Sie ist eine, die überleben will. Eine, die nur an sich selbst glaubt und an niemanden sonst. „Weißt du, wo das Gold der Juden ist?"

Sie zieht wieder an der Zigarette, bevor sie antwortet. Sieht ihm in die Augen. „Nein. Weiß ich nicht. Aber der Robert, der weiß es."

Das hat Dörfler sich gedacht. Der Bürgermeister, dieser verhurte Stiefellecker. Aber weiß sie es wirklich nicht? Immerhin vögelt sie mit ihm. Führt ihn mit Sicherheit an seinem Schwanz herum wie einen Köter an der Leine. Eine Frau wie Sonja kriegt alle Kerle dazu, nach ihrer Pfeife zu tanzen.

Alle, außer Dörfler.

Wenn sie weiß, wo das Gold ist, könnte er es aus ihr herausprügeln. Er spielt für einen Moment mit dem Gedanken, verwirft ihn aber. Morgen früh wird der Bürgermeister die Wahrheit ausspucken, ob er will oder nicht. Gibt also keinen Grund, sich diesen Fick zu versauen. Dass es einer sein wird, daran besteht kein Zweifel. Er macht einen Schritt näher an sie heran und ihre Augen funkeln. Der Geruch ihres Körpers steigt ihm in die Nase. Sie stehen jetzt dicht voreinander und beim nächsten Zug von der Zigarette bläst sie ihm den Rauch ins Gesicht. Er starrt sie an. Dann schiebt er sie grob in den Schatten der Hauswand und presst seinen Mund auf den ihren. Sie öffnet bereitwillig die Lippen und bohrt ihre Zunge in seinen Mund. Dörflers Linke massiert ihre großen Titten. Sie grunzt.

Dörfler lacht. „Du bist eine Schlampe."

Sie beißt in seine Oberlippe. „Ja. Und wenn du willst, bin ich deine Schlampe."

Natürlich, denkt Dörfler. Du willst dein Überleben sichern, du Hure. Aber dafür hat er Verständnis. Er würde es genauso machen.

Dörfler spürt ihre Hand in seinem Schritt, ihre Finger sind schnell und geschickt und verschwinden in seinem geöffneten Hosenschlitz.

Sie hält plötzlich inne.

Das tun sie alle.

„Sollten da nicht zwei sein?", fragt sie.

„Nicht, wenn dich ein Kaliber 20 erwischt hat. Aber für dich reicht auch eins."

Sie lacht. Eine kehlige und dreckige Lache. Ihre Lippen an seinem Ohr, ihr Atem warm auf seiner Haut. „Beweis es mir, Soldat."

KAPITEL 48

„Sie könnten versuchen, Elsa zu befreien. Und sie mitnehmen."

Heinrich lacht verächtlich. „Sie haben keine Ahnung, wovon Sie reden. Das Mädchen hat mir das Leben gerettet, ja. Dafür hab ich sie davor bewahrt, von der SS vergewaltigt zu werden. Ich hab sogar versucht, ihren verdammten Bruder zu retten, obwohl das von vornherein zum Scheitern verurteilt war. Es ist nicht meine Schuld, dass die Scheißtypen von der SS sie erwischt haben!"

Seine Stimme ist laut geworden. Die Stimme eines Mannes, der sich rechtfertigen will.

Der Pfarrer verzieht keine Miene. „Das habe ich auch nicht gesagt."

„Glauben Sie mir, ich wünschte, ich könnte irgendetwas tun. Aber das kann ich nicht. Ich muss nach Hause. Zu meinem Kind."

Heinrichs Blick gleitet zu dem Foto von Irmgards Söhnen und die Worte sprudeln plötzlich nur so aus ihm heraus. „Ich war auf einer Reserveübung. An der polnischen Grenze. Wir wussten, dass der Krieg kommen würde, aber wir haben versucht, es zu verdrängen. Dann kam die Meldung: ‚Seit fünf Uhr schießen wir zurück.' Unser Bataillon war eins der ersten, das die Grenze überschritten hat. Ein paar Stunden später hab ich das erste Mal getötet. Ich sah einen polnischen Soldaten über ein Feld in Deckung rennen. Ich legte mein Gewehr an und schoss. Er fiel um. Es war ganz einfach. Die Kämpfe waren schnell vorbei und dann haben die Polen kapituliert. Geschafft, dachte ich.

Der Krieg ist so schnell wieder vorbei, wie er begonnen hat. Ich hab ernsthaft geglaubt, nach Polen wäre es zu Ende, und ich könnte bald wieder nach Hause."

Heinrich lacht leise und schüttelt den Kopf. „Stattdessen sind wir wenig später hinter Guderians Panzern über die Maas und nach Frankreich. Und von da nach Russland. Aus vier Wochen Übung sind fast sechs Jahre Krieg geworden. In der ganzen Zeit hab ich meine Frau und meine Kinder nur zweimal gesehen – einmal zweiundvierzig auf Heimaturlaub, und Anfang vierundvierzig, da hat sie mich im Lazarett in Wien besucht. Aus meinen Babys wurden Kleinkinder und ich hab's nicht mal miterlebt."

Heinrich hebt den Blick vom Boden und sucht die Augen des Pfarrers. „Wollen Sie wissen, wie ich diesen Scheißkrieg so lange überlebt hab? Egal, wie gut ein Soldat ist, egal, wie gut trainiert und ausgebildet er ist, ob man überlebt oder nicht, am Ende ist das alles nur eine Frage von Glück. Einmal im falschen Moment den Kopf gehoben – bumm! Leben oder Sterben – reine Glücksache. Wie ein Gewinnspiel. In Polen und Frankreich hab ich noch jeden Tag dran geglaubt, zu überleben. Aber dann, in Russland, schon nach unserem ersten Gefecht dort, da wurde mir klar, dass ich eigentlich schon so gut wie tot bin. Ich wusste, ich würde dieses gottverfluchte Land niemals wieder lebend verlassen. Ich würde meine Frau und meine Kinder nicht wiedersehen. Ich hab mir das regelrecht eingeredet, immer und immer wieder. Von morgens bis abends. Du bist tot, Heinrich. Du bist tot. Denn wenn man weiß, dass man tot ist, braucht man keine Angst mehr vorm Sterben zu haben, verstehen Sie?"

Der Pfarrer nickt. Die Uhr an der Wand über dem Sofa schlägt zur vollen Stunde. Es ist Mitternacht. Heinrich leckt sich über die trockenen Lippen, bevor er weiterspricht.

„Meine Kameraden und ich, wir waren Maschinen. Wir haben funktioniert, einfach nur noch funktioniert. Wir waren lebende Tote. Das war die einzige Möglichkeit, vor Angst und Verzweiflung nicht den Verstand zu verlieren. Viele haben ihn trotzdem verloren. Verdammt viele. Und dann, vor ein paar Wochen, krieg ich diesen Brief. Von unserer Nachbarin Grete Glotzbach, die wohnt auf derselben Etage. Ich sitze in diesem nassen, modrigen, ungezieferverseuchten Bunker und ich lese, dass Elisabeth, meine Frau, und Edith, meine ältere Tochter, bei einem Bombenangriff getötet worden sind. Das Haus ist über ihnen zusammengebrochen, hat sie im Keller verschüttet. Karin, meine Kleinste, hat wie durch ein Wunder überlebt."

Heinrich hält inne und kämpft gegen den Kloß in seinem Hals. Er presst die Zähne so fest aufeinander, dass sie knirschen. Seine Augen brennen. Er schluckt ein paarmal und schüttelt den Kopf. Atmet tief ein und aus, bevor er weitersprechen kann. „Da hab ich plötzlich begriffen, dass ich nicht tot bin. Ich bin nicht tot. Ich lebe und ich bin ein Vater. Ich muss zurück zu meiner Tochter, die niemanden außer mir mehr hat. Und mit dieser Erkenntnis kam die Angst vorm Sterben zurück. Ich bin jetzt seit Wochen unterwegs. Und jeden Tag, jede Stunde, jede gottverfluchte Sekunde fürchte ich um mein Leben. Aber ich will nicht sterben. Weil ich wieder weiß, wofür ich lebe."

Heinrich ist immer lauter geworden. Die letzten Sätze schreit er fast.

Der Pfarrer bleibt regungslos sitzen, die Hände im Schoß ineinander gefaltet. Er nickt und seine Stimme ist leise, ganz sanft: „Glauben Sie mir, dafür habe ich volles Verständnis."

Heinrich merkt nicht einmal, dass er angefangen hat zu weinen und die Tränen sein dreckverschmiertes Gesicht hinablaufen. „Ich kann nichts mehr für Elsa tun."

KAPITEL 49

„Reinlichkeit ist wichtig“, sagt von Starnfeld. „Gerade im Krieg. Man darf sich nicht gehenlassen.“

Elsa sitzt auf einem Stuhl in dem kargen Gästezimmer und beobachtet den Obersturmbannführer, der über die Kommode gebeugt steht und sich mit Wasser aus einer Keramikschüssel wäscht. Er trocknet sich Gesicht und Hände mit einem Handtuch ab und faltet es sorgsam wieder zusammen.

Elsa denkt an Heinrich. Wo ist er? Konnte er entkommen? Sie hofft es. Wenn die SS-Männer ihn getötet hätten, würden sie darüber sprechen. Sie wünscht ihm, dass er abhauen konnte. Das er jetzt endlich auf dem Heimweg ist. Zu seiner Tochter. Es war töricht von ihm zu erwarten, er könne Paule befreien. Er hat es trotzdem versucht. Und sie sind gescheitert. Paule ist tot. Ihr Bruder, der einzige Mensch, den sie noch hatte. Jetzt ist sie allein. Ganz allein.

Der Gedanke an Paule verschleiert ihren Blick mit Tränen. Aber eins, das erfüllt sie aller Trauer zum Trotz mit Stolz. Ihr Bruder hat sich gewehrt. Er hat ihnen bewiesen, dass er, der *Schwachkopf,* kein hilfloses Stück Vieh ist, das man einfach zur Schlachtbank führen kann.

Und was wird jetzt aus ihr?

Sie weiß es nicht. Sie hat keinen Einfluss mehr auf ihr eigenes Schicksal. Sie hat das hässliche Glimmen in den Augen des hünenhaften Oberscharführers gesehen. Hat gesehen, dass er sich nichts sehnlicher wünscht, als das fortzusetzen, was er in der Küche auf Elsas Hof begonnen hat. Aber sie weiß, dass der Obersturmbannführer, dieser von Starnfeld, das nicht zulassen wird. In seinen Augen sieht sie etwas anderes. Sie sieht Wärme und Zuneigung. Sie war noch nie verliebt, kennt die Liebe nur aus Beschreibungen in Büchern, aber so, wie dieser Obersturmbannführer sie ansieht, so stellt sie sich Liebe vor.

Absurd.

Wie kann er sie lieben? Er kennt sie nicht. Und sie hat auf ihn geschossen. Ja. Sie hat auf ihn geschossen und er hat sich nicht von der Stelle gerührt. Als *wollte* er sterben. Oder als wüsste er, dass sie ihn verfehlen würde. Hat einfach nur dagestanden und sie angesehen. Und dann, während seine Soldaten Heinrich verfolgten, war er an sie herangetreten. Ganz dicht. Hatte sie angelächelt und gesagt: „Esther."

Sie hatte ihn nur angestarrt. Esther? Warum nennt er mich Esther?

Ein Ruck ging durch seinen Körper, er straffte die Schultern und streckte eine Hand aus, als glaubte er wirklich, sie würde sie schütteln. „Obersturmbannführer von Starnfeld. Mit wem habe ich die Ehre?"

Er nannte sie Esther und fragte im nächsten Atemzug nach ihrem Namen. Was war los mit ihm?

Sie hatte nicht geantwortet. Nicht seine Hand ergriffen. Natürlich nicht. Hatte ihn nur angestarrt. War unfähig gewesen, irgendetwas über die Lippen zu bringen.

Er beugte sich zu ihr herunter und sagte ganz leise: „Du brauchst keine Angst zu haben, Esther. Dir wird nichts geschehen. Dafür sorge ich."

Jetzt geht er von der Kommode zum Bett. Setzt sich und zieht seine Stiefel aus. Stellt sie präzise nebeneinander vor das Bett. Dann schwingt er die Beine auf die Matratze und positioniert ein Kissen in seinem Rücken. Er greift nach dem silbernen Zigarettenetui, das auf dem Nachttisch liegt und öffnet es. Steckt sich eine Zigarette zwischen die Lippen und zündet sie mit einem Streichholz an. Inhaliert tief und sieht beim Ausatmen durch die Rauchschwaden hinüber zu Elsa. „Komm her."

Sie rührt sich nicht. Natürlich. Er will dasselbe wie der Oberscharführer. Seine Methode mag anders sein, aber sein Ziel ist dasselbe.

„Komm her", sagt er noch einmal. Leise, sanft, mit einem Lächeln.

Sie schielt aus den Augenwinkeln zur Tür. Hat er sie abgeschlossen, als er das Zimmer nach dem Essen betrat? Sie kann sich nicht erinnern, ist wie betäubt. Sie sieht sich vom Stuhl springen und zur Tür stürzen. Sie aufreißen und in den Flur flüchten. Der Obersturmbannführer würde ihr nicht hinterherlaufen. Weil er es nicht nötig hat. Unten im Schankraum sitzen seine Soldaten. Elsa weiß, sie hat keine Chance zu entkommen.

Also richtet sie sich auf. Sie will es hinter sich bringen. Solange der Obersturmbannführer es nicht mit grober Gewalt tut wie dieser Dörfler, vielleicht kann sie es dann ja sogar ertragen. Sie nähert sich mit langsamen Schritten dem Bett.

Er lächelt. Klopft mit einer Hand auf die Matratze. „Keine Scheu. Es ist bequem."

Sie setzt sich langsam auf das Bett. Die Matratze quietscht. Der Holzrahmen knarrt. Dann winkelt sie die Beine an und schließlich liegt sie stocksteif neben dem Obersturmbannführer. Das Herz wummert in ihrer Brust, ihre Augen brennen und das Blut rauscht laut in ihren Ohren. Sie spürt den kalten Schweiß, der sich an ihrem Haaransatz sammelt. Zuckt zusammen, als er einen Arm um ihre

Schultern legt und sie an sich zieht. Ihr Körper verkrampft sich.

Seine Hand drückt ihren Kopf auf seine Brust. „Entspann dich", flüstert er.

Sie bleibt liegen, wie sie ist und eine Weile herrscht Schweigen. Das einzige Geräusch im Zimmer ist sein gleichmäßiger Atem. Ihr Nacken beginnt zu schmerzen, weil sie sich so sehr verkrampft.

„Ich habe dich vermisst, Esther."

Schon wieder Esther. Am liebsten würde sie ihn anschreien: Mein Name ist Elsa! Und der Name meines Bruders war Paule!

„Du weißt, dass ich dich über alles liebe."

Was redet er?

Was treibt er für ein krankes Spiel mit ihr?

KAPITEL 50

Es hatte geregnet und der Geruch von nassem Laub und feuchter Erde erfüllte die kühle Herbstluft, als sie nebeneinander durch den Wald schritten.

Er hatte sie vor einer Stunde in seinem Opel Kapitän abgeholt. Er trug seine Uniform, die er erst kurz zuvor aus der Reinigung geholt hatte, seine Stiefel geputzt und so blank poliert, dass man sich drin spiegeln konnte. Er hatte sich die Haare schneiden lassen, war frisch rasiert und duftete nach Rasierwasser. Sie hatte ihn verblüfft angestarrt, als er vor ihrer Tür stand. Eigentlich besuchte er sie jetzt nur noch nachts. Und dann in Zivil.

„Was tust du hier? Das ist zu gefährlich."

Er lächelte und küsste sie sanft auf den Mund. „Zieh dir was Hübsches an. Wir gehen aus."

„Was, wenn uns jemand sieht?"

„Das lass meine Sorge sein."

Dann fuhren sie in seinem Wagen hinaus zum Wannsee. Die Sonne vertrieb die Herbstwolken und Wasserdampf schwebte über dem See. Das gelbe Laub an den Bäumen schimmerte golden und nachdem den ganzen Tag über der Herbst regiert hatte, schien sich jetzt, zum späten Nachmittag hin, der Sommer noch ein letztes Mal aufzubäumen. Es waren nicht viele Spaziergänger unterwegs, und die wenigen, die ihnen begegneten, lächelten beim Anblick des hochgewachsenen SS-Offiziers und der hübschen dunkelhaarigen, jungen Frau an seiner Seite. Ein schönes Paar, werden die meisten gedacht haben.

Sie redeten nicht und Esther lehnte ihren Kopf beim

Gehen an seine Schulter.

Schließlich standen sie am Seeufer.

Es war die Stelle, an der sie sich kennengelernt hatten. An der er *Ali & Nino* gelesen hatte, diese wunderbare Liebesgeschichte.

Sie sah zu ihm auf.

Er lächelte. Küsste sie. Dann drückte er sie an den Baum zu ihrer Linken und schob ihr Kleid nach oben. Er spürte sie, er roch sie, er schmeckte sie und nahm alles noch einmal so tief in sich auf, wie es ihm nur möglich war. Anschließend verharrten sie schwer atmend, ihre Arme waren um seine Schultern geschlungen, ihr keuchender, heißer Atem an seinem Ohr.

Er sagte: „Ich liebe dich."

Wollte, dass sie es noch einmal hörte.

Und sie sagte: „Ich bin schwanger."

Es war, als hätte ihm jemand die Faust aufs Herz gerammt. Alles in ihm zog sich zusammen. Er rang nach Luft und für einen kurzen Moment wurde ihm schwindelig. Ihre Stimme war ein Echo in seinem Kopf: *Ich bin schwanger. Ich bin schwanger. Ich bin schwanger.*

Aber das änderte nichts.

Im Gegenteil.

Es bestätigte ihn nur in seiner Entscheidung.

„Das macht mich sehr glücklich", sagte er.

Ihre Augen leuchteten und füllten sich mit Tränen. „Wirklich?"

Er wusste, wie sehr sie gehofft haben musste, das zu hören und wie wenig sie erwartet hatte, es zu hören. Jetzt war sie glücklich und voller Hoffnung. Sie glaubte an ihn, sie glaubte an ihre Liebe und sie glaubte daran, dass alles gut werden würde.

Die Sonne ging unter und spiegelte sich rotgolden auf der Oberfläche des Wannsees. Sie standen nebeneinander und hielten sich bei den Händen, während die Mücken über dem Wasser für sie tanzten.

Ein Schauer durchlief ihren Körper. „Mir ist kalt."

Er nickte. „Gehen wir."

Sie drehten sich um und er ließ sie zwei Schritte vorgehen.

Öffnete mit der rechten Hand sein Halfter und zog die Walther in einer fließenden Bewegung heraus. Die Mündung war nur wenige Zentimeter von ihrem Hinterkopf entfernt. Der Schuss knallte und sie sackte in sich zusammen wie eine Marionette, deren Fäden man durchtrennt hatte.

Von Starnfeld sah auf sie herab. Die Kugel war aus ihrem linken Auge wieder ausgetreten und hatte ein blutigschwarzes Loch hinterlassen. Blut sprenkelte die Wiese und tropfte von den Grashalmen. Er steckte die Pistole weg und bückte sich. Hob ihren schmalen Körper auf seine Arme. Sie war so leicht.

Dann drehte er sich um und ging zurück zum Ufer.

Watete in den See.

Das Wasser erreichte seine Stiefelränder und schwappte hinein. Saugte sich kalt in seine Hosenbeine. Er ging weiter, bis er brusttief im See stand. Esthers Körper schwamm jetzt auf der Oberfläche und um ihren Kopf herum färbte das Wasser sich rot mit ihrem Blut.

Von Starnfeld küsste sie auf die bereits kalten Lippen, dann versetzte er ihrem Körper einen Stoß und sah ihm nach, wie er langsam in die Mitte des Sees trieb.

Schließlich stieg er wieder aus dem Wasser und ging frierend zurück zu seinem Wagen.

KAPITEL 51

Heinrich öffnet die Hintertür und blickt hinaus in die Nacht.

Der schmale Weg zwischen den Häusern ist menschenleer. Sterne funkeln am Himmel und werden ab und an von vorüberziehenden Wolken verdeckt. Heinrich bleibt in der offenen Tür stehen und lauscht. Irgendwo im Dorf kläfft ein Köter. Vorne am Weg raschelt es im Gras. Irgendein kleines Tier auf nächtlichem Streifzug.

Schließlich tritt er in den Garten. Hinter ihm schiebt sich der Pfarrer aus der Dunkelheit des Hauses in die offene Tür. Die Blicke der beiden Männer treffen sich.

„Viel Glück.“, sagt der Pfarrer.

Heinrich nickt. „Danke.“

Dann wendet er sich ab und geht zügigen Schrittes davon. Er schlägt denselben Weg ein, den er mit Elsa gekommen ist.

Elsa.

Er versucht, ihren Namen und ihr Gesicht aus seinem Kopf zu verbannen. Konzentriert all seine Sinne auf seine Umgebung. Erreicht den Ortsrand und den kleinen Bach, der vom Wald hinab bis in das Dorf fließt. Er folgt dem Bach hinauf zum Waldrand. Hört nichts außer seinem eigenen Atem. Als er die Bäume erreicht, geht er in die Knie und sieht zurück. Ein paar Lichter brennen. Wieder kläfft ein Köter. Dann Stille. Schemenhaft kann er den Lastwagen der SS auf dem Dorfplatz neben dem Brunnen erkennen, ein Stück weiter den Kübelwagen.

Elsa drängt sich in seine Gedanken zurück. Er hämmert

seine Faust gegen einen Baumstamm. Einmal, zweimal, dreimal, immer wieder, bis die Haut über seinen Knöcheln aufplatzt und zu bluten beginnt. Der Schmerz ist gut. Nicht, dass er nicht bereits genug Schmerzen hätte, sein Hals, seine Kehle, sein geschwollener Knöchel, aber das ist alter Schmerz, akzeptierter Schmerz. Was er braucht, ist frischer Schmerz. Noch einmal hämmert er seine Faust gegen den Baumstamm, dann richtet er sich wieder auf. Seine Hand pocht wütend und er sieht zum Himmel, orientiert sich an den Sternen und wendet sich dann nach Westen.

Richtung Ruhrgebiet.

Richtung Hagen.

Richtung Heimat.

Ich komme, mein Kind.

Ich komme.

KAPITEL 52

Er marschiert vier Stunden ohne Unterbrechung.

Hält sich so oft es geht im Wald und schlägt einen weiten Bogen um jedes Haus, jede Ortschaft und jede Straße. Immer wieder kehren seine Gedanken zu Elsa zurück und immer wieder versucht er, diese Gedanken zu verdrängen, indem er sich seine Tochter ins Gedächtnis ruft. Er versucht sich auszumalen, wie die kleine Karin in der Obhut der Glotzbachs lebt, wie sie mit ihnen in den Schutz des Bunkers eilt, wenn wieder einmal die Sirenen aufheulen. Steht ihr Haus in der Alleestraße überhaupt noch? Wenn nicht, wo sind Karin und die Glotzbachs dann untergekommen?

Kurz vor Morgengrauen lässt ihn lautes Knacken im Unterholz innehalten.

Er kauert sich in die Deckung eines Baumstamms, den Finger am Abzug der Maschinenpistole. Dann löst sich eine Wildsau aus den Nebelschwaden zwischen den Bäumen, gefolgt von einem halben Dutzend Frischlinge. Einen Moment überlegt Heinrich, das Tier zu erlegen. Sich ein paar ordentliche Stücke Fleisch aus dem Kadaver zu schneiden und über einem Feuer zu grillen. Proviant für den langen Weg, der noch vor ihm liegt. Aber er entscheidet sich dagegen. Er weiß nicht, ob Truppen in der Nähe sind, die auf die Schüsse aufmerksam werden könnten. Außerdem würde das Ganze zu viel Zeit in Anspruch nehmen. Und Zeit hat er schon genug verloren. Viel zu viel Zeit.

Es ist noch dunkel, als der Wald sich einmal mehr lichtet und er auf einem Hügelkamm eine kurze Rast einlegt. Seine

Glieder sind bleischwer. In der Ferne ist dumpfes Grollen zu hören. Wie Donner, nur stetig und schneller hintereinander. Heinrich kennt das Geräusch einer Bombardierung nur zu gut. Er blickt nach Osten, wo der Horizont in einem unheimlichen gelbroten Licht flackert wie eine defekte Lampe. Eine Stadt, die von den alliierten Luftstreitkräften bombardiert wird. Heinrich setzt sich auf einen Baumstumpf und beobachtet das gespenstische Spektakel eine Weile, während er etwas von dem Brot aus Elsas Beutel isst. Er öffnet das Einmachglas und schiebt sich die Birnen in den Mund, eine nach der anderen, schlürft den gesüßten Saft bis auf den letzten Tropfen heraus und stellt das leere Glas am Boden ab. Vielleicht wird auch Hagen gerade wieder bombardiert. Der Gedanke bereitet ihm körperliche Schmerzen, drückt sein Herz zusammen wie die Klaue eines unbarmherzigen Monsters.

Karin.

Elsa.

Elsa, die ihn vom Baum schneidet. Seine Wunden pflegt. Ihm Essen gibt. Ihn in ihrem Bett schlafen lässt.

Gottverdammt.

Heinrich richtet sich ruckartig auf und zertritt das Einmachglas mit seinen Knobelbechern. Bückt sich nach einem gezackten Stück Glas und drückt die scharfe Kante auf seinen linken Unterarm, oberhalb des Handgelenks. Beißt die Zähne zusammen, als er die Scherbe mit der rechten über seine Haut zieht und auf den Schnitt starrt, aus dem sofort das Blut zu quellen beginnt.

So wird er weitermachen. Jedes Mal, wenn Elsa ihren Fuß in die offene Tür seiner Gedanken schiebt, wird er sich die Scherbe über den Unterarm ziehen.

Irre, denkt er. Heinrich, du bist irre. Du verlierst den

Verstand.

Geh weiter. Geh nach Hause.

Aber seine Füße verweigern den Dienst. Als wären sie plötzlich festgewachsen, mit dem Boden verwurzelt. Am östlichen Horizont ist das Donnern der Bombardierung verstummt. Kein rotgelbes Höllenlicht mehr, das über den Hügelkämmen flackert. Stattdessen ein schmaler Streifen Grau. Die Dämmerung, die das Schwarz der Nacht zu verdrängen beginnt.

Heinrichs Finger geben die blutige Scherbe frei. Sie fällt lautlos ins Gras. Er hat angefangen zu weinen, ohne sich dessen bewusst zu sein sein. Ein Windstoß fegt kalt über sein tränennasses Gesicht und er zieht den Rotz hoch, der aus seiner Nase läuft, wischt sich mit dem Unterarm übers Gesicht.

Der Schnitt über dem Handgelenk hat bereits wieder aufgehört zu bluten. Er war nicht tief genug.

Karin.

Elsa.

Gottverdammt.

Heinrich bückt sich nach der Maschinenpistole und schlingt sich den Lederriemen wieder über die Schulter.

Und geht zurück in die Richtung, aus der er gekommen ist.

Murmelt vor sich hin: „Es tut mir leid, Schatz. Aber Papa muss das tun. Er muss das tun. Halt durch. Halt noch ein bisschen durch."

Irre, denkt er wieder. Heinrich, du bist irre.

Aber die ganze Welt ist ein Irrenhaus.

Also zum Teufel damit.

KAPITEL 53

Der Morgen dämmert grau und wolkenverhangen über dem Dorf, als die SS-Soldaten die Menschen aus ihren Häusern treiben. Es dauert eine gute Stunde, dann sind knapp hundert Bewohner auf dem Platz vor der Kirche versammelt. Frauen und Kinder jeden Alters, die meisten Männer über fünfzig. Aus müden und verängstigten Augen starren sie auf die Waffen der SS-Soldaten. Keiner wagt es, den Mund zu öffnen, um zu fragen, warum sie hierhergebracht wurden.

Dörfler hat die Nacht in Sonjas Bett verbracht und ihr gezeigt, dass er auch mit einem Ei noch ein ganzer Kerl ist. Junge, kann das Weibsstück vögeln. Wäre die in Berlin für ihn auf den Strich gegangen, wäre er jetzt ein reicher Mann. Er ist früh aufgestanden, hat sich von ihr Kaffee kochen lassen, sie noch einmal auf dem Küchentisch rangenommen und dann mit den Jungs begonnen, die Dorfbewohner wie Vieh auf dem Kirchplatz zusammenzutreiben. Er hatte nicht vor, Sonja auch auf den Platz bringen zu lassen, aber Holm und Dressler haben sie ohne sein Wissen aus dem Haus geholt und jetzt steht sie unweit des Bürgermeisters und seiner Familie, sieht Dörfler mit einer Mischung aus Ärger, Angst und Bitten an. Dörfler ignoriert sie, aber ihm entgehen die Blicke nicht, die sie mit dem Bürgermeister und zwei anderen Kerlen tauscht.

Und plötzlich weiß er, dass die vier unter einer Decke stecken.

Die haben das Gold aus dem Haus des Juden geholt und versteckt. Verdammt, denkt Dörfler, ich hätte dem Miststück vergangene Nacht meine Knarre in die Möse schieben sollen, die hätte ruckzuck ihren Blasmund aufgemacht.

Er sieht nach Osten, wo die aufgehende Sonne hinter der grauen Wolkendecke schimmert.

Von Starnfeld lässt sich Zeit. Kein Wunder, wahrscheinlich vergnügt er sich noch mit dem kleinen Bauernmädchen auf den Laken. Ein Bild, das sich nur schwer in Dörflers Vorstellungskraft manifestiert. Irgendwie hat Dörfler den Obersturmbannführer immer für ein asexuelles Wesen gehalten. Das der Kerl sich plötzlich so intensiv für dieses Mädchen interessiert, passt nicht zu dem Mann, der von nichts anderem schwafelt als von ihrem Auftrag, der Alpenfestung und dem Endsieg.

Der räudige Köter, der einen Narren an ihm gefressen hat, entdeckt Dörfler am Lastwagen lehnend und kommt herübergetrabt. Setzt sich vor dem Oberscharführer auf die Hinterbeine, sein Schwanz klopft auf das Pflaster. Dörfler geht in die Knie und krault die Töle unter dem Kinn.

Aus der Ferne erklingt wieder das dumpfe Grollen, das zum ersten Mal vergangene Nacht zu hören war. Die Front. Die Amerikaner rücken unaufhaltsam näher.

Dörfler sieht ungeduldig zur Straße, die zum Wirtshaus führt. Wo zum Henker bleibt von Starnfeld, damit sie die Scheiße hier endlich hinter sich bringen können?

KAPITEL 54

Elsa öffnet die Augen und hört Vögel zwitschern.

Einen Moment lang weiß sie nicht, wo sie ist. Sie rollt sich von der Seite auf den Rücken. Dann ist sie hellwach und alles kehrt zurück. Sie ist im Wirtshaus. Im Bett. Zusammen mit dem Obersturmbannführer. Sie dreht den Kopf nach links. Er liegt nicht neben ihr. Sie richtet sich langsam auf. Das Zimmer ist leer. Sie ist allein.

Sie schwingt die Beine vom Bett und verharrt so einen Moment. Ist verwundert, dass sie tatsächlich geschlafen hat. Vergangene Nacht hatte sie das nicht für möglich gehalten. Hatte jeden Moment damit gerechnet, seine Hände auf ihrem Körper zu spüren, seine Finger, die ihr Kleid öffnen, an ihrer Unterwäsche zerren, sich das holen, was sich schon der Oberscharführer, dieses widerliche Dreckschwein, holen wollte.

Aber das geschah nicht.

Sie erinnert sich daran, dass er in der Dunkelheit leise geweint hatte. Ja, er hatte tatsächlich geweint. Sie erinnert sich an seine Worte: *Ich hatte keine andere Wahl, Esther. Ich musste es tun. Ich habe es für dich getan. Dich zu töten, war der einzige Ausweg. Aber jetzt bist du zurück. Und du wirst für immer bei mir bleiben.*

Er hatte seine Arme um sie geschlungen und sie an sich herangezogen. Hatte ihren Körper fest an seinen gepresst, aber nichts weiter getan. Irgendwann wurde sein Atem schwer und gleichmäßig. Sie wusste, er war eingeschlafen. War das ihre Gelegenheit zur Flucht? Konnte sie sich aus seinen Armen befreien, ohne dass er erwachte?

Aber die Tür war abgeschlossen und sie wusste nicht, wo er den Schlüssel versteckt hatte. Sicher in seiner Uniformjacke. Oder – schlimmer noch – in seiner Hose. Dann würde sie nie drankommen. So lag sie im Bett, die Arme des Obersturmbannführers fest um sie geschlungen und noch während sie über ihre geringen Fluchtmöglichkeiten grübelte, spürte sie, wie der Schlaf ihr Gehirn zu vernebeln begann. Die Müdigkeit war schwer und bleiern und obwohl sie sich dagegen sträubte, wurde sie schließlich von ihr übermannt und fiel in einen tiefen, traumlosen Schlaf.

Jetzt ist sie erwacht.

Und allein.

Die Tür ist abgeschlossen, ganz klar, aber schließlich gibt es noch das Fenster. Sie richtet sich gerade auf, als sie hört, wie ein Schlüssel ins Schloss gesteckt und herumgedreht wird.

Die Tür schwingt auf und der Obersturmbannführer lächelt sie an. „Guten Morgen, Esther. Ich hoffe, du hast gut geschlafen."

Er hält ein Holztablett in den Händen. Darauf steht eine Kanne mit dampfendem Kaffee, ein Teller mit Brot, etwas Käse und einem gekochten Ei. Er tritt ins Zimmer und stößt die Tür mit dem Absatz seines Stiefels wieder ins Schloss. Kommt zum Bett und stellt das Tablett auf dem Nachttisch ab.

„Wir sind hier im Dorf bald fertig. Dann nehme ich dich mit. Wir gehen nach Süden. In die Alpenfestung. Keine Angst. Es ist jetzt alles anders. Wir werden den Krieg gewinnen und du und ich, wir werden glücklich miteinander leben bis ans Ende unserer Tage."

Seine Stimme ist warm.

Liebevoll.

Und deswegen umso beängstigender.

Elsa meidet seinen Blick und greift nach der Kaffeetasse. Sie weiß nicht, wer diese Esther ist, für die er sie hält, aber seine Worte lassen darauf schließen, dass er sie getötet hat. Ermordet. Daran besteht für Elsa kein Zweifel. Trotzdem sollte sie beruhigt sein. Er hat sich vergangene Nacht nicht an ihr vergriffen und macht auch jetzt keine Anstalten. Doch sie weiß, dass dieser Mann ganz offensichtlich den Verstand verloren hat und das macht ihn gefährlicher als ein wildes Tier wie dieser Oberscharführer Dörfler.

Sie trinkt einen Schluck Kaffee. Neben ihr holt der Obersturmbannführer seine Zigaretten heraus und steckt sich eine an. Elsas Gedanken rasen. Wie weit ist Heinrich inzwischen wohl schon gekommen? Hoffentlich weit. Ganz weit weg von hier. Sie wünscht ihm so sehr, dass er es unbehelligt bis nach Hause zu seinem Kind schafft.

Was ihre Situation betrifft, gibt es niemanden mehr, der ihr helfen könnte. Sie ist auf sich allein gestellt. Sie denkt an Paule. Tränen steigen in ihre Augen, aber sie atmet tief durch, will nicht vor dem Obersturmbannführer weinen.

„Bitte, iss." Er deutet auf das Tablett.

Sie sieht auf den Teller mit dem Brot und dem Käse.

Sieht auf das gezackte Brotmesser, das neben dem Teller liegt.

Und plötzlich weiß sie, was sie tun wird.

Ihre Angst ist verflogen.

Sie dreht den Kopf und sieht aus großen Augen zu ihm auf. „Ich möchte, dass mich jemand beschützt. Werden Sie mich beschützen?"

Er lächelt. „Natürlich. Hast du mir nicht zugehört? Du und ich, wir sind ab jetzt unzertrennlich. Du bleibst bei mir und ich werde immer für dich da sein. Ich mache meinen

Fehler wieder gut."

„Versprechen Sie es mir." Sie presst ihren schmalen Körper gegen seine Brust. Kann spüren, wie er für einen Moment überrascht erstarrt.

Dann schließen sich seine Arme um ihre Schultern und er drückt sie an sich. Flüstert in ihr Ohr: „Ich liebe dich, Esther."

Sie drückt ihren linken Arm so weit nach hinten, wie es geht, ohne dass er es bemerkt. Ihre Finger finden das Tablett. Tasten nach dem Messer. Schließen sich fest um den Holzgriff. Sie spürt von Starnfelds Herz, wie es unter der Uniformjacke heftig in seiner Brust schlägt.

„Ich habe meinen Bruder geliebt", sagt sie und kann den grenzenlosen Hass, der in ihr brodelt, nicht verbergen. Er schwingt in jedem einzelnen ihrer Worte mit. Sie spürt, wie von Starnfelds Körper erstarrt.

Sie hat nur eine einzige Chance.

Jetzt.

Sie reißt den linken Arm nach vorn und rammt ihm die schmale Klinge tief in den Hals. Sie weiß nicht, dass sie die Hauptschlagader getroffen hat. Stößt sich von seiner Brust ab.

Er sitzt da und starrt sie an, die Augen hinter der Brille weit aufgerissen. Das kleine Brotmesser steckt bis zum Heft in seinem Hals und Blut strömt wie ein Wasserfall aus der Wunde und tränkt den Kragen seiner Uniformjacke. Der Stoff saugt sich voll, immer voller. Er öffnet den Mund, aber kein Laut kommt über seine Lippen. Stattdessen röchelt er, gurgelnde Laute steigen aus seiner Kehle nach oben und dann tritt Blut über seine Lippen.

Plötzlich schießt seine linke Hand nach vorn und krallt sich in ihr Kleid.

Elsa will aufspringen und sich losreißen, aber sein Griff gibt nicht nach. Er schnappt nach Luft wie ein Fisch auf dem Trockenen, das Blut schwappt in immer größeren Mengen über seine Lippen und tropft vom Kinn auf seine Uniform.

Elsa packt wieder das Messer. Und zieht es mit einem Ruck aus seinem Hals. Das Blut spritzt in einem langen geraden Strahl aus der Wunde. Und mit dem Blut verlässt auch die Kraft seine Hand, die Finger lösen sich von Elsas Kleid und sein Arm sackt schlaff nach unten.

Dann endlich kippt sein Oberkörper nach hinten.

Die Matratze und die Decken saugen sich binnen Sekunden voll mit seinem Blut.

Elsa richtet sich auf. Ihre Beine sind weich wie Pudding, ihre Knie zittern und ihr wird schwindelig. Nicht ohnmächtig werden, denkt sie panisch, jetzt nur nicht ohnmächtig werden. Sie stützt sich auf dem Nachttisch ab und stößt dabei die Kaffeetasse um. Das Geschirr zersplittert am Boden, der Kaffee bildet eine Pfütze. Elsa atmet tief ein und aus und vermag den Blick nicht von dem Obersturmbannführer zu nehmen. Die Bewegungen seiner Lippen werden schwächer.

Zur Tür, denkt Elsa. Geh zur Tür. Sie ist nicht verschlossen. Öffne sie und geh.

Endlich findet sie die Kraft ihre Beine in Bewegung zu setzen.

Macht einen Schritt nach vorn.

Im selben Moment wird die Tür von außen geöffnet.

Nein, denkt sie. Nein. Nicht jetzt.

Dörflers hünenhafte Gestalt füllt den Türrahmen aus und seine Augen weiten sich beim Anblick des blutüberströmten von Starnfeld auf dem Bett. Er sieht zu Elsa, die nur wenige Schritte von ihm entfernt steht, das blutige Messer in der Hand.

Einen langen Moment starrt er sie ungläubig an.

Und dann lächelt er. „Hol mich der Teufel."

Elsa, von Dörflers plötzlichem Auftauchen wie gelähmt, fällt ein, dass sie das Messer noch in der Hand hält – ihre einzige Chance. Sie wirft sich mit einem Schrei der Verzweiflung nach vorn. Dörflers flache Hand trifft sie laut klatschend im Gesicht und holt sie von den Füßen. Sie landet auf dem Rücken, der Aufprall haut ihr die Luft aus den Lungen und ihr Hinterkopf schlägt hart genug auf den Boden, dass sie schwarze Flecken vor den Augen sieht.

Trotzdem lässt sie das Messer nicht los.

Aufstehen, schreit ihr Gehirn, aber ihr Körper will diesem Befehl nicht folgen.

Sie sieht, wie der Oberscharführer sein rechtes Bein hebt und dann saust die Sohle des schweren Knobelbechers nach unten. Elsa schreit ihren Schmerz hinaus und ihr Körper bäumt sich auf, als der Stiefel mit voller Wucht ihr Handgelenk trifft. Dörfler beugt sich zu ihr hinab und reißt das blutige Messer aus ihren Fingern. Seine Hand gräbt sich grob in Elsas langes Haar und er reißt sie nach oben. Sie windet sich mit einem Schmerzensschrei in seinem Griff.

Dörfler sieht lächelnd zu von Starnfeld, der auf den blutgetränkten Laken liegt, sein Gesicht kreidebleich, sein Mund offen. „Ich hab Ihnen gesagt, Sie schaffen es nicht bis in die Alpenfestung."

KAPITEL 55

Von Starnfeld ist müde. Furchtbar müde.

Er sieht Dörfler, der das Mädchen grob bei den Haaren gepackt hält. Er will ihm befehlen, sie loszulassen.

Es ist in Ordnung, Dörfler, alles ist in Ordnung.

Von Starnfeld weiß jetzt, dass dieses Mädchen nicht Esther ist.

Esther ist tot.

Er hat sie getötet.

Und jetzt hat dieses Mädchen ihn getötet.

Hat ihm das lächerliche Brotmesser in den Hals gerammt.

Er spürt, wie das Leben schneller und immer schneller aus seinem Körper sickert, er spürt wie das Blut seine Uniform tränkt, wie es warm seine Haut hinabrinnt.

Und er fühlt Erleichterung.

Erleichterung darüber, nicht mehr nach dem Gold suchen zu müssen.

Der Führer und das Reich müssen jetzt ohne ihn auskommen.

Von Starnfeld weiß jetzt auch, dass der Krieg verloren ist und dass die Alpenfestung nichts weiter ist als ein Phantom, ein absurdes Gedankenkonstrukt, eine der vielen verzweifelten Erfindungen und Lügen, die ihnen helfen sollten, bis zum bitteren Ende an den Endsieg zu glauben.

Sein Blick verschwimmt. Dörfler und das Mädchen – wie war ihr richtiger Name, was hat sie gesagt – Elsa? – lösen sich vor ihm auf, verwandeln sich zu Umrissen, die immer mehr an Kontur verlieren. Dann verschmelzen die beiden Umrisse zu einem und dieser nimmt plötzlich wieder Form an.

Die Form einer Frau.

Esther.

Sie trägt dasselbe Kleid wie damals am Wannsee, an jenem späten Augusttag, an dem sie wie eine Nixe im Märchen vor ihm aus dem Wasser stieg und das gesamte Fundament seines Lebens mit einem einzigen Lächeln ins Wanken brachte. Er kann ihr Gesicht noch nicht erkennen, aber gleich wird es soweit sein.

Und er hofft nur eins.

Dass sie lächelt.

Ihn mit offenen Armen empfängt.

KAPITEL 56

Von Starnfeld liegt still.

Ein milchiger Schleier hat sich über seine starren Augen gelegt und das grässliche Röcheln aus seiner Kehle ist verstummt.

Dörfler kann es noch gar nicht fassen.

Obersturmbannführer von Starnfeld ist tot.

Dörfler hält Elsa noch immer mit einer Hand bei den Haaren gepackt und schleudert sie jetzt mit einem Ruck gegen die Wand. Sie prallt ab und stürzt bäuchlings zu Boden. Bleibt so liegen.

Dörfler geht zum Bett. Vor lauter Blut ist kaum noch zu erkennen, dass die Laken einmal weiß waren. Er beugt sich über von Starnfeld, zieht dessen Walther aus dem Halfter und schiebt sie in seinen Koppelgürtel. Er fischt das Etui mit den Zigaretten aus der blutgetränkten Uniformjacke und steckt es ein. Findet den Zimmerschlüssel in der Hosentasche des Obersturmbannführers und nimmt ihn an sich. Sein Blick fällt auf den SS-Totenkopfring an von Starnfelds Hand. Er zieht ihn ab. Seine Finger sind zu dick, um ihn selbst zu tragen, also lässt er den Ring in einer Uniformtasche verschwinden. Dann hebt er das Messer auf, mit dem das Mädchen den Obersturmbannführer getötet hat – *ja, sie hat ihn getötet, unglaublich, einfach unglaublich* – und wirft es quer durchs Zimmer, aus ihrer Reichweite.

Elsa hat sich aufgerichtet. Sitzt jetzt mit dem Rücken an die Wand gelehnt und blickt mit gleichgültiger Miene zu ihm auf. Es scheint, als hätte sie sich ihrem unabwendbaren Schicksal ergeben.

Dörfler geht vor ihr in die Knie und nimmt ihr Kinn zwischen seine schwieligen Finger. Zwingt sie, ihm in die Augen zu sehen. Er kann nichts darin lesen. Nicht mal mehr Angst.

„Eigentlich müsste ich dich töten.“ Er lächelt und drückt ihr einen feuchten Kuss auf die Lippen. „Aber verdammt, Mädchen. Du hast mir einen Gefallen getan. Du weißt gar nicht, was für einen.“

Er lacht. Laut und ungläubig und zufrieden. „Wir sehen uns später.“

Richtet sich auf und verlässt das Zimmer.

Zeit, sich um das Gold zu kümmern.

Endlich.

KAPITEL 57

Elsa hört, wie der Oberscharführer von außen abschließt.

Vorbei, denkt sie. Alles vorbei.

Sie lässt sich auf die Seite sinken. Winkelt die Beine an und bleibt liegen wie ein Baby im Bauch der Mutter.

Vergräbt ihr Gesicht in den Händen.

Vorbei.

Alles vorbei.

KAPITEL 58

Draußen wartet Braun auf Dörfler und hebt fragend die Brauen. „Wo ist der Obersturmbannführer?"

Dörfler holt lächelnd von Starnfelds Zigarettenetui heraus, klappt es auf und hält es Braun hin. „Tot."

Braun blickt stirnrunzelnd auf das Etui, dann in Dörflers Gesicht. „Willst du mich verarschen?"

Dörfler schiebt sich eine Zigarette zwischen die Lippen. Schnipst mit den Fingern. „Feuer."

Braun zieht Streichhölzer aus seiner Feldjacke und zündet Dörflers Zigarette an. Dörfler inhaliert tief und bläst den Rauch aus. „Die Kleine hat ihn kaltgemacht. Mit einem beschissenen Brotmesser."

„Das Mädchen?"

Dörfler hält Braun noch immer das aufgeklappte Etui unter die Nase. „Nimmst du dir jetzt eine oder nicht?"

Braun greift zu. Zündet die Zigarette an. Saugt den Tabak genießerisch in seine Lungen.

Er sieht Dörfler durch den ausgeblasenen Qualm an und jetzt endlich kräuselt ein Lächeln seine Lippen. „Also sind wir nicht mehr in offizieller Mission unterwegs?"

Dörfler steckt das Etui weg und haut Braun lachend seine Hand zwischen die Schulterblätter. „Was mich betrifft, schon lange nicht mehr."

KAPITEL 59

„Ich fasse mich kurz. Wir wollen das Gold der Juden. Wir wissen, dass es hier ist." Die kalten Augen des Oberscharführers gleiten über die auf dem Dorfplatz versammelten Bewohner. Streifen auch Irmgard und den Pfarrer, die nebeneinander stehen.

Sie lagen noch schlafend im Bett, als die SS-Soldaten ins Haus stürmten. Schwere Stiefel traten die Haustür aus den Angeln und Irmgard war im Bett hochgeschreckt. Noch halb im Schlaf, hatte sie gedacht: Jetzt sind sie uns auf die Schliche gekommen.

Sie stellte sich einen wütenden, bigotten Mob vor, der sie nackt auf die Straße zerren und als Hure beschimpfen würde, während man den Pfarrer in Schimpf und Schande aus dem Dorf jagte. Sie lebten zwar nicht mehr im Mittelalter, aber Irmgard war immer klar gewesen, dass es den Pfarrer sein Amt kosten würde, sollte jemals herauskommen, dass er die Nächte – und inzwischen war es wirklich fast jede Nacht – in ihrem Bett verbrachte.

Und Irmgard weiß, wie viel ihm dieses Amt bedeutet.

Aber warum hat er sich dann mit ihr eingelassen?

Weil er ein Mensch ist.

Ein Mensch mit Gefühlen, ein Mensch, der sich ebenso nach Liebe und körperlicher Nähe sehnt wie jeder andere.

Sie hatte den Pfarrer immer gemocht, schon als ihr Mann und ihre Söhne noch lebten. Hatte lange Gespräche mit ihm geführt und keins davon hatte mit Religion oder Gott zu tun. Es waren ganz normale Gespräche über das Leben und den Alltag. Gespräche, die sie gerne mit ihrem eigenen Mann geführt hätte, doch der war kein Mensch für Gespräche, war es nie gewesen. Natürlich hatte sie ihn trotzdem geliebt, auch wenn ihre Ehe und ihr Leben so eintönig und monoton dahinflossen wie der kleine Bach am Ortsrand.

Als dann erst ihr Mann von einem Herzinfarkt und anschließend ihre Söhne von diesem grausamen Krieg aus ihrem Leben gerissen wurden und eine klaffende, sich nicht schließende Wunde in Irmgards Seele hinterließen, war der Pfarrer der einzige Mensch gewesen, dessen Nähe sie ertragen konnte und wollte. Und eines Abends, sie hatte für den Pfarrer gekocht und sie hatten Wein getrunken, vielleicht etwas zu viel, war es geschehen. Als sie am nächsten Morgen erwachte, ihr nackter Körper an seinen gekuschelt, ihre Hand auf seiner graubehaarten Brust, da hatte sie sich schuldig gefühlt, so furchtbar schuldig. Als hätte er das gespürt, öffnete er die Augen und lächelte sie an. Es war ein Lächeln, das ihr sagte: „Es ist in Ordnung", und gleichzeitig ein Versprechen, dass sich zwischen ihnen jetzt nichts ändern würde. Keine Schuldgefühle, kein Aus-dem-Weg-gehen, kein peinlich berührtes Vermeiden von Blicken. Alles würde bleiben, wie es ist. Und so war es dann auch. Außer, dass er jetzt immer öfter nachts in ihr Haus kam und erst im Morgengrauen wieder ging. Ein Wunder, dass es selbst nach über einem Jahr noch niemanden aufgefallen war, nicht einmal Irmgards Nachbarin Gertrud Sonneborn, der schlimmsten Klatschbase des Dorfes und eine, der eigentlich nichts verborgen blieb. Aber vielleicht war es einfach die Selbstverständlichkeit und Leichtigkeit, die die Beziehung zwischen Irmgard und dem Pfarrer prägte, die sie für ihre Mitmenschen so unverdächtig machte.

Und heute Morgen dann war ihr Verhältnis aufgeflogen.

Anders, als Irmgard und der Pfarrer es je erwartet hätten.

Vom Auftreten der Tür aufgeschreckt, hatte sie im Bett gehockt und versucht, den Schlaf abzuschütteln, während schwere Schritte auf der Treppe polterten. Männerstimmen hatten geschrien: „Aus dem Haus! Los! Los! Alle raus!"

Dann flog die Schlafzimmertür auf und zwei SS-Soldaten hatten sie mit vorgehaltenen Waffen aufgefordert, sich anzukleiden. Männer, die nicht älter waren als ihre Söhne, hatten ungeniert auf Irmgards nackten Körper gestarrt und laut gelacht, als sie den weißen Priesterkragen an der Jacke des Pfarrers sahen. Man hatte sie aus dem Haus geführt, wo bereits andere Dorfbewohner zusammengedrängt auf der Straße standen. Obwohl alle verängstigt waren und sich fragten, was dieses Zusammentreiben durch die SS zu bedeuten hatte, starrten die Menschen Irmgard und den Pfarrer ungläubig an. Irmgard ignorierte die Blicke. Dann wurden sie mit den anderen zum Dorfplatz gebracht.

„Es ist ganz einfach", sagt der Oberscharführer. „Entweder einer von euch macht jetzt sein Maul auf oder ich knall jemanden ab. *Das* ist zu verstehen, oder?" Mit diesen Worten zieht er seine Pistole aus dem Halfter.

Ein Raunen geht durch die Menge. Irmgard hört ängstliches Schluchzen, sieht Kinder, die sich mit vor Angst geweiteten Augen an ihre Mütter klammern. Irmgard greift nach der Hand des Pfarrers und drückt sie. Er dreht den Kopf und lächelt ihr ermutigend zu, aber sie weiß, dass er genauso große Angst hat wie sie, wie alle anderen, die hier stehen und der Willkür der Soldaten ausgeliefert sind.

Der Oberscharführer klopft mit der Pistole gegen seinen Oberschenkel. „Ich warte."

Nichts geschieht. Irmgard schielt zum Bürgermeister.

Wenige Schritte weiter steht Sonja, neben ihr Wirtz und Reinkober. Alle schweigen eisern.

Der Oberscharführer hebt den Arm mit der Pistole und richtet die Mündung auf die Dorfbewohner.

Wieder geht ein Raunen durch die Menge. Alles rückt ängstlich näher zusammen.

Der Oberscharführer lässt die Pistole wandern. „Ene. Mene. Muh. Raus. Bist ...“

Irmgard verfolgt die Bewegung der Pistole.

Bis sie direkt vor ihrem Gesicht stoppt.

„Du“, sagt Dörfler.

Irmgard schließt die Augen.

Dann hört sie die Stimme des Pfarrers: „Schluss jetzt. Ich—“

Der Schuss ist unglaublich laut.

Sie spürt, wie die Fingers des Pfarrers ihre Hand loslassen, sie spürt, wie Feuchtigkeit ihr Gesicht sprenkelt und dann hört sie den dumpfen Laut eines Körpers, der am Boden aufschlägt.

Sie öffnet die Augen.

Der Pfarrer liegt neben ihr auf dem Kopfsteinpflaster. Die Beine angewinkelt, die Arme ausgestreckt. Ein Einschussloch in der Stirn und um seinen Kopf herum eine dunkle Blutlache, die immer größer wird.

Irmgard hebt eine Hand und berührt ihr Gesicht. Als sie auf ihre Fingerspitzen blickt, sind sie rot. Rot vom Blut des Pfarrers. Ein Wimmern steigt in ihrer Kehle hoch. Sie beginnt, am ganzen Körper zu zittern, Tränen rinnen ihr warm übers Gesicht und dann geben ihre Beine nach.

KAPITEL 60

Sie hatte Unrecht, denkt der Bürgermeister, während er mit offenem Mund auf den toten Pfarrer starrt. Sonja hatte Unrecht.

Die tun es wirklich.

Die knallen uns ab.

Einen nach dem anderen.

Bis sie wissen, wo das Gold ist.

Wo ist überhaupt der Obersturmbannführer? Wieso lässt er das zu?

Der Bürgermeister sieht zu Sonja, die ebenso fassungslos dreinschaut wie Wirtz und Reinkober. Gestern Abend hat sie noch eine große Klappe gehabt und jetzt ist sie kreidebleich, die blanke Todesangst in den Augen. Am liebsten würde der Bürgermeister sie ohrfeigen.

Er spürt die Blicke von Wirtz und Reinkober. Als wollten sie sagen: Tu was, tu irgendwas.

Das ist typisch.

Am Ende bleibt wieder alles an ihm hängen.

KAPITEL 61

„Ich frage noch mal. Wo ist das Gold der Juden?"

Keine Antwort. Nichts ist zu hören außer dem erbärmlichen Wimmern der Frau, die die Hand des Pfarrers gehalten hat und dem leisen Heulen ein paar anderer Weiber.

Dörfler sieht, wie sie verstohlene Blicke tauschen. Ungefähr so unauffällig wie ein paar betrunkene Russen. Der Bürgermeister, diese Schlampe Sonja und zwei andere Typen, ein großer Dürrer mit Hinkebein und ein übergewichtiger Rotschopf. Die vier also. Er hat gerade vor ihren Augen dem Pfarrer das Gehirn aus dem Kopf geblasen und trotzdem machen sie ihr Maul nicht auf. Dafür zollt Dörfler ihnen fast so etwas wie Respekt.

Er hebt wieder die Walther.

Und richtet sie auf Sonjas Gesicht.

Sie starrt ihn ungläubig an. Geschockt. Ängstlich. Bettelnd. Sie dachte, in dem sie für ihn die Beine breitmacht und seinen Schwanz in den Mund nimmt, kommt sie davon. Er hält die Waffe ein paar Sekunden vor ihrem Gesicht und genießt die Todesangst in ihren Augen. Dreht den Kopf zum Bürgermeister. Der starrt ihn ausdruckslos an. Der Scheißkerl würde seine Geliebte also für das Gold sterben lassen.

Dörfler schwenkt die Waffe.

Auf die Frau vom Bürgermeister. Sie fängt augenblicklich an zu heulen und drückt ihre beiden Bälger an sich. „Bitte nicht! Bitte nicht!"

Dörfler lächelt den Bürgermeister an und macht zwei Schritte nach vorn. Drückt die Mündung der Pistole seinem jüngsten Sohn auf die Stirn. Ein dunkler Fleck breitet sich im Schritt des Bengels aus, als er sich in die Hosen pisst. Seine Mutter wimmert noch lauter, klingt wie ein Straßenköter, der es mit einer zusammengerollten Zeitung kriegt.

„Es ist auf dem Friedhof." Der Bürgermeister hat leise gesprochen, fast geflüstert.

Dörfler legt eine Hand an sein Ohr. „Bitte?"

Der Bürgermeister lässt die Schultern hängen und sein Gesicht ist zu Boden gerichtet, als er es wiederholt, diesmal lauter: „Auf dem Friedhof. Das Gold ist auf dem Friedhof."

KAPITEL 62

Der Grabstein ist verwittert. Moos klammert sich an den in den Stein gemeißelten Namen:

Elisabeth Hille 1892 – 1937

Dörfler hat den Schuppen am Rand des kleinen Friedhofs aufbrechen lassen, und Braun bahnt sich mit drei dreckverkrusteten Schaufeln seinen Weg durch die auf dem schmalen Weg herumstehenden Dorfbewohner. Sie haben die ganze Bagage auf den Friedhof getrieben. Sollte das Grab der guten alten Lisbeth leer sein, kann er mit dem Erschießen gleich weitermachen. Erspart den Landeiern hinterher sogar die Mühe, ihre Toten hier raufzuschleppen, da müssten sie ihm fast dankbar für sein.

Braun bleibt mit den Schaufeln stehen und sieht den Oberscharführer fragend an.

Dörfler zeigt auf den Bürgermeister und die beiden Männer, mit denen er und Sonja unten auf dem Platz verstohlene Blicke getauscht haben, das Hinkebein und der rothaarige Fettsack. Für einen Augenblick überlegt Dörfler, sich den Spaß zu machen und Sonja mitgraben zu lassen, aber er will nicht noch mehr Zeit vergeuden.

Braun drückt den drei Zivilisten die Schaufeln in die Hände, und Dörfler schnipst mit den Fingern. „Graben."

Der Bürgermeister und die beiden tauschen kurze Blicke, dann treten sie ans Grab und heben die Schaufeln. Im selben Moment erklingt in der Ferne das Heulen einer Sirene. Hektische Blicke unter den Dorfbewohnern. Angst.

Der Bürgermeister sieht zu Dörfler, die Hoffnung in den Augen, das Unvermeidliche hinauszögern zu können.

„Das ist der Fliegeralarm ...“
Dörfler verzieht keine Miene. „Graben.“

KAPITEL 63

Aus dem kalten Schatten des Waldrands heraus beobachtet Heinrich den kleinen Friedhof am Hang auf der anderen Seite des Tals. Im grauen Licht des wolkenverhangenen Morgens kann er die Dorfbewohner erkennen, an die hundert, viele Frauen und Kinder, flankiert von bewaffneten SS-Männern. Die massige Gestalt des Oberscharführers steht neben dem Bürgermeister und zwei anderen Männern, die sich mit Schaufeln an einem Grab zu schaffen machen. Wahrscheinlich haben der Bürgermeister und die anderen dort das Gold der jüdischen Familie versteckt. Natürlich. So muss es sein. Es gibt keinen anderen Grund, warum sie unter den vorgehaltenen Waffen der SS ein Grab ausheben sollten.

Heinrich kneift die Augen zusammen. Von Elsa ist nichts zu sehen. Vom Obersturmbannführer auch nicht.

Wieso ist von Starnfeld nicht dabei, wenn seine Männer nach dem Gold suchen?

Heinrich zählt neben Dörfler noch weitere sieben Soldaten auf dem Friedhof. Wenn er sich nicht verrechnet, bestand die ganze Truppe zu Beginn aus fünfzehn Soldaten plus Dörfler und von Starnfeld. Vier Männer hat er auf Elsas Hof getötet. Der Pfarrer hat erzählt, Paule hätte zwei vom Kirchturm geworfen. Das heißt, drei Mann würden fehlen. Sind nicht auf dem Friedhof. Wo dann? Vielleicht sind sie von der Handgranate, die Heinrich bei seiner Flucht aus der Kirche fallen gelassen hat, verletzt oder getötet worden. Er weiß es nicht, hat sich beim Weglaufen nicht mehr umgedreht. Wie dem auch sei, es können nicht mehr als drei SS-Männer im Dorf zurückgeblieben sein. Mit von Starnfeld wären das vier Mann.

Vier Mann zu viel.

Heinrich schüttelt den Kopf. Sinnlose Zahlenspiele. Er ist zurückgekommen. Jetzt muss er es hinter sich bringen. Ganz egal, wie.

Heinrich saugt die frische Morgenluft noch einmal tief in seine Lungen und versucht, die bleierne Müdigkeit abzuschütteln, die sich immer wieder in seinen Körper und in seinen Geist schleicht. Jetzt wäre eine Pervitinpille nicht schlecht. An der Ostfront hatten sie sich damit tagelang auf den Beinen gehalten. Aber er hat keine Pillen. Er hat nur seinen Willen.

Er löst sich aus dem Unterholz und folgt einmal mehr dem Lauf des Bachs bis hinunter zum Ortsrand. Die Bäume entlang des Bachs schützen ihn einigermaßen vor Blicken von der anderen Talseite, aber ganz ausschließen, dass sie ihn entdecken, kann er nicht.

Er pausiert kurz, als er das erste Haus erreicht, dann eilt er weiter. Nimmt den Weg, den er zuvor mit Elsa gegangen ist. Die Straßen sind menschenleer. Er folgt dem schmalen Weg zwischen den Gärten und verharrt einen Moment, als er Irmgards Haus passiert. Wahrscheinlich wurden sie und der Pfarrer mit den anderen Einwohnern auf den Friedhof gebracht.

An der Kirche biegt er ab zum Dorfplatz. Auch der ist menschenleer.

Nicht ganz.

Ein verkrümmter Körper liegt am Boden, der Kopf in einer Blutlache, darüber kreisen Fliegen.

Der Pfarrer.

Heinrich starrt auf die Leiche. Fühlt nichts als Leere. Und hastet weiter.

KAPITEL 64

Elsa läuft auf und ab wie ein gefangenes Tier.

Immer wieder sieht sie zu von Starnfelds Leiche auf dem blutgetränkten Bett. Der Geruch des Bluts erfüllt das ganze Zimmer. Fliegen sind durchs offene Fenster hereingekommen und schwirren über dem Toten.

Sie hat einen Menschen ermordet. Grausam ermordet. Aber sie fühlt nichts. Gar nichts. Weder Genugtuung noch Scham.

Sie rüttelt zum wiederholten Mal an der Türklinke. Als würde die Tür sich auf einmal magisch öffnen. Doch das tut sie nicht.

Sie geht zum wiederholten Mal zum offenen Fenster und blickt hinaus. Das Zimmer ist im Dachgeschoss, das Dach fällt steil ab, die Schindeln sind glatt, nichts, an dem sie sich festhalten könnte, und bis zum Boden sind es mindestens zehn Meter. Sie würde sich die Knochen brechen. Vielleicht sogar das Genick. Das Zimmer ist ein Gefängnis, aus dem es kein Entrinnen gibt.

Hilflose Wut steigt in ihr auf und sie hämmert verzweifelt mit den Fäusten gegen den Fensterrahmen, heiße Tränen steigen ihr in die Augen.

„Elsa!“

Sie erstarrt. Blickt nach unten.

Da steht er auf der Straße und sieht zu ihr hoch.

Der Landser.

Heinrich.

KAPITEL 65

Der Gestank ist eindeutig.

Priems Armstumpf hat sich entzündet. Köhler hat alles getan, was er konnte. Hat den Stumpf gereinigt, desinfiziert und verbunden. Hat Priem seine letzten Schmerzmittel zu schlucken gegeben, aber das alles hat nichts genutzt. Priems Stirn glüht, Schweiß glitzert auf seiner Haut. Der Körper kämpft verzweifelt gegen die Infektion. Und Köhler kann nichts tun. Er weiß, dass Priem sterben wird. Ist nur noch eine Frage der Zeit.

Er geht zum Fenster und öffnet es. Lässt die kalte Aprilluft in die kleine Kammer hinter dem Schankraum strömen, wo sie Priem auf eine Matratze gebettet haben. Er atmet den Sauerstoff gierig ein, verdrängt den fauligen Geruch des entzündeten Fleischs aus seinen Nasenhöhlen.

Vor zwei Stunden hat Dörfler Köhler aus dem Schlaf gerissen. „Der Obersturmbannführer ist tot“, hat Dörfler gesagt und dabei breit gelächelt. „Ich habe jetzt das Kommando. Los, raus, wir treiben das Pack zusammen.“

Köhler schüttelte den Kopf. „Ich muss bei Priem bleiben.“

Dörfler starrte Priem an, der im Delirium irgendetwas murmelte. Die wulstige Lippe des Oberscharführers zuckte verächtlich. „Priem macht’s nicht mehr lange.“

Der kaltblütige Schweinehund.

„Solange er lebt, bleibe ich an seiner Seite“, sagte Köhler mit einer Entschlossenheit, die ihn selbst überraschte.

Dörflers kalte Augen durchbohrten Köhler und er bekam es mit der Angst zu tun. Sah, wie die große Hand des

Oberscharführers ihn packte und spürte den Schmerz, als er gegen die Wand gerammt wurde. Hörte, wie Dörfler zischte: „Solange ich das Kommando habe, tust du, was ich dir sage."

Aber dann zuckte Dörfler plötzlich gleichgültig mit den Schultern.

Und verließ wortlos die Kammer.

Priem stößt ein leises Stöhnen aus und Köhler dreht sich um. Priems Atem rasselt und der blutige Stumpf zuckt grotesk auf der schmutzigen Matratze, als suche er den fehlenden Teil seines Arms.

Ein Bier, denkt Köhler. Ich brauche ein Bier. Zwei. Drei. So viel, wie ich runterkriege.

Köhler öffnet die Tür der Kammer und tritt in den kleinen Flur. Zu seiner Linken führt die Treppe hoch in den ersten Stock. Schräg gegenüber ist die große Tür zum Schankraum. Köhler geht darauf zu, seine Hand legt sich auf die Klinke, da wird die Tür von innen geöffnet.

Ihm gegenüber steht der Landser.

Ist genauso überrascht wie Köhler.

Aber im Gegensatz zu Köhler ist er bewaffnet.

Die Maschinenpistole schwingt nach oben, die Mündung wenige Zentimeter vor Köhlers Brust.

Köhler wartet darauf, dass der Landser den Abzug drückt. Wartet auf den Schmerz, wenn die Geschosse seine Eingeweide zerreißen und den ohrenbetäubenden Lärm der Schüsse, der den Flur erfüllt, den Gestank des Kordits.

Nichts dergleichen geschieht. Stattdessen sagt der Landser: „Keinen Mucks, Mann. Wer ist noch hier?"

Seine Stimme ist heiser, kratzig. Köhler kann die feuerroten Furchen an seinem Hals sehen, die das Seil in seiner Haut hinterlassen hat.

„Niemand.“

Das harte, schmutzige, von scharfen Falten durchzogene Gesicht des Landsers starrt ihn misstrauisch an.

„Außer einem Verwundeten hinter mir in der Kammer“, sagt Köhler.

„Umdrehen.“

Köhler gehorcht. Das Herz rast in seiner Brust.

„Tür auf.“

Köhler stößt die Tür der Kammer nach innen. Gibt den Blick frei auf Priem und seinen Armstumpf.

„Das waren *Sie*“, sagt Köhler. „Er wird sterben.“

Der Landser erwidert nichts. Warum sollte er? Was erwartest du, Köhler? Dass der Mann sich schlecht fühlt? Reue zeigt? Du meine Güte, wir haben ihn aufgehängt.

Er spürt eine Bewegung hinter sich, dann explodiert der Schmerz wie ein Feuerwerkskörper in seinem Kopf, verteilt sich in alle Richtungen, eine schwarze Woge überrollt seine Gedanken und das Zimmer gerät ins Wanken.

Nein, *er* gerät ins Wanken.

Da ist der Boden.

Kommt auf ihn zu.

Und—

KAPITEL 66

Schweiß tropft von der Nasenspitze des Bürgermeisters.

Neben ihm schnauft Reinkober wie eine Dampfmaschine, auch sein Gesicht schweißüberströmt. Nur der dürre Wirtz schwitzt nicht. Sie schaufeln schweigend und der Bürgermeister spürt den Blick des Oberscharführers auf sich. Erdreich türmt sich neben dem Grab auf und es kann nicht mehr lange dauern, bis die Schaufelblätter auf Elisabeth Hilles Sarg treffen.

Jahrelang hat der Bürgermeister sich ausgemalt, was er nach dem Krieg mit seinem Anteil am Gold machen wird. Hat sich Tagträumen hingegeben, die ihm das Leben mit Brigittes ewigem Genörgel erträglich gemacht haben. Hat von einem Leben in Saus und Braus geträumt, mit Sonja, irgendwo, weit weg von diesem elenden Kaff.

Jetzt sind diese Träume geplatzt.

Die SS reißt sich das Gold unter den Nagel und sie können von Glück sagen, wenn sie mit dem Leben davonkommen. Der Bürgermeister ist sicher, dass Obersturmbannführer von Starnfeld tot ist. Wahrscheinlich ermordet von seinen eigenen Soldaten, die von der Gier nach dem Gold gepackt wurden, während er einer dieser armen Idioten war, die immer noch an den viel beschworenen Endsieg glaubten. Oberscharführer Dörfler ist ein eiskalter Mörder, ein dumpfer Barbar, der vor nichts zurückschreckt. Der Bürgermeister würde ihm sogar zutrauen, dass er das ganze Dorf ausradiert, nur damit nie jemand über das Gold der Juden reden kann.

Bleibt nur die Hoffnung, dass das nicht geschieht.

Dann stößt seine Schaufel auf Widerstand.

Der Sarg.

Er hält einen Moment inne. Sein Blick trifft sich mit den matten Augen von Wirtz und Reinkober. Die beiden haben genauso resigniert wie er.

„Weiter“, sagt der Obersturmbannführer. Seine Stimme ist ungeduldig und aufgeregt.

Zehn Minuten später haben sie den Sarg soweit freigelegt, dass sie den Deckel öffnen können. „Zurück“, befiehlt Dörfler.

Der Bürgermeister tritt nach hinten. Ein kalter Windstoß fegt über den Hang und er zittert in seiner schweißgetränkten Ortsgruppenführeruniform, die er noch überziehen konnte, bevor die SS-Männer ihn, Brigitte und die Kinder aus dem Haus gejagt hatten.

Dörfler schiebt Wirtz und Reinkober beiseite, dann stellt er sich breitbeinig über das geöffnete Grab und bückt sich. Seine Finger krallen sich unter den Rand des Sargdeckels und wuchten ihn in einer einzigen schnellen Bewegung nach oben.

Dreck.

Nicht als Dreck.

Es dauert ein paar Sekunden, bis das Gehirn des Bürgermeisters es registriert.

Keine Goldbarren.

Im Sarg sind keine Goldbarren.

Es ist weg.

Das Gold ist weg.

KAPITEL 67

Die Maschinenpistole im Anschlag, bewegt sich Heinrich die Treppe hoch in den ersten Stock. Widersteht dem Impuls, schneller zu gehen. Er glaubt nicht, dass der junge SS-Mann ihn angelogen hat, aber darauf will er sich nicht verlassen. Die Bodendielen knarren unter seinen Stiefeln, als er den Treppenabsatz erreicht. Das Zimmer, in dessen Fenster er Elsa gesehen hat, muss zu seiner Rechten sein. Da sind drei Türen, wahrscheinlich alles Gästezimmer. Elsa muss im letzten Zimmer sein, trotzdem überprüft er auch die beiden anderen und schwenkt die Mündung der Maschinenpistole durch die Räume. Beide leer.

Dann steht er vor der letzten Tür. „Elsa?"

„Heinrich!"

Er legt die Maschinenpistole am Boden ab und nimmt den Karabiner vom Rücken. Packt die Waffe fest mit beiden Händen und hämmert den Kolben dann mit aller Kraft gegen das Schloss. Schmerz schießt durch seine Finger bis in seine Oberarme.

Heinrich hält inne. Lauscht. Keine Schritte, keine aufgeregten Stimmen.

Er rammt den Gewehrkolben wieder gegen das Schloss. Nach dem sechsten Schlag beginnt das Holz zu splittern. Nach dem vierzehnten Schlag springt die Tür endlich aus dem Rahmen und schwingt nach innen auf.

Da steht Elsa.

Einen Moment sehen die beiden sich wortlos in die Augen, dann schlingt sie die Arme um ihn und drückt sich an seine Brust. Er presst sie fest an sich, gräbt sein Gesicht in ihr Haar.

Dann sieht er über ihre Schulter und entdeckt den toten von Starnfeld in einer enormen Blutlache.

Sie löst sich von ihm. Sieht zur Leiche. „Ich hab ihn getötet."

Ja, denkt Heinrich. Und wie du ihn getötet hast. Der Obersturmbannführer ist förmlich ausgeblutet.

Sie erkennt die Frage in seinen Augen und schüttelt den Kopf. „Er hat mir nichts getan. Ich glaube, er hat mich für eine andere Frau gehalten. Eine, die er geliebt hat. Und dann ermordet. Ich weiß es nicht. Ich glaube, er war verrückt."

Heinrich nickt. „Das glaube ich auch."

„Der Oberscharführer hat sich gefreut, dass ich ihn getötet hab."

Das überrascht Heinrich nicht. Einer wie Dörfler kocht sein eigenes Süppchen. Der ist zu schlau, um an Durchhalteparolen zu glauben. Der denkt nur an sein eigenes Überleben. An ein Leben nach dem Krieg. An ein Leben mit dem Gold der Juden.

„Ich hab gehofft, dass du ihnen entwischt bist", sagt Elsa. „Dass du auf dem Weg nach Hause bist."

„Das war ich. Ein Frau hat mich in ihrem Haus versteckt. Der Pfarrer war auch dort."

Sie lächelt. „Irmgard Heumann."

„Kennst du sie?"

„Flüchtig. Aber ich hab sie und den Pfarrer mal im Wald gesehen. Sie haben Händchen gehalten und sich geküsst. Irmgard hat ihren Mann und ihre Söhne im Krieg verloren."

„Ich bin bis Mitternacht in ihrem Haus geblieben, dann bin ich los. Ich wusste nicht, ob du noch lebst. Ich wusste nicht—"

Sie legt einen Finger auf seine Lippen. „Du musst mir nichts erklären. Du bist mir nichts schuldig." Sie küsst ihn sanft auf die Lippen. „Danke, dass du trotzdem zurückgekommen bist."

Er nimmt sie in die Arme und drückt sie wieder an sich. Er spürt, wie ihr schmaler Körper zu beben beginnt. Sie weint leise.

„Paule ist tot. Ich hab niemanden mehr."

„Du hast mich."

Sie hebt den Kopf. „Nimmst du mich mit? Nach Haus? Zu deinem Kind?"

Er sieht sie an und lächelt.

Nickt und greift nach ihrer Hand. „Gehen wir."

KAPITEL 68

Sie starren auf den mit Erdreich gefüllten Sarg.

Dörfler hat hektisch mit der Schaufel drin herumgestochert, aber das ändert nichts.

Das Gold ist weg.

Der Bürgermeister stammelt: „Das kann nicht sein! Das kann nicht sein! Es war hier! Wirklich!"

Er sieht zu Wirtz und Reinkober. Haben die Dreckskerle etwa—?!

Nein, die beiden sind genauso schockiert wie er.

Sonja? Die gottverdammte Sonja?

Der Kopf des Bürgermeisters ruckt herum, sucht ihren Blick. Aber nicht mal Sonja könnte Schock und Überraschung so gut spielen, wie sie sich auf ihrem pausbäckigen Gesicht abzeichnen.

Jemand anderes wusste, dass das Gold in Elisabeth Hilles Sarg lag. Und hat es sich heimlich geholt.

Aber wer?

Der Bürgermeister ist so sehr mit dieser Frage beschäftigt, dass er den Oberscharführer für einen Moment vergessen hat. Jetzt wirft Dörfler die Schaufel mit einem wütenden Schnaufen zur Seite. Reißt die Walther aus dem Halfter und ein Schuss zerreißt die Stille. Blut und Hirnmasse spritzen durch die kalte Luft, dann kippt Reinkobers fetter Körper wie ein gefällter Baum in das offene Grab.

Dörfler schwenkt die Waffe wieder auf Brigitte und die Söhne des Bürgermeisters, visiert die Stirn von Micha an.

Die Stimme des Bürgermeisters überschlägt sich, er reißt hektisch die Arme hoch: „Es war hier drin! Genau hier!

Hier haben wir's vergraben! Bitte! Ich lüge Sie nicht an! Es war hier drin! Bitte! Es war hier drin! Sie müssen mir glauben! Es war hier drin!"

Aber er sieht, dass seine Worte vergebens sind. Der Oberscharführer wird abdrücken. Er wird seine Kinder erschießen. Er wird Brigitte erschießen. Wirtz und Sonja. Sie alle.

Und irgendwo sitzt irgendwer mit dem Gold der Juden und lacht.

Lacht laut und dreckig und höhnisch.

In diesem Moment bricht über ihnen der Himmel auf.

Die Wolken schieben sich auseinander.

Blauer Himmel.

Sonnenstrahlen.

Und zwei Flugzeuge, die aus der Lücke zwischen den Wolken schießen, als hätten sie nur drauf gewartet, dass ihnen jemand die Tür öffnet.

KAPITEL 69

Dörfler sieht sie auch.

Zwei amerikanische Mustang Jagdflieger.

Sie stoßen wie blutgierige Moskitos vom Himmel herab und schießen genau auf sie zu. Fliegen tief genug, dass die Piloten die SS-Uniformen erkennen können. Sie sind leichte Beute für die Flieger. Die Amis rasen über sie hinweg, dann legen sie sich in eine enge Kurve, die eine Maschine nach links, die andere nach rechts.

Dörfler hört Braun schreien: „Die kommen zurück!"

Dörfler lässt die Waffe sinken und wirbelt herum, seine freie Hand schießt vor und packt den Bürgermeister am Kragen seiner Jacke. Er sieht zu Braun. „Seine Frau!"

Braun greift sich die Frau des Bürgermeisters und sie rennen los. Einige der Dorfbewohner bleiben für einen Moment irritiert stehen, aber dann bricht Panik aus und Sekunden später sind alle in Bewegung.

Die amerikanischen Flieger haben ihre Kehrtwendung beendet und rasen jetzt über die Hausdächer direkt auf die vom Friedhof fliehende Menschenmasse zu.

KAPITEL 70

Heinrich und Elsa haben gerade das Wirtshaus verlassen, als das Röhren der Tiefflieger die Luft erfüllt. Sekunden später schießen ihre Schatten mit ohrenbetäubendem Lärm über die Hausdächer hinweg.

Angst flackert in Elsas Augen.

Er drückt ihre Hand. „Wir bleiben dicht an den Hauswänden."

Er hastet los und zieht sie hinter sich her.

KAPITEL 71

Alles rennt.

Es sind knapp zweihundert Meter freie, schutzlose Fläche zwischen dem Friedhof und den ersten Häusern.

Der Bürgermeister strauchelt und stürzt, reißt Dörfler beinahe mit sich zu Boden. Dörfler flucht, zerrt den Mann wieder auf die Beine. Sie rennen weiter.

Die Motoren der Flieger sind jetzt brüllend laut. Dörfler sieht sie kommen, kann die Umrisse der Piloten hinter den Cockpitscheiben erkennen und die Mündungen der Browning-Bord-MG.

Dörfler ist klar, dass er es nicht mehr bis zu den Häusern schaffen wird. Er wirft sich zu Boden und zerrt den Bürgermeister mit sich. Sie landen hart im Dreck und fast im selben Moment erfüllt das Wummern der beiden MG die Luft.

12,7 mm-Geschosse durchpflügen den Boden, Dreckfontänen spritzen in die Höhe und dann gellen schreckliche Schreie, als die Salven der Flieger eine tödliche Schneise in die flüchtenden Menschen reißen.

Dörfler gräbt sein Gesicht in den feuchten Rasen und Sekunden später sind die Bordkanonen wieder verstummt.

Er springt auf und dreht sich um. Die Flieger sind über sie hinweg, aber die nächste Kehrtwendung kommt bestimmt.

Überall auf der Wiese verteilt liegen verkrümmte menschliche Körper. Verletzte winden sich stöhnend am Boden. Andere weinen und schluchzen.

Dörfler sieht zwei von seinen Männern, dem einen hat

ein Geschoss den Kopf weggerissen, der andere hat mehrere große Löcher in der Brust und seinen Augen blicken starr in den jetzt fast ganz blauen Himmel. Der Gestank von Blut und Fäkalien steigt Dörfler in die Nase, ein vertrauter Geruch, trotzdem keiner, an den man sich je gewöhnt.

Er hört den auf den Knien hockenden Bürgermeister nach Luft schnappen und folgt seinem Blick. Da liegt der dürre Kerl mit dem Hinkebein, der mit dem der Bürgermeister und dem anderen das Grab ausgehoben hat. Sein Bauch ist von den großkalibrigen Geschossen der amerikanischen MG aufgerissen. Dampfende Eingeweide hängen heraus wie Würste von der Wand eines Metzgers. Der Bürgermeister fängt an zu würgen, dann erbricht er sich. Hinter ihm hält eine Frau den leblosen, blutüberströmten Körper eines jungen Mädchens in den Armen und wiederholt immer und immer wieder dieselben Worte: „Wir sind doch Zivilisten."

Willkommen im Krieg, du dämliches Stück, denkt Dörfler, dann packt er den Bürgermeister im Nacken und zerrt ihn auf die Beine, denn die amerikanischen Flieger haben ihre nächste Kehrtwendung beendet und kommen zurück. Blutrünstige Scheißkerle.

Einige SS-Männer haben es in die Deckung der Häuser geschafft und eröffnen jetzt das Feuer auf die beiden Mustangs. Doch die Amerikaner ändern plötzlich ihren Kurs, lassen von den Menschen auf dem Hang ab und steuern stattdessen das Dorf an.

Dörfler runzelt die Stirn.

Dann dämmert es ihm.

Ihre Fahrzeuge auf dem Dorfplatz.

KAPITEL 72

Heinrich hört das grausame Wummern der Bordkanonen.

Malt sich aus, wie ein großkalibriges Geschoss die Boxervisage des Oberscharführers in blutigen Brei verwandelt.

Sie rennen schweigend die menschenleere Straße hinab. Die Bordkanonen verstummen wieder und die Motoren der Jagdflieger werden leiser.

Sie erreichen den Dorfplatz. Sie müssen ihn überqueren, bleiben dabei aber so dicht wie möglich am Rand, um sich auf dem freien Platz nicht als Zielscheibe zu präsentieren.

Das Heulen der Flieger wird wieder lauter und kommt in ihre Richtung. Heinrich wird klar dass sie den Kurs gewechselt haben. Sein Blick fällt auf den Lastwagen der SS und mit einem Schlag wird ihm klar, dass der Dorfplatz zum Ziel der zweiten Attacke geworden ist. Fast im selben Moment sind die Mustangs heran, das Rattern der Bordgeschütze wird als tausendfaches Echo von den Hauswänden zurückgeworfen. Eine Geschossspur fegt jaulend über den Dorfplatz, reißt Stücke aus den Pflastersteinen und trifft schließlich den Lastwagen.

Heinrich weiß nicht, was es ist, was die Explosion verursacht, vielleicht ein Funke, der die Benzinkanister entzündet, vielleicht verstaute Munition. Ein Feuerball schießt in die Luft und die Druckwelle der Explosion reißt Heinrich und Elsa von den Füßen. Er landet auf der Seite, rollt sich auf den Bauch und zieht Elsa an sich, wirft einen Arm über ihre Schultern und drückt ihr Gesicht zu Boden.

Die Flieger sind so schnell wieder weg, wie sie gekommen sind, und ihre Motoren werden leiser.

Heinrich hebt den Kopf, seine Ohren klingeln. Vor ihnen steht das zerfetzte Wrack des Lastwagens lichterloh in Flammen. Brennende und schwelende Trümmerteile sind überall auf dem Platz verteilt. Das Motorrad mit dem Beiwagen wurde auf die Seite geschleudert und einer der Reifen hat ebenfalls Feuer gefangen. Der Kübelwagen, der ein paar Meter weiter steht, scheint unversehrt.

Heinrich sieht zu Elsa, die den Kopf hebt. Ihre Augen sind weit aufgerissen, ihr Mund steht offen. „Bist du verletzt?"

Wahrscheinlich sind ihre Ohren von der Explosion noch genauso betäubt wie seine, aber sie kann es von seinen Lippen ablesen und schüttelt wortlos den Kopf.

Gut, denkt Heinrich. Weiter.

Nichts wie weg.

Er will sich aufrichten, aber sein rechtes Bein gibt nach und er landet wieder hart am Boden. Ausgerutscht, denkt er, aber dann bemerkt er, dass Elsa mit offenem Mund auf sein Bein starrt. Er sieht an sich hinab.

Da ragt ein etwa zwanzig Zentimeter langes Stück Metall aus seinem Oberschenkel. Blut pulsiert in großen Mengen aus der Wunde.

„Scheiße ..."

Dann durchbricht der Schmerz die schützende Wand aus Adrenalin und Heinrich stöhnt laut auf, sein Gesicht verzerrt sich, er schließt die Augen und hämmert wütend eine Hand auf den Boden.

Elsa starrt kreidebleich auf die grässliche Wunde und stottert: „Abbinden. Dein Gürtel ..."

Heinrich hat genug Wunden gesehen, um zu wissen, dass er mit dieser keinen einzigen Schritt mehr machen wird.

Es ist vorbei.

Er wird nicht nach Hause kommen.

Er wird seine Tochter nicht wiedersehen.

Die Erkenntnis löst eine überraschende Ruhe in ihm aus. Er greift mit zitternden Fingern in seine Feldjacke und holt das abgegriffene Lederetui mit dem Bild seiner Familie heraus. Zieht das knittrige Foto unter der Schutzfolie hervor.

„Die kleine Blonde, das ist Karin. Sie ist bei unseren Nachbarn, den Glotzbachs. Grete Glotzbach und ihr Mann Erwin. Die Adresse ist Alleestraße 71, Stadtteil Altenhagen."

Elsa starrt ihn an.

Er hält ihr das Foto hin. „Finde mein Kind. Kümmere dich um sie."

„Heinrich ..."

Tränen steigen ihm in die Augen und er packt ihren Unterarm, drückt so fest zu, dass er den Schmerz in ihrem Gesicht sieht. „Ich komm hier nicht mehr weg! Nicht mit dem Bein!"

Sie schüttelt den Kopf und fängt an zu weinen. „Nein!"

Er zieht ihr Gesicht an sich heran, drückt seine Stirn gegen die ihre. „Doch, Elsa." Tränen laufen über sein Gesicht und tropfen von seinem Kinn. „Bitte. Sag ihr, dass ihr Vater sie über alles geliebt hat. Sag ihr das. Sag ihr, dass ich alles versucht habe, um zurück zu ihr nach Haus zu kommen." Er schiebt das Foto zwischen Elsas Finger. „Bitte. Das ist die einzige Möglichkeit, wie du mir helfen kannst. Geh jetzt. Geh, bevor sie kommen!"

Sie wischt sich Tränen aus dem Gesicht und Rotz von der Nase.

„Bitte, Elsa. Bitte!"

Schließlich nickt sie. Küsst ihn auf die Lippen. Und richtet sich langsam auf. Steht auf schwankenden Beinen, das Foto von Heinrichs Familie zwischen ihren Fingern. „Deine Tochter heißt Karin. Die Nachbarn Grete und Erwin Glotzbach. Alleestraße 71, Stadtteil Altenhagen."

Heinrich weint und lacht und nickt gleichzeitig. „Geh jetzt—"

Dann erklingt eine Stimme, eine raue, männliche Stimme, die er nicht oft gehört hat, aber oft genug, um sie niemals zu vergessen.

„Na, jetzt leck mich doch einer am Arsch."

Elsa erstarrt.

Heinrich dreht schwerfällig den Kopf.

Der Oberscharführer stößt einen Mann in der braunen Uniform eines Ortsgruppenleiters vor sich her. Ein anderer SS-Mann hält eine verhärmte, dürre Frau am dünnen Arm gepackt. Fünf weitere SS-Soldaten folgen. Alle starren Heinrich ungläubig an.

Der Oberscharführer stößt den Ortsgruppenleiter in die Arme seiner Leute, dann geht er neben Heinrich in die Hocke und lächelt ihn an. „Bist ein harter Hund, Landser, das muss man dir lassen." Er salutiert spöttisch. „Zicke-Zacke, jupheidie, das ist die deutsche Infanterie."

Er berührt das Ohr, von dem Heinrich ihm ein Stück weggeschossen hat, dann fällt sein Blick auf Heinrichs Bein, unter dem die Blutlache immer größer wird. „Das sieht nicht gut aus. Ich würde sagen, du verblutest."

Sagt es mit Genugtuung.

Blickt zu Elsa.

„Hallo, Schätzchen. Schön dich wiederzusehen."

Dann dämmert ihm etwas und er sieht wieder zu Heinrich. „Du meine Güte, wie rührend. Bist du etwa wegen ihr zurückgekommen, Landser?" Er stößt ein raues Lachen aus und richtet sich wieder auf. Wendet sich dem Ortsgruppenleiter zu, der ihn angsterfüllt anstarrt. Und rammt ihm ohne Vorwarnung den Lauf der Maschinenpistole in den Magen. Der Mann bricht röchelnd in die Knie.

Dann reißt Dörfler die verhärmte Frau aus dem Griff des anderen Soldaten und zwingt sie in die Knie. Drückt ihr den Lauf der Maschinenpistole in den Nacken. „Zum letzten Mal. Wo ist das Gold?“ Die Frau zu seinen Füßen wimmert hysterisch.

Der Ortsgruppenleiter schüttelt verzweifelt den Kopf und spricht mit leiser Stimme: „Es war wirklich im Grab. Ich lüge Sie nicht an. Irgendjemand hat das Gold genommen. Irgendjemand hat es rausgeholt! Aber es war im Grab, das schwöre ich!“

Heinrich kapiert, dass der Ortsgruppenleiter der Bürgermeister sein muss, von dem ihm Irmgard und der Pfarrer erzählt haben. Schmerz und Blutverlust vernebeln seine Gedanken, aber plötzlich erkennt er eine einzige letzte Chance, wenigstens Elsa zu retten. Durch die schwarzen Flecken, die vor seinen Augen tanzen, sieht er, wie der Finger des Oberscharführers sich um den Abzug der Maschinenpistole krümmt, und er will die Worte hinausschreien, aber tatsächlich kommen sie nur noch ganz leise und schwach über seine Lippen: „Ich hab das Gold der Juden.“

Alle Blicke richten sich auf Heinrich.

„Hab’s aus dem Grab geholt“, sagt er mit brüchiger Stimme.

Dörfler runzelt die Stirn. Lässt ganz langsam die Maschinenpistole sinken und wendet sich Heinrich zu. „Was weißt *du* von dem Gold?“

Heinrich kämpft sich stöhnend auf die Ellenbogen. Er sieht hinüber zur Leiche des Pfarrers, die noch immer vor der Kirche liegt. „Von ihm. Er wusste, dass die es in dem Grab versteckt haben. Ich hab's letzte Nacht rausgeholt."

Der Bürgermeister starrt Heinrich mit einer Mischung aus Ungläubigkeit und Erleichterung an. Dann sieht er zu Dörfler. „Sehen Sie. Ich hab die Wahrheit gesagt. Hab die Wahrheit gesagt."

Dörfler ignoriert ihn und geht wieder neben Heinrich in die Knie. „*Wo* ist es?"

Heinrich schafft es, zu lächeln. „Lass das Mädchen gehen. Dann sag ich's dir."

Dörfler sieht zu Elsa, dann zurück zu Heinrich. „Wie wär's damit: Ich knall sie ab, wenn du mir nicht sagst, wo das Gold ist."

Heinrich spürt, wie die Ohnmacht versucht, von ihm Besitz zu ergreifen, eine schwarze Woge schwappt über seinen Verstand.

Nein. Nicht jetzt, noch nicht.

Seine rechte Hand schießt hoch und krallt sich in die Uniform des Oberscharführers. Der Hüne zuckt nicht mal zusammen. Heinrich beugt sich vor und seine Stimme ist nicht mehr als ein Flüstern: „Dann stirbt sie. Und ich sterbe. Und du erfährst nie, wo das Scheißgold ist."

Dörfler starrt ihn an. Schnauft. Hinter seiner massiven Stirn arbeitet es. Dann sieht er zu Elsa. „Verpiss dich."

Elsa zögert, ihr Blick sucht Heinrichs. Sie wischt sich Tränen aus dem Gesicht.

Oh, Gott, denkt Heinrich, bitte geh doch, gottverdammt, geh.

Es erscheint ihm wie eine Ewigkeit, bevor sie sich endlich abwendet und in Bewegung setzt.

Heinrich sieht ihr nach. Sie beschleunigt ihre Schritte und schließlich verschwindet sie im Schatten zwischen der

Kirche und dem angrenzenden Gebäude, ohne sich noch einmal nach ihm umzudrehen.

Heinrich lässt sich hinten fallen. Liegt auf dem Rücken und starrt zum Himmel, an dem sich die letzten Wolken aufgelöst haben. Er ist strahlend blau. Die Sonne ist im Osten hoch über das Tal gestiegen und die roten Ziegeldächer der Häuser leuchten im warmen Licht. Heinrich hört das Knistern der Flammen, die aus dem brennenden Wrack des Lastwagens züngeln. Er spürt das Blut aus seiner Beinwunde sickern, spürt, wie die Lebensenergie aus seinem Körper fließt und mit ihr Gott sei dank auch die Schmerzen nachlassen.

Dörflers Schatten fällt über ihn. „Ich höre, Landser."

Heinrich lächelt.

Schließt die Augen.

Und heißt die Dunkelheit willkommen.

Hört noch von weit entfernt die sich überschlagende Stimme des Oberscharführers: „Köhler. Wir brauchen Köhler. Bewegt euch, ihr Arschlöcher, der stirbt uns weg. Holt Köhler!"

Dann nichts mehr.

KAPITEL 73

Jesus hängt am Kreuz und sieht Köhler bei der Arbeit zu.

Sie haben den Landser in die Kirche geschleppt und auf den Altar gelegt. Köhler hat getan, was er konnte, obwohl sein Schädel unter den unerträglichen Kopfschmerzen zu zerspringen droht. Hat den Splitter aus dem Bein des Landsers gezogen, hat die Wunde gereinigt und verbunden. Das ist ihm trotz seines eigenen Zustands sogar einigermaßen gelungen.

„Wenn der Landser verreckt, Köhler, mach ich dich kalt." Dörflers Stimme. Schlimmer als der wütend hämmernde Kopfschmerz.

Als er aus der Ohnmacht erwachte, in die ihn der Landser mit einem Schlag der Maschinenpistole versetzt hatte, kämpfte Köhler sich auf die Knie und kotzte. Dann sah er die beiden grünen Scheißhausfliegen auf Priems Armstumpf sitzen. Sah eine dritte Scheißhausfliege aus Priems leicht geöffnetem Mund krabbeln.

Priem war tot.

Seinen höllischen Kopfschmerzen zum Trotz hatte Köhler sich in den Schankraum geschleppt und sich hinter dem Tresen ein Bier gezapft. Er trank es, kotzte wieder und füllte das Glas neu auf. Hörte draußen das Röhren der Tiefflieger und das Wummern ihrer Bordkanonen. Ignorierte es. Trank weiter. Er war betrunken, als Braun in den Schankraum stürmte und ihn anschrie, er solle sofort mitkommen.

Dass er dann ausgerechnet den Landser vorm Verbluten bewahren sollte, fand Köhler so komisch, dass er laut lachte. Dörfler ohrfeigte ihn und schrie ihn an, er solle sich gefälligst zusammenreißen.

Köhler packt sein weniges Verbandsmaterial in die lederne Erste-Hilfe-Tasche, als die Augenlider des Landsers zu flattern beginnen.

Braun ruft aufgeregt: „Er kommt zu sich."

Dörfler, der auf einer Kirchenbank sitzt, springt auf und eilt zum Altar. Beugt sich über den Landser, so dicht, dass sich ihre Nasen fast berühren. „Wo ist das Gold, Landser? Wo ist es?"

Die Augen des Landsers öffnen sich. Er blinzelt benommen.

„Wo ist das Gold, Landser?", wiederholt Dörfler.

Der Landser sieht dem Oberscharführer in die Augen. Seine Stimme ist leise: „Ich weiß es nicht."

Lächelt ein höhnisches Lächeln, als er das sagt.

Dörfler packt seine Uniformjacke und zerrt ihn nach oben, schüttelt ihn wüst und schreit ihm ins Gesicht: „Was redest du? Das Gold, du Arschloch. Wo ist das Gold?!"

Köhler sieht, wie die Augen des Landsers wieder zufallen und sein Körper in Dörflers Griff erschlafft. Er greift nach dem Arm des Oberscharführers. „Dörfler!"

Der Oberscharführer lässt die Jacke des Landsers los und dessen Körper sackt schlaff zurück auf den Altar.

Köhler schiebt Dörfler beiseite. „Wenn du so weiter machst, wird er sterben."

Dörfler schnauft aufgebracht, sein Gesicht ist rot. „Der Scheißkerl."

„Er hat höllische Schmerzen", sagt Köhler. „Er redet wirres Zeug. Du musst ihm Zeit geben."

„Scheiß auf Zeit. Tu was gegen seine Schmerzen!"

Köhler schüttelt den Kopf. „Hab nichts mehr, was ich

ihm geben könnte."

Dörfler flucht. Er sieht zu den beiden SS-Soldaten, die auf den Kirchenbänken herumlungern. „Ruft mich, wenn er wieder zu sich kommt." Er marschiert zum Ausgang und Braun folgt ihm.

Köhler sieht auf den bewusstlosen Landser hinab. Der Mann ist ein Deserteur. Ein Vaterlandsverräter. Er hat Köhlers Kameraden getötet. Priem ist wegen ihm elendig verreckt. Er hat Köhler fast den Schädel eingeschlagen.

Und trotzdem kommt Köhler nicht umhin, ihn zu bewundern.

KAPITEL 74

Irmgard setzt das Glas an ihre Lippen und leert es in einem Zug.

Der Schnaps brennt heiß in ihrer Kehle und ihrem Magen und sie kneift die Augen zusammen. Sie füllt das Glas wieder auf. Noch einen.

Die SS-Männer haben sie einfach achtlos auf dem Dorfplatz zurückgelassen, nachdem der Bürgermeister ausgespuckt hatte, wo das Gold ist, und alle anderen zum Friedhof getrieben. Irmgard blieb eine Weile neben der Leiche des Pfarrers hocken, bis ihre Tränen versiegten. Dann stand sie auf und wollte nach Hause gehen. Aber ihren Beinen fehlte die Kraft. Sie schleppte sich in die Kirche und ließ sich auf eine Bank sinken. Streckte die Beine aus. Schloss die Augen und fiel in einen tiefen, körperlich und seelisch erschöpften Schlaf.

Erst der Lärm der Tiefflieger und die Explosion des Lastwagens hatten sie wieder geweckt und durch die halb offene Kirchentür sah sie den Landser und Elsa.

Der Landser war zuruckgekommen.

Für Elsa.

Um das Mädchen aus den Fängen der SS befreien.

Ganz offensichtlich war ihm das auch gelungen.

Aber jetzt war er verletzt. Etwas ragte blutig aus seinem Oberschenkel und Irmgard wollte hinaus, den beiden helfen, da erschienen die SS-Leute, den Bürgermeister und seine Frau im Schlepptau. Irmgard konnte nur Wortfetzen verstehen, aber es schien immer noch um das Gold zu gehen. Es war nicht auf dem Friedhof, wie der Bürgermeister behauptet hatte. Dann sah Irmgard zu ihrer Überraschung, wie die SS-Männer Elsa einfach gehen ließen. Und als der Landser leblos zusammensackte schleppten die Soldaten ihn in die Kirche. Irmgard huschte unbemerkt aus der Hintertür. Sie beobachtete von dort, wie sie den Landser verarzteten und von ihm wissen wollten, wo das Gold ist. Aber er verlor wieder das Bewusstsein.

Inzwischen ist es draußen dunkel geworden. Irmgard ist in ihr Haus zurückgekehrt. Sie ist angetrunken. Ein Teil von ihr würde sich am liebsten in ihrem Bett verkriechen, die Augen schließen und die ganze, grausame Realität einfach vergessen. Der andere Teil dagegen ist voller Wut und Hass auf die SS-Männer. Sie haben ihr den Mann genommen, den sie geliebt hat – ja, sie hat den Pfarrer geliebt und das wurde ihr erst bewusst, als sie neben seinem Leichnam kniete.

Jetzt ist es nur eine Frage der Zeit, bis sie den Landser töten, einen Mann, der einfach nur nach Hause will zu seinem Kind.

Das kann sie nicht zulassen.

Das wird sie nicht zulassen.

Sie schiebt ihren Stuhl zurück und steht auf. Einen kurzen Moment ist ihr schwindelig und sie hält sich mit den Händen an der Tischkante fest. Als der Schwindel nachlässt, geht sie in den Keller. Die Truhe, die sie öffnet, enthält die alten Habseligkeiten ihres Mannes aus dem ersten Weltkrieg. Seine Uniform, säuberlich gefaltet und in Zeitungspapier gewickelt, die geputzten Stiefel, eine mit Samt ausgeschlagene Schachtel mit zwei polierten Orden – und ein ziegelsteingroßes Stoffbündel.

Sie holt das Stoffbündel aus der Truhe und trägt es nach oben.

Faltet es auf dem Küchentisch auseinander.

Vor ihr liegt eine Mauser C96.

Die Pistole glänzt. Sie ist gereinigt und geladen.

Irmgard hat noch nie in ihrem Leben eine Pistole in der Hand gehalten. Geschweige denn damit geschossen.

Aber das hält sie nicht ab.

KAPITEL 75

„Du hättest mich getötet, du Dreckskerl.“ Sonja schließt das Kleid über ihren enormen Titten, während Dörfler schnaufend seine Hose hochzieht. Durch das offene Fenster ist das dumpfe Grollen der Front zu hören.

„Natürlich“, sagt er. „Du wusstest, dass das Gold im Grab ist. Du hast mich angelogen.“

„Ich wusste nicht, ob ich dir trauen kann.“

„Du kannst mir nicht trauen.“

Sie dreht sich zu ihm um. Bläst sich eine blonde Haarsträhne aus dem Gesicht. „Du bist ein Hurensohn.“

Er nickt. „Und ob.“

Sie geht zur Spüle und hält ein sauberes Handtuch unter fließendes Wasser, dann rafft sie ihr Kleid nach oben und wischt mit dem nassen Tuch zwischen ihren Beinen herum.

Dörfler beobachtet sie.

Er ist nach der Kirche direkt zu ihrem Haus gegangen. Musste sich abreagieren. Das verdammte Pack führte ihn an der Nase herum und er hatte die Schnauze voll. Gestrichen voll. Eigentlich hatte er vorgehabt, Sonja eine Salve aus der Maschinenpistole in den Bauch zu jagen und zuzusehen, wie sie zu seinen Füßen langsam verreckt, aber als sie die Haustür öffnete und da so vor ihm stand, drall, mit diesen dicken Titten und den vollen Lippen, da hatte er es sich noch mal anders überlegt. Er knallte ihr eine, einmal, zweimal, dreimal. Ihr Kopf flog hin und her, ihr blondes Haar flatterte und ihre Unterlippe platzte auf und fing an zu bluten. Aber sie heulte nicht. Im Gegenteil. Sie leckte sich mit der Zunge das Blut von den Lippen und sah ihn aus ihren blauen Augen herausfordernd und trotzig an. Das imponierte ihm. Er ließ sie noch mal seine Handfläche im Gesicht spüren, dann stieß er sie grob gegen den Küchentisch und sie spreizte bereitwillig die Beine.

Jetzt dreht sie sich vor der Spüle wieder zu ihm. „Wenn du hier weggehst … Nimmst du mich trotzdem mit?“

Dörfler ist selbst überrascht, als er sich sagen hört: „Ja. Ich nehm dich mit.“

Überrascht, weil es keine Lüge ist.

KAPITEL 76

„Bald hast du es geschafft. Bald bist du bei uns."

Heinrich öffnet die Augen. Weiß nicht, wo er ist. Weiß nur, wer da spricht. Er dreht den Kopf.

Elisabeth sitzt auf einer Kirchenbank. Elisabeth mit ihrem verbrannten Gesicht und ihrem fehlenden linken Unterarm, den herabhängenden, verbrannten Hautfetzen.

Neben ihr sitzt Edith, die Schädeldecke zertrümmert, den braunen Teddybär mit beiden Händen an sich gedrückt.

Seine Tochter streckt die kleine Hand nach ihm aus. *„Komm zu uns, Papa. Wir vermissen dich."*

Hitze steigt in Heinrichs Augen und dann rinnen warme Tränen seine Wangen hinab.

Elisabeth lächelt und eine Brandblase platzt dabei in ihrem Gesicht. *„Ich liebe dich, Heinrich."*

Heinrich sieht Flüssigkeit aus der geplatzten Blase über ihre Wange laufen. Er will etwas erwidern, aber es kommt nur ein Stöhnen über seine Lippen. Die Tränen nehmen ihm die Sicht und die Gestalten von Elisabeth und Edith verschwimmen ...

„Ich glaub, der kommt zu sich."

Heinrich schließt die Augen und öffnet sie wieder.

Sieht statt Elisabeth und Edith zwei SS-Soldaten auf der Kirchenbank sitzen.

Die Kirche.

Er ist in der Kirche und liegt auf dem Altar. Er schielt an seinem Körper hinab. Sieht, dass der Metallsplitter verschwunden und sein Bein bandagiert ist.

Der Schmerz pocht dumpf in seinem Oberschenkel, reiht sich ein ins Glied der anderen Schmerzen, die wie eine Kompanie Soldaten in seinem Körper auf- und abmarschieren.

Der Schmerz ist der Beweis.

Er lebt.

Immer noch.

Natürlich.

Sie glauben, du hast das Gold. Deswegen haben sie dich verarztet.

Hoffnung durchflutet ihn wie warmer Sonnenschein. Das Schicksal hat dir eine weitere Chance geschenkt. Welche Chance? Du bist schwer verletzt, mach dir nichts vor. Du lebst, ja, aber wie lange noch? Irgendwann kapieren sie, dass du sie angelogen hast und dann werden sie dich erledigen. Mit dem Bein kannst du nicht laufen. Wie willst du ihnen entkommen?

Er denkt an Elsa. Konnte sie wirklich fliehen? Oder hat der Oberscharführer ihr Leute hinterhergeschickt, um sie wieder einzufangen? Falls sie es geschafft hat, geht sie dann wirklich nach Hagen und kümmert sich um die kleine Karin?

Einer der beiden SS-Soldaten steht auf und kommt zum Altar. Heinrich schließt die Augen. Zuckt zusammen und grunzt vor Schmerz, als Finger auf sein bandagiertes Bein drücken. Er öffnet die Augen wieder und sieht ins Gesicht des lächelnden SS-Soldaten. „Netter Versuch, Landser." Der Mann sieht über die Schulter zu seinem Kameraden, der sich mit einem Finger im Ohr herumstochert. „Hol Dörfler."

Der zweite Soldat begutachtet, was er aus seinem Ohr geholt hat und steht auf, wischt sich den Finger an der Hose ab.

Im selben Moment knarrt hinter ihnen die Kirchentür und eine Gestalt tritt ein.

Eine Frau. Sie kommt den Mittelgang zwischen den Kirchenbänken herab und trägt einen Korb über dem Arm.

Der Soldat neben Heinrich wedelt mit der Hand. „Der Pfaffe ist tot. Die Kirche ist geschlossen. Wenn du beten willst, musst du das woanders tun."

Die Frau ignoriert seine Worte und geht weiter.

Heinrich erkennt sie.

Irmgard.

Für einen kurzen Moment treffen sich ihre Blicke, dann wendet Irmgard sich an die beiden Soldaten. „Der Oberscharführer schickt mich. Ich soll Ihnen etwas zu Essen bringen."

Die Männer tauschen einen Blick. Der eine lächelt und schielt hungrig in Irmgards Korb, als sie auf seiner Höhe ist. „So fürsorglich kenn ich den Dörfler gar nicht. Was gibt's denn Leckeres—"

Er hält inne, als er die Mauser sieht, die Irmgard aus dem Korb gezogen hat.

Sie schwenkt die Waffe zwischen den beiden Soldaten hin und her. „Die Hände hoch! Alle beide!"

Einen Moment herrscht überraschte Stille. Die Soldaten tauschen Blicke. Ihre Maschinenpistolen lehnen außer Reichweite an der Kirchenbank. Der Mann neben Heinrich schnauft verächtlich. „Was ist los? Willst du den Landser befreien?" Er lacht. „Dämliches Weibsstück."

Irmgard kann ihre Angst und Nervosität nicht verbergen, sie wedelt unsicher mit der Pistole und ihre Stimme zittert. „Die Hände hoch! Gehen Sie zur Wand! Machen Sie schon!"

Die SS-Soldaten rühren sich nicht. Tauschen wieder einen Blick. Dann setzt sich der Mann an der Kirchenbank in Bewegung. Geht mit entschlossenen Schritten auf Irmgard zu.

Sie schwenkt die Waffe auf ihn und er ist nur eine Armlänge von ihr entfernt, als sie abdrückt.

KLICK.

Verwirrung auf Irmgards Gesicht, dann packt der Soldat ihr Handgelenk mit der Waffe. Seine andere Hand saust durch die Luft und trifft mit einem klatschenden Laut ihr Gesicht. Irmgard stürzt auf die Knie.

Heinrich bündelt all seine verbliebene Energie. Sein Oberkörper schießt in die Höhe und gleichzeitig schwingt er die Beine vom Altar. Sein rechter Arm legt sich um die Kehle des Soldaten und er bringt ihn aus dem Gleichgewicht, zerrt ihn nach hinten. Mit der Linken reißt er das Bajonett des Mannes aus der Scheide und rammt es ihm bis zum Anschlag in den Rücken. Der Mann bäumt sich mit einem gurgelnden Schrei in seinem Griff auf und reißt sich los. Taumelt ein paar Schritte nach vorn, seine Hände fuchteln hilflos auf seinem Rücken herum und versuchen vergeblich, das Bajonett zwischen die Finger zu bekommen. Dann bricht er mit offenem Mund und weit aufgerissenen Augen in die Knie.

Der zweite Soldat lässt von Irmgard ab und wirbelt herum.

Heinrich rutscht vom Altar, sein Blick auf die etwa drei Meter entfernten Maschinenpistolen an der Kirchenbank gerichtet. Der Schmerz schießt wie ein Stromschlag durch seinen Körper, als er das verwundete Bein belastet. Er gerät ins Stolpern und weiß, dass er stürzen wird. Scheißegal, solange seine Finger eine der beiden Maschinenpistolen zu fassen kriegen.

Der zweite SS-Soldat wirft sich ihm mit einem wütenden Schrei entgegen. Heinrich wird nach hinten gestoßen. Er prallt hart gegen den Altar und spürt, wie dessen Platte nachgibt und sich mit einem scharrenden Geräusch ein Stück nach hinten verschiebt. Die rauen Finger des Soldaten schließen sich um Heinrichs Kehle und beginnen, ihn zu würgen. Gleichzeitig rammt er sein Knie gegen Heinrichs bandagierten Oberschenkel. Der Schmerz explodiert wie Schrapnell in Heinrichs Kopf und sein Bein gibt nach, er sackt nach unten. Er versucht nicht, den Sturz abzufangen, stattdessen krallt er seine Finger in die Uniformjacke des Gegners und reißt ihn mit aller Kraft mit sich zu Boden.

Das Kinn des SS-Soldaten knallt gegen die Altarkante und wird wuchtig in den Nacken geschleudert.

Heinrich hört ein seltsames, trockenes Knacken. Dann landet er am Boden und der schlaffe Körper des Soldaten fällt direkt auf ihn, drückt ihm die Luft aus den Lungen. Er bleibt keuchend liegen, der Schmerz in seinem Oberschenkel ist jetzt so heftig, dass es sich anfühlt, als wäre er auf das Doppelte seiner normalen Größe angeschwollen und könnte jeden Moment einfach platzen wie ein Luftballon an einem Kirmesschießstand.

Schritte hallen durch die Kirche, dann zerren Frauenhände am Körper des Soldaten und rollen ihn von Heinrichs Brust. Irmgard sieht auf ihn herab. Er streckt hilfesuchend eine Hand aus und irgendwie gelingt es ihr, ihn auf die Beine zu bringen. Heinrich verlagert sein Gewicht auf das gesunde Bein und stützt sich am Altar ab. Blickt auf den SS-Soldaten mit dem gebrochenen Genick. Der andere ist aufs Gesicht gefallen und rührt sich nicht mehr, das Bajonett tief in seinen Rücken gepflanzt.

Heinrich sieht der kreidebleichen Irmgard ins Gesicht. Weiß nicht, was er sagen soll, außer einem kaum hörbaren: „Danke."

Sie erwidert nichts. Blickt an ihm vorbei. Ihre Augen sind geweitet. Heinrich dreht den Kopf. Die verschobene Altarplatte gibt den Blick frei auf den hohlen Innenraum des Altars. Dort schimmert etwas im Halbdunkel.

Heinrich kneift die Augen zusammen.

Sieht Goldbarren.

Dutzende, fein säuberlich gestapelte Goldbarren.

KAPITEL 77

Der Bürgermeister landet hart auf dem Boden des Schankraums.

Rollt sich stöhnend auf die Seite und kämpft sich auf die Knie. Spuckt Blut und zwei Zähne aus. Dörfler reibt sich die vom Schlag schmerzenden Knöchel, dann holt er mit dem rechten Bein aus und tritt zu. Trifft den Bürgermeister in die Magengrube und ein Schwall Erbrochenes schwappt aus dessen Mund.

Dörfler würde dem Bürgermeister gerne seine Walther in den Mund schieben und abdrücken, aber noch hält er das Gold nicht in den Händen, also wartet er lieber damit. Er wendet sich gelangweilt ab und lässt seinen Blick durch den Schankraum schweifen.

Köhler hockt am Fenster und starrt teilnahmslos in die Dunkelheit. Braun und die anderen Männer sitzen an einem Tisch und reinigen ihre Waffen.

Mit Braun und Köhler sind es noch fünf Mann. Fünf Mann, derer Dörfler sich entledigen muss, sobald er weiß, wo das Gold ist. Sollte kein Problem sein. Möglich, dass Braun ähnliche Gedanken hegt wie Dörfler, aber auch das bereitet dem Oberscharführer keine Sorgen.

Am Ende wird nur einer mit erhobenen Fäusten im Ring stehen.

Dörfler.

So wie immer.

Wenn nur der verdammte Landser endlich wieder zu sich kommen würde.

KAPITEL 78

„Er hätte das Gold niemals behalten. Ganz bestimmt nicht. Er wollte nur nicht, dass der Bürgermeister und die anderen es bekommen."

Heinrich ist klar, dass Irmgard eigentlich mit sich selbst redet, dass sie sich versichern will, dass der Mann, den sie geliebt hat, nicht auch der Versuchung anheim gefallen ist.

Er sieht sie an und nickt. Heinrich glaubt nicht, dass der Pfarrer schwach geworden ist. Doch selbst, wenn es so gewesen sein sollte, würde das jetzt keine Rolle mehr spielen. Am allerwenigsten für Heinrich.

Irmgard hat den Arm um seine Hüften geschlungen und er den seinen um ihre Schultern gelegt. So gehen sie zur Kirchentür und er versucht, so wenig Gewicht wie möglich auf sein verwundetes Bein zu legen. Er stößt die Kirchentür auf und sieht in die Dunkelheit.

Die Leiche des Pfarrers wenige Meter entfernt ist ein schwarzer Umriss auf dem Kopfsteinpflaster. In keinem der Häuser rund um den Dorfplatz brennt Licht. Der Himmel hat sich wieder zugezogen und versteckt die Sterne.

Er tauscht einen Blick mit Irmgard. Nickt ihr ermutigend zu. Dann treten sie ins Freie.

Irmgard deutet auf eine vom Dorfplatz abzweigende Straße. „Über die Holundergasse ist es am kürzesten."

Heinrich nickt und sie machen sich auf den beschwerlichen Weg.

KAPITEL 79

Sonja steht am offenen Küchenfenster.

Sie denkt an das Gold, an Dörfler und an den Bürgermeister.

Robert, der Scheißkerl. Als Dörfler seine Waffe auf Sonja richtete, da hat er nichts getan. Stand einfach da und schwieg. Er hätte sie sterben lassen, der feige Scheißkerl. Aber als Dörfler die Pistole auf Brigitte schwenkte, da konnte er nicht schnell genug sein Maul aufmachen. Zum Vögeln bin ich ihm gut genug, denkt sie bitter, aber wenn's um Leben und Tod geht, dann entscheidet er sich für seine Alte, diese frigide, verhärmte Kuh.

Das ist der Dank dafür, eine Geliebte zu sein. Aber eine Frau muss schließlich sehen, wo sie bleibt, und Sonjas Mann, der Tölpel, hatte sich ja gleich in der ersten Kriegswoche von so einem miesen Polacken erschießen lassen. Ersatz für einen Ehemann war auf dem Land und dank des verdammten Krieges rar gesät. Der Robert war zwar verheiratet, aber als Bürgermeister und Besitzer des Wirtshauses nicht die schlechteste Wahl. Das hatte sie zumindest gedacht. Jetzt nicht mehr. Zum Teufel mit dem Waschlappen.

Dörfler, der ist ein ganzer Kerl. Auch mit nur einem Ei. Und ganz egal, wie hart er sich gibt, Sonja weiß, dass sie ihn in ihrem Netz hat. Der Gedanke lässt sie lächeln.

Dieses Lächeln gefriert, als sie die beiden Gestalten unten auf der Straße sieht. Die eine stützt die andere und Sonja braucht einen Moment, bevor sie sie erkennt. Es ist Irmgard Heumann.

Sie stützt einen humpelnden Mann in Wehrmachtsuniform.

Sind andere Truppen ins Dorf gekommen? Vielleicht Verwundete von der Front? Nein, das kann nicht sein, das hätte sie gehört.

Ihr Herz schlägt schneller.

Der Mann da unten, das kann nur einer sein.

Der Landser.

KAPITEL 80

Dörfler leert das Bierglas in einem langen Zug, dann knallt er das Glas laut auf den Tresen. „Köhler!“

Der junge Sanitäter dreht den Kopf und schaut ihn an. Gibt sich keine Mühe, Abscheu und Verachtung zu verbergen.

„Wenn der Dreckskerl immer noch nicht zu sich gekommen ist, wirst du jetzt dafür sorgen, dass er’s tut“, sagt Dörfler.

Köhler öffnet den Mund, um etwas zu erwidern, aber im selben Moment wird die Tür des Schankraums wuchtig aufgestoßen und schlägt gegen die Wand. Sonja steht keuchend im Türrahmen, ihre Wangen leuchten rot. Ihre Augen suchen Dörfler und als sie ihn finden, sagt sie laut: „Der Landser! Er haut ab!“

KAPITEL 81

Schweiß perlt von Heinrichs Stirn und er bleibt stehen. Atmet durch seine zusammengebissenen Zähne.

Irmgard schenkt ihm einen besorgten Blick und verstärkt den Druck ihres Arms um seine Hüften. Als habe sie wirklich die Kraft ihn festzuhalten, sollten seine Beine nachgeben. „Es ist nicht mehr weit", sagt sie.

Er atmet noch mal durch und nickt.

Sie schleppen sich weiter.

Langsam, so gottverdammt langsam. Jeden Moment können die entdecken, dass er geflohen ist.

Sie erreichen den schmalen Weg, der zur Rückseite von Irmgards Haus führt.

Nähern sich dem Haus Meter um Meter.

Irmgard stößt mit einer Hand das knarrende Gartentor auf.

Heinrich malt sich aus, wie gut es tun muss, seine geschundenen Knochen auf dem Sofa in Irmgards Wohnzimmer auszustrecken.

Schritt für schleppenden Schritt kommen sie der Hintertür näher.

Und die wird von innen geöffnet.

Dörfler hält lächelnd seine Maschinenpistole auf sie gerichtet. „Du und die Weiber, Landser. Da werd ich ja fast neidisch."

Links und rechts von ihnen lösen sich jetzt fünf andere SS-Soldaten aus der Dunkelheit, kommen mit schussbereiten Waffen aus ihren Verstecken. Heinrich erkennt den jungen Soldaten wieder, den er im Wirtshaus niedergeschlagen hat.

„Die Maschinenpistole, Landser“, sagt Dörfler.

Heinrich lässt den Riemen der Maschinenpistole von der Schulter gleiten und die Waffe fällt ins Gras.

Dörfler tritt aus der Tür in den Garten. Bleibt vor Heinrich und Irmgard stehen. „Ich komm mir langsam vor wie ’ne Platte, die’n Sprung hat. Ich frage zum allerletzten Mal. Wo ist das Gold?“

KAPITEL 82

Sie stehen wieder vor der Kirche.

Die SS-Soldaten haben Heinrich auf dem Rückweg gestützt. Sein Bein brennt wie Feuer. Der Oberscharführer nickt seinen Leuten zu. Zwei Männer huschen zur Kirchentür, die Waffen im Anschlag. Stoßen sie auf und schielen hinein. Verschwinden im Innern. Nach einer Minute steckt einer seinen Kopf wieder aus der Tür und nickt Dörfler zu.

Der Oberscharführer sieht zu Heinrich. „Los."

Von den beiden anderen Soldaten gestützt, humpelt Heinrich zur Tür.

Dörfler, Irmgard und der fünfte SS-Soldat folgen.

Dann stehen sie in der Kirche, im Gang zwischen den Sitzbänken, und brauchen einen Moment, um ihre Augen an das Dunkel zu gewöhnen. Dörflers Blick fällt auf die Leichen der beiden Soldaten, die Heinrich getötet hat. Er nimmt ihren Tod emotionslos zur Kenntnis. Sieht wieder zu Heinrich. „Wo?"

Heinrich nickt zum Altar.

Dörfler kneift die Augen zusammen. Und erst jetzt nimmt er die beiden Goldbarren wahr, die auf dem Altar liegen. Er schnalzt mit der Zunge und der Anflug eines Lächelns umspielt seine Mundwinkel. „Das sind doch nicht alle."

Heinrich nickt. „Der Rest ist im Altar. Die Platte lässt sich verschieben."

Dörfler lacht heiser und schüttelt ungläubig den Kopf. „Der verdammte Pfaffe."

Er nickt den beiden Soldaten zu, die als Erste die Kirche

betreten haben. Sie eilen zum Altar und packen die Kante der massiven Platte.

Heinrich spürt den Schweiß von seiner Stirn in seine Augen laufen und blinzelt, um das Brennen zu vertreiben. Sein Herz wummert, das Blut rauscht in seinen Ohren wie ein Wasserfall.

Die beiden Soldaten stemmen sich gegen die Platte und tauschen einen Blick.

„Eins."

„Zwei."

„Und drei."

Das Scharren von Stein auf Stein erfüllt die Kirche, begleitet vom Schnaufen der beiden Soldaten, als sie die Platte mit einem heftigen Ruck nach hinten schieben. Einer der beiden sagt laut und überrascht: „Wir haben es, D—"

Der Mann hält für einen Sekundenbruchteil inne.

Heinrich weiß, warum.

Weil er nicht nur das Gold sieht.

KAPITEL 83

Heinrich und Irmgard standen vor dem Altar und starrten auf das Gold.

Er wusste, dass sie die Kirche so schnell wie möglich verlassen mussten. Dörfer und die anderen Soldaten konnten jeden Moment wieder zurückkommen. Heinrich wusste aber auch, wie gering ihre Chancen zu entkommen waren. Sein Blick fiel auf die Leichen der beiden SS-Soldaten.

Auf die Handgranaten an ihrem Gürtel.

Keine Stielhandgranaten, sondern erbeutete amerikanische Eierhandgranaten. Die hatten keine Zündschnur, sondern einen mit einem Ring verbundenen Splint.

Heinrichs Idee kam aus dem Nichts und war so simpel und fragwürdig wie die ganze krude Konstruktion.

Er arbeite schnell und konzentriert.

Er formte aus den Goldbarren einen schmalen Trichter und platzierte fünf Handgranaten darin. Im kleinen Kirchenkabuff des Pfarrers fand er eine Rolle Paketschnur und grobes Klebeband. Er zog die Paketschnur durch die Ringe der Handgranaten und befestigte die straff gespannte Schnur mit dem Klebeband an der Unterseite der Altarplatte. Beim Zurückschieben der Platte würde die Spannung der Schnur wieder etwas nachlassen, aber das ließ sich nicht vermeiden.

Es kam darauf an, mit welcher Kraft die Platte beim nächsten Mal bewegt werden würde.

KAPITEL 84

Die beiden SS-Soldaten legen ihr ganzes Gewicht hinter den heftigen Ruck, mit der sie die Platte verschieben. Die durch die Ringe gezogene Schnur wird überspannt und zieht so gleichzeitig die Splints aller fünf Handgranaten.

Vier Sekunden bis zur Zündung.

Eins.

Die Soldaten starren in den Altar.

Sie sehen das Gold.

Zwei.

Einer der beiden hebt triumphierend die Stimme: „Wir haben es, D–“

Drei.

Der Mann hält inne.

Weil er nicht nur das Gold sieht, sondern jetzt auch die Granaten.

Vier.

Heinrich wirft sich zur Seite. Seine Finger krallen sich in Irmgards Kleid und reißen sie mit sich zu Boden.

Im selben Moment explodiert der Altar.

Wird zerrissen.

Genau wie die beiden Soldaten, die die Platte verschoben haben.

Trümmer, Blut, Körperteile und Goldbarren werden von der Sprengkraft der fünf Handgranaten durch die Kirche geschleudert. Rauch und Staub steigen zur Decke hinauf.

KAPITEL 85

Dörfler windet sich am Boden. Seine Ohren sind taub und er braucht ein paar Sekunden, bis er begreift, was geschehen ist.

Er sieht die Geschehnisse vor sich wie in einem Stummfilm.

Die Staubwolke, die sich über dem zerfetzten Altar senkt.

Die grausig verstümmelten Überreste von Holm und Weber, die den Altardeckel verschoben haben.

Und die überall am Boden verteilten Goldbarren.

Dörfler stemmt sich mit den Armen in die Höhe. Er sieht den Landser, der eine Maschinenpistole an sich gerissen hat und auf Braun feuert, der schwankend versucht, seinen Karabiner auf ihn anzulegen. Die Salve aus der Maschinenpistole durchlöchert Brauns Körper vom Schritt bis zum Kopf.

Dörfler stößt sich mit einem lauten Brüllen vom Boden ab und wirft sich gegen den Landser. Rammt ihn mit seinem ganzen Gewicht und stößt ihn zwischen die Kirchenbänke. Dörfler landet auf ihm, die Maschinenpistole wird zwischen ihren Körpern eingeklemmt, und der Oberscharführer hämmert mit den Fäusten auf den Landser ein. Der reißt die Arme hoch und versucht, seinen Kopf zu schützen.

Was Dörfler die Gelegenheit gibt, sein Bajonett aus der Scheide zu reißen.

KAPITEL 86

Heinrich sieht den Arm mit dem Bajonett in die Höhe rasen. Das Gesicht des Oberscharführers eine hassverzerrte Maske. Blut tropft aus seiner Nase in Heinrichs Gesicht. Das Bajonett saust nach unten und gleichzeitig schießt Heinrichs Arm nach oben. Seine Finger schließen sich um Dörflers Handgelenk und die Spitze des Bajonetts kommt zum Stillstand, wenige Zentimeter über Heinrichs Gesicht. Heinrich hört Dörflers Grunzen. Der Mann ist stark, viel stärker als Heinrich, selbst wenn Heinrich im Besitz all seiner Kraft wäre. Der Oberscharführer legt sein ganzes Gewicht in den Druck seines Arms, der das Bajonett hält.

Und die Klinge kommt näher.

Immer näher.

Unaufhaltsam.

Die Spitze berührt Heinrichs Hals.

Ein stechender Schmerz, als die Klinge sich in seine Haut bohrt.

Dann schießt Irmgard hinter Dörfler in die Höhe und schlingt ihren schmalen Arm um seinen Stiernacken. Sie schreit wie eine Furie und beißt in Dörflers gesundes Ohr. Er stößt ein röhrendes Brüllen aus und bäumt sich auf.

Heinrich stößt den Arm mit dem Bajonett zur Seite und trommelt seine Fäuste blindlings in Dörflers Gesicht.

Die freie Hand des Oberscharführers krallt sich in Irmgards Haar und reißt daran. Ihre Zähne geben sein blutiges Ohr frei. Er will mit dem Bajonett nach ihr stechen, da erwischt Heinrichs rechte Faust ihn an der Schläfe. Ein Glückstreffer, der die mächtige Gestalt des Oberscharführers für einen Moment ins Wanken bringt.

Heinrich drückt seinen Oberkörper nach oben und stößt beide Hände gegen die Brust des Oberscharführers. Dörfler verliert das Gleichgewicht und kippt nach hinten, reißt Irmgard dabei mit sich zu Boden.

Heinrich stolpert auf die Beine.

Sieht, dass Dörfler sein Bajonett nicht losgelassen hat.

Während Irmgard auf allen Vieren hektisch aus der Reichweite des Oberscharführers kriecht, wirft Heinrich sich auf dessen Brust. Kriegt die Hand mit dem Bajonett zu fassen und dreht sie mit einem Ruck herum – die Spitze zeigt plötzlich auf Dörflers Brust. Beide Hände um Dörflers Handgelenk geklammert, drückt Heinrich das Bajonett unter Aufbietung der letzten ihm verbliebenen Kräfte nach unten.

Dörflers Augen weiten sich und seine freie Hand hämmert wütend in Heinrichs Nieren, immer und immer wieder, aber Heinrich gibt nicht nach. Die Spitze des Bajonetts nähert sich Stück um Stück der Brust des Oberscharführers.

Dörfler grunzt, sein Gesicht verzerrt sich und dann spürt Heinrich wie der Gegendruck wieder größer wird. Sieht, wie die Klinge sich Millimeter um Millimeter wieder von Dörflers Körper entfernt. Sieht Dörflers verzerrtes Gesicht lächeln, weil er weiß, dass Heinrich die Kraft ausgeht.

Panik steigt in Heinrich auf.

KAPITEL 87

Dörfler sieht sie.

Die Angst in den Augen des Landsers. Und das Wissen, dass Dörfler zu stark für ihn ist.

Ah, wie Dörfler sie liebt, diese Angst.

Die Angst der anderen ist seine Droge, der Sprit, der seinen Motor am Laufen hält.

Ja, du stirbst, Landser, denkt Dörfler. Hast dir Mühe gegeben, das hast du wirklich. Hast bewiesen, dass du ein zäher Scheißkerl bist. Aber am Ende bist du Dörfler nicht gewachsen.

Niemand ist Dörfler gewachsen.

Er drückt das Bajonett immer weiter von sich weg.

Nur noch Sekunden, bis dem Landser die Kraft ganz ausgeht und Dörfler sich freikämpfen kann. Bis er den Landser mit einer Hand an der Kehle packt und ihn rückwärts zu Boden drückt. Ihm das Bajonett bis zum Anschlag ins Herz rammt.

Dörfler sieht das alles schon ganz genau vor sich.

Und dann ist da wieder die Frau. Kommt angekrochen, ihr schmutziges Gesicht eine verzerrte Fratze. Ihre dünnen Finger legen sich auf die Hände des Landsers und sie wirft sich mit ihrem ganzen Körpergewicht nach unten.

Dörfler sieht das Bajonett wieder auf sich zu kommen.

Nein.

Er grunzt laut und setzt den beiden alles entgegen, was er hat.

Aber es reicht nicht.

Gottverdammt, es reicht nicht.

Die Spitze des Bajonetts berührt seine Uniformjacke.

Nein. Das kann nicht sein.

Das darf nicht sein.

Dörfler dreht den Kopf zur Seite.

Da hockt Köhler mit dem Rücken an der Wand. Blut läuft aus einer Platzwunde am Kopf über sein Gesicht.

Dörfler brüllt: „Köhler! Knall sie ab!“

KAPITEL 88

Köhler hört Dörflers Stimme, obwohl er vom Lärm der Explosion noch immer halb taub ist. Er spürt das Blut über sein Gesicht laufen und blinzelt, weil es in seine Augen rinnt.

Vor ihm: ein bizarrer Anblick.

Der hünenhafte Dörfler liegt auf dem Rücken, der ausgemergelte Körper des Landsers über ihm, daneben die Frau. Beide drücken Dörflers Hand mit dem Bajonett nach unten, die Spitze dicht vor der Brust des Oberscharführers.

Dörflers weit aufgerissene Augen starren Köhler an und er brüllt immer wieder: „Schieß! Schieß, du Arschloch! Schieß!“

Der Karabiner liegt in Köhlers Reichweite. Er bräuchte ihn nur zu packen. Aus dieser Entfernung würde er trotz des Bluts in seinen Augen den Landser und die Frau nicht verfehlen.

Aber Köhler rührt sich nicht.

Stattdessen fängt er an zu lachen. Weil es einfach zu komisch ist, zur Abwechslung mal die Todesangst in Dörflers Augen zu sehen.

Köhler lacht immer lauter.

Und hört nicht mehr auf.

KAPITEL 89

Dörfler spürt einen stechenden Schmerz in der Brust.

Das Bajonett hat seine Uniformjacke durchdrungen und die Spitze bricht durch seine Haut, bohrt sich jetzt langsam, Zentimeter um Zentimeter in sein Fleisch.

Dörfler brüllt.

KAPITEL 90

Aus dem Brüllen des Oberscharführers wird ein Röcheln, als die Klinge des Bajonetts immer tiefer in seinem Brustkorb verschwindet. Blut quillt aus der Wunde und tränkt die Uniformjacke.

Der Körper des Oberscharführers fängt unter Heinrich an zu zucken und zu zappeln.

Dann steckt die Klinge bis zum Heft in seiner Brust.

Ein pfeifender Laut entfährt Dörflers offenem Mund.

Seine Augen werden glasig.

Seine massige Gestalt erstarrt.

Liegt still.

Irmgard lässt Heinrichs Hände los und fällt kraftlos zur Seite. Sie rollt ihren Körper zusammen und weint.

Heinrich hört Gelächter.

Er dreht den Kopf und sieht den jungen SS-Soldaten mit blutüberströmtem Gesicht an der Kirchenwand sitzen. Sieht, wie er den Kopf schüttelt und glucksend lacht.

Heinrich braucht drei Versuche, bis er es schafft, sich aufzurichten.

Er steht schwankend über dem Körper des Oberscharführers, als dessen rechte Hand sich plötzlich in sein Bein krallt. Heinrich zuckt zusammen und sieht auf ihn hinab.

Ein letzter Rest Leben flackert in Dörflers Augen. Blut tritt blubbernd über seine Lippen und seine leisen Worte sind begleitet von einem Röcheln. „Gehört dir ... das Gold ...“

Heinrich schüttelt den Kopf. „Ich will es nicht. Ich wollte nur nach Hause. Aber ihr habt mich nicht gelassen.“

Dörfler starrt ihn an.
Und hört auf zu atmen.
Einfach so.

KAPITEL 91

Als Heinrich und Irmgard aus der Kirche treten, dämmert es. Vögel begrüßen zwitschernd den Tag. Morgenrot schimmert sanft am Himmel, der wieder blau und frei von Wolken ist.

Auf dem Dorfplatz steht der Bürgermeister. Neben ihm Sonja.

Sie starren Heinrich und Irmgard an. Aus der Kirche klingt noch immer das irre Lachen des jungen SS-Soldaten.

Heinrich hat einen Arm und Irmgards Schulter gelegt, mit der anderen hält er eine Maschinenpistole. Die Mündung auf den Bürgermeister und Sonja gerichtet.

Er bräuchte nur den Abzug zu drücken.

Stattdessen sagt er: „Es ist in der Kirche."

„Aus dem Führerhauptquartier wird gemeldet, dass unser Führer Adolf Hitler heute Nachmittag in seinem Befehlsstand in der Reichskanzlei bis zum letzten Atemzug gegen den Bolschewismus kämpfend für Deutschland gefallen ist ...“

– Rundfunkmeldung vom 1. Mai, 1945

„Seit Mitternacht schweigen nun an allen Fronten die Waffen. Auf Befehl des Großadmirals hat die Wehrmacht den aussichtslos gewordenen Kampf eingestellt.“

– Aus dem letzten Wehrmachtsbericht vom 9. Mai 1945

KAPITEL 92

Sonja lacht und nimmt einen Schluck aus der Schnapsflasche.

Der Fahrtwind weht kühl in ihr Gesicht, ihre Pausbacken sind gerötet. Sie reicht die Flasche an Robert weiter, der hinter dem Steuer des Kübelwagens sitzt.

Robert lächelt sie an und trinkt. Er hat tatsächlich den Mumm besessen, seine Frau und seine Bälger zu verlassen. Sonja wird ihm nie verzeihen, dass er auf dem Marktplatz nichts gesagt hat, als Dörfler seine Pistole auf sie richtete. Dass ihm die Leben seiner Brigitte und seiner Kinder mehr wert waren als ihres. Aber das braucht sie auch nicht. Sie und Robert sind eine Zweckgemeinschaft. Verbunden durch das Gold, das in zwei Koffer verpackt auf dem Rücksitz liegt.

Hätte Sonja zwischen Robert und Dörfler wählen können, hätte sie sich für Dörfler entschieden. Aber Dörfler ist tot. Und das ist wahrscheinlich besser so. Irgendwann wäre Dörfler ihrer überdrüssig geworden. Und er war nicht der Typ, der ihr dann einfach einen Anteil am Gold überlassen hätte, das weiß sie. Dörfler hätte sie ermordet, ohne eine Nacht Schlaf darüber zu verlieren.

Mit Robert wird ihr das nicht geschehen. Irgendwann werden sich ihre Wege trennen, das ist so sicher wie das Amen in der Kirche. Sonja hat nicht vor, den Rest ihrer Tage mit Robert Schlick zu verbringen, oh nein. Aber bis dahin ist er der richtige Mann an ihrer Seite.

Sie fahren zu einer Cousine von Robert. Dort werden sie ein paar Wochen bleiben und sich den nächsten Schritt überlegen. Sie werden abwarten, wie sich das Leben nach Kriegsende in Deutschland entwickelt. Robert will nach Amerika. Sonja findet, Amerika klingt gut. In Kalifornien soll das ganze Jahr über die Sonne scheinen. Mit dem Gold können sie sich ein Haus am Meer leisten. Mit dem Gold können sie sich alles leisten. Mit dem Gold brauchen sie nie wieder im Leben zu arbeiten.

Gold macht glücklich.

Wer etwas anderes behauptet, der lügt.

KAPITEL 93

Der Bürgermeister trägt wieder seinen guten Anzug.

Die Ortsgruppenführeruniform hat er zusammen mit seinen Parteipapieren verbrannt. Er wollte Brigitte zwei Goldbarren geben, bevor er mit Sonja losfuhr, aber Brigitte wollte sie nicht. Hatte ihn nur angewidert angestarrt und die beiden Jungs an sich gedrückt. Der Bürgermeister hatte die drei angesehen und gewusst, dass er nichts für sie empfand. Nicht für Brigitte und auch nicht für seine Söhne, die immer mehr an ihrer Mutter gehangen hatten und zu denen er nie das Vater-Sohn-Verhältnis aufbauen konnte, dass er zu seinem eigenen Vater gehabt hatte.

Schon seltsam. Als es um Leben und Tod ging, da hatte er sich für seine Familie entschieden. Sonjas Tod hätte er in Kauf genommen, aber nicht den von Brigitte und den Jungs.

Doch weiter mit ihnen leben?

Nein. Das ist vorbei. Ein für allemal.

Sein neues Leben ist ein Leben mit Sonja und dem Gold. Und wenn Sonja ihn eines Tages für einen anderen Kerl verlässt – da macht der Bürgermeister sich nichts vor, er weiß, dass das so sein wird – dann soll sie gehen. Er ist jetzt ein reicher Mann, und ein reicher Mann findet immer eine Frau.

Vor ihnen macht die Landstraße eine Kurve und der Bürgermeister drosselt das Tempo, schaltet herunter. Er schlägt das Lenkrad ein und der Kübelwagen legt sich in die Kurve.

Dann sieht er den Panzer.

KAPITEL 94

KABOUM!

KAPITEL 95

Die Panzergranate lässt den Kübelwagen in einem Feuerball verschwinden.

Das brennende Wrack schlittert noch ein paar Meter über die Landstraße, bevor es gegen einen Baum kracht und zum Stehen kommt. Eine schwarze Rauchsäule steigt zum Himmel hinauf.

Einen Moment herrscht Stille, nur das Knistern der Flammen ist zu hören.

Dann setzt der M4-Sherman-Panzer sich mit rasselnden Ketten wieder in Bewegung, rollt langsam auf das brennende Wrack des Kübelwagens zu. Gleichzeitig löst sich ein halbes Dutzend GIs aus dem Schatten der Bäume entlang der Straße. Ausgemergelte, müde Männer mit Bartschatten im Gesicht. Der Sherman-Panzer hält ruckelnd wieder an und der Panzerkommandant steckt seinen Kopf ins Freie.

Er sieht zu dem drahtigen, kleinen Sergeant, der sich eine Zigarette anzündet, die Thompson-Maschinenpistole unter den Arm geklemmt. „Volltreffer, was, Sarge?“

Der Sergeant nickt und zieht an seiner Zigarette, hält sie zwischen Daumen und Zeigefinger. „Wie auf’m Rummelplatz.“

Der Panzerkommandant lacht. „Nur lauter.“ Er klettert aus der Luke und holt seine eigenen Zigaretten heraus.

Nickt Richtung Kübelwagen. „Offiziere?“

Der Sergeant blickt aus zusammengekniffenen Augen auf die steifen Umrisse der beiden Leichen in den flackernden Flammen. „Das eine sieht aus wie ’ne Frau.“

Der Panzerkommandant zuckt ungerührt mit den Schultern und steckt sich seine Kippe zwischen die Lippen. „Sie wird's schon verdient haben."

Einer der GIs schiebt sich den Helm in den Nacken, kratzt sich an der Stirn und sieht den Sergeant an. „He, Sarge. Hätten wir nicht'n Warnschuss abfeuern sollen oder so was? Ich mein, der Krieg ist vorbei. Die hätten kapituliert, oder?"

Der Panzerkommandant lacht verächtlich und der Sergeant schenkt dem Mann einen grimmigen Blick. „Was, Kubert? Fängst du jetzt an zu weinen, weil ein paar Krauts das gekriegt haben, was sie verdienen?"

„Nein. Ich sag ja bloß—"

„Halt's Maul, Kubert."

„Sarge!"

Der Sergeant sieht zu einem anderen GI, der aufgeregt auf die Straße deutet. Da liegt etwas. Sieht aus wie ein Ziegel.

Nein, kein Ziegel.

Es glänzt.

Golden.

Der Sergeant tritt stirnrunzelnd näher heran. Der Panzerkommandant springt auf die Straße und tritt neben ihn. Die beiden Männer starren auf den Goldbarren und tauschen einen Blick.

Die anderen GIs sind inzwischen auf der Straße ausgeschwärmt.

Aufgeregte Stimmen.

Da liegen noch mehr Barren.

Dutzende.

Der Sergeant spürt, wie sein Mund trocken wird und er fährt sich mit der Zunge über die Lippen. Das Herz pocht in seiner Brust. Er spürt die Blicke des Panzerkommandanten auf sich.

„Sarge. Wir sollten reden. Darüber, ob wir das melden."

Der Sergeant sieht ihn an und lächelt. „Oder nicht."

KAPITEL 96

Es ist Ende Juni.

Er humpelt. Ein Bart mit erstaunlich viel Grau bedeckt sein Gesicht. Er ist immer noch dünn, obwohl er in den vergangenen Wochen, die er in Irmgards Haus verbracht hat, wieder ein paar Kilos zugelegt hat.

Er tritt aus dem Wald und vor ihm breitet sich Hagen aus. Ein Großteil der Stadt liegt in Trümmern. Beim Anblick der Ruinen wird sein Herz schwer. Schließlich setzt er sich wieder in Bewegung.

Ein Geräusch hinter ihm lässt ihn herumfahren.

Karin und Elisabeth.

Hand in Hand. Keine Wunden, kein Blut.

Sie sehen so lebendig aus, wie sie da von der Sonne angestrahlt stehen und lächeln. Elisabeths Kleid flattert in der warmen Brise. Sie winkt mit der rechten Hand und gibt ihm ein Zeichen, das er weitergehen soll.

Heinrich lächelt und nickt.

Schließt die Augen.

Als er sie wieder öffnet, sind seine Frau und seine Tochter verschwunden. Stattdessen starrt ihn ein Reh aus großen Augen an, nur um dann mit einem hektischen Sprung ins Unterholz zu flüchten.

Heinrich seufzt und geht weiter. Arbeitet sich mit langsamen Schritten den steilen, bewaldeten Hang hinab.

Er sieht einen ausgebrannten britischen Lancaster-Bomber zwischen den Bäumen liegen.

Vorbei an den ersten Häusern, die meisten hier erstaunlicherweise unversehrt, dann ist er in der Innenstadt. Ein einziges Trümmerfeld. Das Café Tigges, in dem er um Elisabeths Hand angehalten hat, ist nur noch eine ausgebrannte Ruine. Die meisten Häuser entlang der Elberfelderstraße liegen in Trümmern. Frauen arbeiten in den Ruinen. Amerikanische Truppen sind in der Stadt, aber keiner der Soldaten interessiert sich für ihn. Heinrich bleibt kurz stehen, als er eine Gruppe schwarzer GIs sieht. Er hat noch nie schwarze Menschen gesehen, kennt sie nur von Bildern in Büchern und Zeitungen. Die GIs merken, dass er sie anstarrt und ihre Mienen werden grimmig. Einer ruft ihm etwas auf Englisch zu. Heinrich beeilt sich, weiterzukommen. Er hört die GIs hinter sich lachen.

Er passiert den Bunker in der Körnerstraße, in dem vor wenigen Wochen noch vierhundert Menschen ums Leben kamen, als eine Bombe direkt in die offene Tür flog.

Als er den Höing erreicht, röhrt hinter ihm ein Motor. Er dreht den Kopf. Ein amerikanischer Jeep rollt die Straße hinauf. Auf der Motorhaube sitzt ein Mann, die Arme am Fahrzeug festgezurrt. Vom Straßenrand erklingen aufgebrachte Stimmen. Zwei Frauen, die Habseligkeiten aus einem zerbombten Haus schleppen, bücken sich nach Steinen. Der erste Stein trifft den Mann auf der Motorhaube vor die Brust. Schmerz verzerrt sein Gesicht und er zieht den Kopf zwischen die Schultern. Hilft nichts, denn der nächste Stein erwischt ihn an der Stirn. Er heult vor Schmerz und Blut beginnt zu fließen. Jetzt werfen auch andere Leute entlang der Straße Steine oder was immer sie zwischen die Finger bekommen. Die meisten verfehlen den Mann auf der Motorhaube, aber hin und wieder trifft einer und der Gefesselte brüllt seinen Schmerz in den Sommerhimmel. Die beiden GIs im Jeep senken lachend die Köpfe. Zum Glück tragen sie ihre Stahlhelme.

Der Jeep passiert Heinrich. Er kennt den Mann auf der Motorhaube. Jürgen Hindrichs. Wichtigtuer und ausgemachtes Arschloch. Parteimitglied der ersten Stunde. Gauleiter. Denunziant. Elisabeth hat ihm in ihren Briefen an die Front davon erzählt, wie Hindrichs Dutzende als Volksverräter angeschwärzt hat. Die Menschen haben ihn gefürchtet. Und gehasst. Jetzt bekommt er die Quittung. Viele Typen wie Hindrichs werden die Quittung für ihr Tun während der letzten Jahre bekommen. Und viele nicht.

Heinrich erreicht den Ischelandteich. Eine Entenfamilie zieht schnatternd ihre Kreise. Heinrich umrundet den Teich und marschiert die Dahmsheide hinauf, vorbei am Fußballplatz, in dessen Mitte ein großer Bombenkrater klafft wie das weit aufgerissene Maul eines Drachens.

Jetzt sind es nur noch wenige Meter.

Mit jedem Schritt schlägt sein Herz schneller und als er endlich die Boelerstraße erreicht, scheint es fast aus seiner Brust zu springen. Wieder Motorenlärm. Eine amerikanische Lastwagenkolonne arbeitet sich das steile Stück der Boelerstraße hinauf und hindert ihn daran, auf die andere Seite zu kommen und in die Alleestraße einzubiegen. Ein paar Kinder laufen neben den Lastwagen her. Ein GI wirft Schokolade aus dem offenen Fenster und die Kinder stürzen sich lachend darauf und balgen miteinander. Drei Jungen und vier Mädchen im Alter zwischen sechs und zehn. Ein braunhaariges Mädchen mit großen Augen reißt siegreich ihren Arm in die Höhe, sie hat die Schokolade ergattert. Der letzte Lastwagen rollt an Heinrich vorbei und die Straße ist wieder frei.

Heinrich sieht in die Alleestraße.

Da ist sein Haus. Die Nummer 71. Die gesamte Vorderfront ist weggerissen und man kann in die Wohnungen hinein sehen, als wären sie Kulissen in einem Theater. Was einmal ihr Wohnzimmer war, ist verschwunden. Nur das Ölbild, ein Geschenk seines Schwiegervaters, das weder ihm noch Elisabeth gefiel und das sie nur aufgehängt hatten, um ihren Vater nicht zu verärgern, ist noch da, hängt schief an der Wand und scheint ansonsten unbeschädigt. Das Haus sieht nicht aus, als sei es noch bewohnbar. Mit Sicherheit ist es einsturzgefährdet. Er hört die Kinder wieder lachen und sieht sie die Alleestraße hinabrennen, das braunhaarige Mädchen mit der Schokolade vorneweg.

Die Haustür der Nummer 70, die vollkommen unbeschädigt ist, steht offen und zwei Frauen treten ins Freie. Die eine ist Grete Glotzbach, die Frau neben ihr ist jünger, das dunkle Haar fällt lang und glatt über ihre Schultern. Sie lacht, als sich das Mädchen mit der Schokolade in ihre Arme wirft, während die anderen Kinder um sie herumtanzen wie Indianer um eine Wagenburg.

Heinrich starrt die beiden an.

Überquert auf weichen Knien die Straße. Er fühlt sich, als würden seine Beine jeden Moment nachgeben, als sei der Asphalt unter ihm eine weiche Masse, ein zäher Morast wie einer dieser unsäglichen russischen Sümpfe. Grete Glotzbach und die junge Frau sehen ihn kommen. Beide erkennen ihn nicht. Grete sagt etwas zu der jungen Frau und geht zurück ins Haus. Auch die junge Frau wendet ihren Blick wieder von Heinrich ab und widmet ihre Aufmerksamkeit dem Mädchen mit der Schokolade. Das Mädchen bricht einzelne Stücke ab und verteilt sie an die anderen Kinder.

Als Heinrich sie das letzte Mal gesehen hat, war sie noch ein Baby. Sie konnte nicht einmal laufen. Ihre Haare waren hell, fast blond, die Farbe ihrer Augen noch undefiniert.

Aber es gibt keinen Zweifel.

Das Mädchen ist Karin.

Seine Tochter.

Er will etwas sagen, aber ein gigantischer Kloß steigt in seinen Hals und bleibt dort stecken.

Die junge Frau hebt wieder den Kopf. Er ist jetzt nur noch wenige Meter entfernt. Sie streicht sich das Haar aus dem Gesicht. Ihre dunklen Augen weiten sich. Ihr Mund öffnet sich.

Karin folgt Elsas Blick und sieht ihren Vater. Aber sie weiß nicht, dass der Mann in dem zerlumpten Mantel und dem struppigen Bart ihr Vater ist. Sie sieht irritiert hoch zu Elsa, der Tränen über das Gesicht laufen und die trotzdem lächelt.

Heinrich bleibt vor den beiden stehen.

Elsa streckt eine Hand aus und berührt mit zitternden Fingern sein Gesicht.

Dann wirft sie die Arme um seinen Hals und drückt ihn an sich. Heinrich vergräbt sein Gesicht in ihrer Schulter, spürt ihren Herzschlag, der ebenso rast wie seiner. Einen Moment bleiben sie so stehen, dann lösen sie sich voneinander.

Heinrich senkt den Kopf und blickt zu seiner Tochter.

Sie bläst sich eine widerspenstige Haarsträhne aus dem Gesicht und legt den Kopf schief. Ihre großen Augen verengen sich. Mustern ihn von oben bis unten. Selbst wenn er noch genauso aussehen würde wie vor drei Jahren, würde sie ihn nicht wiedererkennen.

Aber jetzt fragt sie: „Papa?“

Als er sie das letzte Mal sah, konnte sie noch nicht sprechen.

Jetzt kann *er* nicht sprechen.

Stattdessen fängt er an zu weinen.

Seine Tochter streckt ihren Arm aus. „Möchtest du ein Stück Schokolade?“

Heinrich sinkt auf die Knie.

Er nickt und wischt sich mit dem Handrücken die Tränen aus dem Gesicht. „Ja. Das wäre nett. Danke.“

Er bricht sich mit zitternden Fingern ein Stück von der Schokolade ab und schiebt sie sich in den Mund. Dann zieht er sein Kind an sich. Er spürt, wie sich ihr kleiner Körper verkrampft und hart wird. Er fürchtet, dass sie ihn von sich stößt, aber nach ein paar Sekunden entspannt sie sich und schmiegt sich an ihn.

Elsas Hand legt sich auf seine Schulter und drückt sie.

Heinrich schluchzt lautstark und sein ganzer Körper zittert.

Er ist zurück.

Dort, von wo er niemals fortgehen wollte.

In einer zerbombten Stadt.

In einem Land, das in Trümmern liegt.

Über dem der Gestank von millionenfachem Tod und ewiger Schuld schwebt und für lange Zeit nicht vergehen wird.

Er ist bei seiner Tochter.

Er ist bei Elsa.

Er ist zuhause.

DANKE AN:

– Christian Becker (ratpack-film.de)
– Peter Thorwarth
– Wotan Wilke Möhring
– Dr. Christian Hartmann, Institut für Zeitgeschichte München-Berlin
– Sascha Beck (sascha-beck.com)
– Monika Maria Conti (writersandirectors.de)
– Michel Birbaek (birbaek.de)
– Marc Ritter (marcritter.de)
– Marko Heisig (eyekicks.com)
– Michaela Stadelmann (textflashwordpress.com)
– Tina Giesler (typearea.de)
– Thorsten „Spießy" Spieß
– Mama & Papa
– Kai Uwe Hasenheit & Christian Zübert
– Den CDTT: Martin, Mark & Lars
Und wie immer last but not least:
– Amira, Naira & Nael

ZUM SCHLUSS

Eine kleine Bitte: Positive Rezensionen helfen das Buch für andere Leser schmackhaft zu machen. Wem „Es war einmal in Deutschland“ also gefallen hat: Über ein paar freundliche Zeilen und ein paar Sternchen würde ich mich freuen.

NEWSLETTER

Wer informiert werden möchte, wenn ein neuer Roman von mir erscheint, trägt sich einfach über den folgenden Link in meine Mailing-Liste ein:

http://eepurl.com/br-BpD

KONTAKT

writer@stefan-barth.works

Außerdem von Stefan Barth erhältlich:

Drecksnest
Einen Kopf kürzer – Dunkle Geschichten
Dead Mountain

Printed in Poland
by Amazon Fulfillment
Poland Sp. z o.o., Wrocław

63085742R00176